父亲的迷藏

安庆 著

河南文艺出版社
·郑州·

图书在版编目（CIP）数据

父亲的迷藏/安庆著. —郑州:河南文艺出版社，
2020.6（2021.1 重印）
（文鼎中原）
ISBN 978-7-5559-0983-5

Ⅰ.①父… Ⅱ.①安… Ⅲ.①短篇小说-小说集-
中国-当代 Ⅳ.①I247.7

中国版本图书馆 CIP 数据核字（2020）第 077508 号

策 划	李 勇
责任编辑	暴晓楠 张馨月
书籍设计	胡晓宁
责任校对	丁淑芳
丛书统筹	李勇军

出版发行	河南文艺出版社
本社地址	郑州市郑东新区祥盛街 27 号 C 座 5 楼
邮政编码	450018
承印单位	河南新华印刷集团有限公司
经销单位	新华书店
纸张规格	890 毫米×1240 毫米 1/32
印 张	9.375
字 数	195 000
版 次	2020 年 6 月第 1 版
印 次	2021 年 1 月第 2 次印刷
定 价	35.00 元

编委会

目　　录

月光下的猫

一

乔小山开始想念一个女孩，缘于一只猫。像忽然往前蹿了几岁，乔小山有了忧伤，有了缠绕在心头的挂念。

他先是喜欢上了舅舅家的一只猫。

清明节那天的早晨，乔小山的耳朵又被他妈揪住了。乔小山知道妈又要带他到舅家去，每次去舅家都这样，妈在叫儿子的时候不喜欢用声音，而是喜欢用脏手去拽听声音的耳朵，因为去舅家，乔小山的耳朵已经被他妈揪得长了一截。那经常刷碗、喂猪的手快触到他的耳朵时，他就隐隐地感到疼。

乔小山撩着水哗哗啦啦地洗脸，水很听乔小山的使唤，乔小山把水撩到耳朵上，水就把耳朵浇一遍，再从耳朵的两边往下流，甚至还滴进他的耳窝里，把他的耳窝也濯洗了。有时候那些水还好奇地探到他耳朵的深处，这时候乔小山会骂几句，然后把头枕在一个平面上让水珠再一珠一珠地爬出来。

乔小山其实是乐意跟着妈一小步一小步往舅家的那个村庄走的，一小截一小截就越走越近了。可惜乔小山根本没有见过姥姥和姥爷，乔小山只知道舅和舅妈。那个被喊作舅的人长期在外，像自己的父亲那样，一年也难得见上几面。所以乔小山对舅妈的印象特别深，乔小山觉得舅妈的瘦长脸，像秋天他家墙上那个不长也不短的丝瓜。舅妈的嘴角有一颗小黑豆，笑意经常从那个黑豆里蹦出来。让乔小山挂念的还有舅家的那棵石榴树，夏天一来石榴花晶晶地亮。

每年的清明乔小山都会跟着妈去一次姥姥、姥爷的坟前。两个坟包上长满了野草，野草的根已经扎进坟包的深处了，妈把一刀冥纸燃着时对乔小山说：跪下，快叫你姥姥、姥爷收钱。乔小山很听话、很乖顺地扑通跪下来，仿佛看见脚下有一座房，房子里住着两个鬓发斑白的老人。乔小山把坟前的麦苗跪倒了一小片，他很认真地念叨：姥姥、姥爷你们收钱吧。乔小山看见妈又点燃了纸钱，纸钱快燃尽时她跪在乔小山跪过的那片麦苗上，坟头上的黄纸在风中小声地响。是从坟地回来后看见那只猫的。乔小山的眼前砰地一亮。那是一只黑色的猫，乖乖地卧在舅妈的脚前，它和舅妈一样在春天的阳光中闭着眼睛，耳朵在睡梦中随着鼾声微微地耸动。舅妈倚在一只小椅上，脚蹬着门槛，脚上穿着小圆口的布鞋，脸上的那颗小黑豆格外惹眼。舅妈和猫几乎是同时被惊醒的，乔小山听见了猫叫，很甜润、很绵长、很动人的叫声。

按往常的习惯乔小山这时候应该去拽一两朵花，然后去

　　　　　　　　　　　　　父亲的迷藏

村外的河边。可乔小山完全被这只猫迷住了，他蹲下身去摸那只猫，猫很温顺地让他摸，好像一开始它就喜欢上了乔小山。后来那猫开始躲避乔小山，好像看透了乔小山想占有它的心思。它往桌子下躲，往屋里的暗处躲，拐过来藏过去地和乔小山捉着迷藏。后来舅妈看见乔小山往她的床下爬就喊他起来，乔小山的屁股撅在床外，两只小膝盖顶在有点潮湿的地上。乔小山对着黑暗的床底喊：小猫儿，你出来，我只是想和你玩儿，我不会让你害怕的。乔小山喊的时候屁股上挨了很响的一巴掌，乔小山不知道自己的屁股打起来会这样响，可是乔小山还是不想出来，他相信他会找到一种和猫默契的东西。他又往床底深处爬去，猫却很利索地蹿了出来，一直蹿到了屋外的阳光下。

乔小山的妈揪着乔小山的屁股把他从床下拖出来，这时候舅妈已经开始做饭了，屋里弥漫起炒菜的香气。舅妈泰然地做着饭，好像压根儿没有注意到小山的情绪。

乔小山一心要抱走那只猫，可舅妈一直没有应允。舅妈觉得乔小山还是个孩子，会忽然冒出来好多想法。她知道乔小山喜欢上了这只猫，却说：你看这猫躲来躲去的，可能不喜欢跟你走，那就以后再说吧。再说这只猫是你舅上次回家专门给我买的，我真有点舍不得。乔小山几乎是哭着离开舅家的，他觉得很失望，回家的时候走得很快，在快走出那条回家的小路时他赌气坐在渠埂上，倔强地拧着头。妈从身后赶过来要揪他的耳朵，可她的手又缩回去了，因为她看见小山的眼里盈着泪花。

二

这个春天的夜晚，瓦塘村开始晃动着一个少年的身影，乔小山在这个春天知道了村庄里有多少条长长短短的路，多少个宽宽窄窄的胡同。清明节之后在妈又来揪他耳朵的一个早晨，乔小山竟然说出了一句仿佛他一下子长大了许多的话：那是你的娘家你自己去。那天小山的妈走在麦地中间的小路上时觉得自己多了几分孤单，男人在很远的一个铁路上挣钱，一般不能和自己一起回娘家，现在连儿子也拒绝和自己一起回了，那个揪耳朵的专利可能也要从这个早晨失去作用。这天，她从娘家回来得很快，这是多年来第一次。

乔小山的小脚踩在瓦塘的大街小巷，有一个夜晚乔小山的脚步忽然停住了，心扑通一声被撞响。乔小山屏住呼吸，他听见了猫的叫声，那叫声细细长长、婉婉转转地拽着他的心。乔小山的头一下子就扭到了那个传出猫叫声的院子，原来他一直在寻找的就是一个动物的叫声。乔小山读书的时代，乡村的猫儿很少，那个春天，乔小山的魂儿整个被猫勾住了。

乔小山俯在那家的围墙上，后来他趴在编得很结实的栅栏门前，栅栏门上别着新鲜的柳条和荆枝，朦胧的夜色里枝条透出青枝的涩气，乔小山静静地等待着又一声猫叫，等待着一个小动物跑进他的视线，他害怕刚才的叫声是他的幻觉。

终于他又听见了细细柔柔的叫声，又看见了那只猫，那只猫是白色的，猫的脚步像一缕轻风刮过河道上的细沙。他有点按捺不住地想冲过去。心咚咚地跳。直到听见吱的一声门响，他才从冲动中平静过来。他看见一个女孩，细高个儿，披散着一头长发。他听见女孩用甜甜的声音唤猫，她弯下腰，长发垂到脸前，露出细长的脖颈，她轻轻地伸出一双手，手又慢慢在夜色中交合，腰弯成弧形时臀鼓成一个美丽的小山包，猫顺着胳膊乖顺地爬进她的怀里，她把猫抱进了东屋。满天的月光星光洒下来，乔小山又听见一声撒娇的猫叫声，他还趴在栅栏门上，手里狠狠地捏着一枝柳条。

三

又一个黄昏，乔小山又站在了栅栏前。他的魂儿真的被猫儿勾住了，昨天夜里他失眠了，小床被他折腾得要哭了，白天听课他的心也不知跑到了什么地方。下午回家的时候他一直盯着头顶的太阳，埋怨太阳落得太迟，后来他干脆用被子蒙住头，好像这样天就黑得快了，就不用忍受太阳对他的折磨了。觉得天该黑了他呼地撩开被子，可太阳还在头顶上，窗外仍旧明晃晃的扎眼。当然乔小山最后还是胜利了，他把太阳摞到深山的沟里去了。乔小山急不可耐地趴到栅栏前，等待着一声柔软的叫声，等待着那个唤猫抱猫的美丽弧线。他看见了一架葡萄，葡萄藤的枝叶曲曲弯弯的，把整个院子都遮住了。漫长的等待中院里的灯渐渐地熄灭了，整个村子只剩下柔软的夜色。他却没有听到猫儿的歌唱，没有听到女孩的脚步声，这让他有了失望的痛苦，夜在少年无奈的思念中往更深处走，他想象着猫可能打瞌睡了，女孩可能进入梦乡了。村庄的夜晚显得更加幽静，月亮更加高远，乔小山快快地走在回家的路上，走了几步又拐回来，他不情愿就这样告别一个失望的夜晚，想见猫的欲望抓挠着他的心。他局促地去推栅栏门，栅栏门竟然是虚掩的。这给了故事一个延伸的契机。他大着胆把栅栏门一点一点地往高处托，减少了栅栏门与地面的摩擦，几乎无声地推开了一条缝。他开始在小院里寻找，寻找一只猫的身影，他踩在院里的脚步像风吹动河道的细沙。他想猫咪猫咪地叫几声，站起身来他又把这个欲望压了下去，不敢啊，这个院子里住着一家人呢，暴露了就会被撵出去，说不定还会挨棍子，那样就更见不着猫了。他把脚挪到了东屋的窗前，哎呀！他真的看见了猫，看见小猫卧在一张小床上，乖乖地打着瞌睡，他真是有些急不可耐了。他怯怯地去推东屋的门，呀！门竟然也是虚掩的。乔小山简直要打退堂鼓了，东屋里床上躺着那个女孩。乔小山的胆忽然又大起来，他忘记了羞涩，他急切地想看那只猫。

　　猫在小床上甜甜地睡着，白绒绒的猫在月色中那样纯净。沿着猫身他看见一只白嫩的手，那只手放在猫的身上，像在梦中抚摸着自己的孩子。女孩的另一只手放在自己的胸前。被窝里的热气把一张脸润得潮红，女孩的胸在呼吸中一波波

　　　　　　　　　　　父亲的迷藏

起伏，一绺头发搭在光洁的额上。在淡淡的月色中他静静地看着猫，看着熟睡的女孩，多好啊，在这里站着是多么的幸福。

乔小山像是一下子往前蹿了几岁，而且提前有了春心的萌动。又一个夜晚当他又站在那个叫家梅的女孩的床边时他几乎已经把猫忘了，他盯着家梅嫩藕一样的手臂，白葱一样的指节，红润的小腮，简直要俯下去亲一口了。乔小山真的不能自已了——我为什么没有这样一个姐姐或者妹妹，为什么我的身边没有这么漂亮的女孩？他想起父亲每次回来死死亲吻母亲的那种贪相，他终于慢慢地举起手来，颤抖着往那红润的脸颊上摸去，在就要摸到那个小腮时，他的双腿发出与地面嗒嗒的磕碰声。家梅的眼睑动起来，乔小山忽然清醒了，他想起他应该离开这个小屋，可是他已经走不动了。他听见家梅说：别动，别怕。家梅没有拉灯，她在淡淡的月色中对着乔小山说：你喜欢猫？他不知道该怎样回答，他已经不单单是喜欢猫了，但他却只能这样回答：喜欢。家梅慢慢地欠起身，慵懒地坐在床头。家梅说：我们家原来还有一只猫。乔小山瞪着眼，好像要寻找那另外的一只猫。家梅吐出一口气，女孩吐气的声音是好听的，像音乐中的一个轻音。家梅说：现在我给你说说那只猫，这也是我想求你帮忙的事。

求我？

对。

求我啥？

家梅反过来问：我真的求你，你肯帮我吗？

乔小山没有犹豫，他还没到那种会权衡利弊的年龄，他只记得站在床边时他曾涌动的激情。乔小山的回答掷地有声：我敢。

家梅被乔小山干脆的回话感动了。她说：我们家其实还有过一只猫，可村长①看上了那只猫，他给抱走了。我想那只猫，我想让你去把那只猫弄回来，我想了它两年了，你弄回来那只猫，我就把这只猫送给你。

不，我不要猫了。

不要猫？你害怕了？

不！我不怕。乔小山说：我要你……

家梅一个激灵。

乔小山说：我要你天天不闩门，我要天天来看你。

家梅的脸像被火烤了。

家梅说：乔小山，我知道你叫乔小山，你第一次进我家我就知道，我觉得你乖，我不管你，我知道你不是个坏孩子，我故意不闩门，我知道你还会来，我在等你。

乔小山问：你喜欢让我看？

家梅抓住乔小山的手，小山，你多乖啊，你想看猫你就来吧。

可你不能说我乖，我已经十四岁了。

家梅说：我都十九了，咋不能说你乖？

注①：规范的叫法是"村主任"，有的地方习惯性地还叫成"村长"。

不能。乔小山说，我已经长大了。

四

乔小山在村里走。天旱，乡村的路走一步就腾起一片尘雾。村长家是大铁门，这让乔小山有点为难，大铁门严丝合缝，封闭得太严了。后来乔小山看见了树，院里透出的树杈提醒了乔小山，乔小山走到村长家的院子后，看见挨着房墙的是一棵大杨树，树叶在夜风中沙沙地响。乔小山勒了勒腰带，然后伸开手臂去搂大杨树，大杨树太粗了，搂了几搂都搂不住，他往上爬了几步又滑下来。乔小山从大杨树上下来，掂着鞋在北屋的山墙跟又找到了一棵细杨树，他先伸胳膊试了试，杨树比他的腰粗不了多少。他简直感动得要哭了，简直要对那细杨树作一个揖。他把一双臭鞋放在树下，两手搂着树一节一节地往上蹬，腿一曲一曲地往上移，他数了大约三十个数，便看见了房顶。

他爬到了村长家的房顶上。

乔小山坐在房顶上的时候觉得房顶太好了，星星和月亮都离他近了，房顶要比路面平整干净得多，房顶上的风也比下边的风儿爽。坐了一会儿，乔小山开始沿着房顶溜达，他在房顶的脚步是细碎的，脚步大了就会惊动房子的主人。他本来是要找个树下去的，可他看见了梯子，那梯子是用木头做的，他很小心地抓住梯子，一节一节落到了村长家的院子里。

乔小山猫着腰在院子里找那只猫，后来他听见了猫叫声。他停下来屏住呼吸，盼着那只猫能再叫几声，他的眼在夜色中像一架探照灯，他在树荫的遮盖下蹑手蹑脚。乔小山终于又听到了猫的叫声，循着叫声他找到了猫的方向，但他够不到那只猫。

乔小山在心里说：猫儿，你把家梅忘了吗？就是你原来的主人，是她让我来带你回家的，你快出来跟我走呀。

后来乔小山又顺着树滑了下去。

五

我看见了那只猫。乔小山说。家梅坐在小床边，手抚摸着卧在腿边的猫，两眼盯着对面墙上的一张画，画上是一棵松树和一只鹤，鹤的两眼和她对视着。家梅回想着那只猫在她身边的日子，回想着那猫在多少个深夜里喵喵的叫声。她听见乔小山说：可我捉不到那只猫。家梅扭过头来看着乔小山，她盯着乔小山的眼睛，水灵灵没有一点杂质的眼睛。由于惭愧，乔小山的鼻头上沁着一溜儿细小的汗珠。家梅把手放到乔小山的头发上，后来她又伸出另一只手，两只手配合着捏住了乔小山黧黑的脸，少年的脸软软的、热热的。家梅捂着少年的那张脸有些感动地说：喊声姐。

六

又一天的夜里，乔小山和家梅一起来到村长家的房后，乔小山拉着家梅的手站在那棵杨树下，他和家梅一起抬头看着树，树冠在夜里是墨黑的一团，树叶发出细碎的哗啦声。乔小山说我就是从这棵树爬上去的。说着他脱了鞋，两手搂着树往上爬。家梅一下子拽住了他。不，小山，你没看见树叶上还有灯影吗？你进去是会挨打的。乔小山不情愿地下来，嘴上嘟囔着，村长讹了人家的猫还敢打人。

村长家的房后是一片杨树林，当年村长家盖房也是毁了一片树林的。家梅拉着小山的手往树林里走，草上的露水把他们的裤边沾湿了。走到一处土岗上，家梅搂住乔小山的膀子，双眼静静地盯着小山：小山，我快要出嫁了，嫁到很远的一个村。

乔小山蓦然有了一层茫然。他竟然搂住了家梅的腰，好像怕家梅马上就要跑了，就要到一个不知啥地方去了，就像林里的鸟远远地飞走了。他的话带着一个少年的忧伤：家梅姐，你为啥要嫁恁远的一个村，我以后还能见到你吗？

家梅叹一口气，拉着小山的手往她的脸上搁，小山，姐还要回娘家哩。

乔小山不知道女人终归是要嫁人的，而且嫁得再远也还要回到她的娘家来。乔小山想起他第一次看见家梅时她那葱白一样的手、披散在胸前的长发、睡在小床上时胸前的波动。

他真的不想失去这样让他心动的场景，他紧紧地搂住家梅，在这个幽静夜晚的树林里他仿佛闻见了家梅淡淡的呼吸，忽然一句话就蹦了出来：家梅姐，等我长大了你嫁给我吧！家梅的胸口突突地跳起来。家梅有了泪花，为一个少年的幼稚，为一个少年的真诚。家梅流着泪摸着乔小山的头，摸着乔小山瘦小的身板，摸着乔小山尖尖的软软的屁股，摸得乔小山心里酸酸的，摸得乔小山有了忧伤。像往妈怀里扎一样，乔小山一头撞在家梅的怀里。家梅向后仰着身，她的身体更软，竟然有了一种来自浪谷深处的蠕动，在又一阵蠕动翻卷过来时，她裹紧了乔小山，她不能自已地弯下腰把馨香温热的唇摁到了一个十四岁少年的唇上。

那是乔小山也是家梅一生的初吻。

好久，乔小山说：家梅姐，我一定要找到那只猫。

七

乔小山被村长踹了几脚，他捂着肚子在地上打滚，两条瘦腿蜷到了肋骨上。乔小山捂着肚子骂村长不地道：你讹人家的猫算什么人。乔小山才骂了一句肚子又疼起来，他又捂着肚子在地上打滚。这是一天的午后，乔小山改变了策略，因为连续几个夜晚都是空手而归。离家梅出嫁的日子越来越近了，他要赶紧找到那只狸花猫。他在这天的晌午后跳进了村长家，果然看见了那只猫。猫卧在两丛月季花中间，乔小山向那只猫走去，他蹑着脚去捉那只猫，那猫呼地站起来，惊异地瞪着乔小山。乔小山说你别跑，是家梅让我来捉你回去的，她那样想你，你难道就没良心地把她忘了吗？可猫还是在院里跑。乔小山在猫的后边追，那只猫吓得叫起来，睡午觉的村长被吵醒了，乔小山就挨了恶恶的几脚。

乔小山是被他妈背走的。他趴在妈的背上歪着头，口水和眼泪混合着往妈的背上流。家梅远远看见乔小山伏在他妈背上，不知道该不该跟过去。这天夜里家梅走在大街上，离出嫁的日子不远了，家梅想好好看看把自己养大的村子，听听村庄的声音。后来她又去了那片小树林，脚又踩在潮湿的草地上。她想起那天晚上的乔小山，想起自己摁在小山唇上的吻，她再也忍不住就去了小山家。

小山跪在地上，他妈坐在铺着粗布床单的床上，她现在有些迁怒自己的娘家嫂子了，这女人对一只猫竟然这样吝啬。因为一只猫才有了小山偷猫的事，她不想再回娘家了，看见那只猫她就会想起自己的独生子被村长踹得多么疼。她不让儿子跪了，她去拽儿子，眼里淌着疼儿子的泪。她拉着儿子说：小山，咱给你爸写信，让他回家时带回来一只猫。家梅就是这时候推开了小山家的木头门，她的泪哗啦一下流下来，她说：怨我，真怨我，我不该叫小山去为我讨猫。是我让小山挨了打，你打我吧。

乔小山抓住家梅的手，说：家梅姐你别泄气啊，我一定要讨回那只猫。

家梅有点严厉地说：不，小山，我真的不要那只猫了，我就要出嫁了，你一定要听我的话。那严厉的声音里透着一股愧疚。小山的妈有些乞求地抓住乔小山。小山，你家梅姐不要那只猫了，你就不要犟了，再犟还要挨踹。要不，我现在就去你舅家，把他家的那只猫给你抱来，我不信你舅妈就舍不下一只猫。

乔小山忽然哭起来，他说：妈，我永远不要再看到那只猫。

八

牵牛花在那个夏天还是呼啦啦地开了。乔小山在牵牛花、芨芨草织成的小路上跑，瓦塘人都知道乔小山在小路上跑。乔小山抱着一只猫，乔小山听见那狗日的喇叭还在响，狗日的响着喇叭的车把家梅姐娶走了。乔小山跑到大路上时娶亲的车还在跑。乔小山举着狸花猫，扯开嗓子喊着姐，雀鸟在他头皮上喳喳地叫。一朵大红的花旋过来，长着翅膀似的在乔小山的眼前飞，乔小山一直在路上跑，满天的云都红了，那花一直跟着小山跑，和乔小山比着跑的还有那只狸花猫……

九

十年或者五年以后，家梅在一个秋天回到了瓦塘，她去了那个杨树林。时代已经变了，个体养殖和种植兴起，到处是个体的小烟囱。她沿着杨树林走着，风中的树叶仿佛鱼在水面上飞，她找不到当初和乔小山说话亲吻时靠着的那棵树了，她后悔没有在那棵树上刻一个记号，她沿着树林漫无目的地走着、跑着，想着当年乔小山去截她的那条开满牵牛花的小路，那飞起来的大红喜字和孩子的狂喊声。

她醒来时听见了猫叫，简直是狂乱的交响，她往前奔跑着，看见了一个院子，门口挂着一个大木头牌子：瓦塘森林养猫中心。她推开门，终于在第三进院子看见了一群猫，一个胡子拉碴的人坐在一只狸花猫前，她听见男人在对狸花猫唱歌：月光下，月光下，月光下的猫……月光下，月光下，月光下的小树林……月光下，月光下，月光下的猫……他的对面有个小石凳，她慢慢地走过去，慢慢地坐下来。她伸手去摸那只狸花猫，抬起眼来，看着已经沧桑的乔小山，慢慢地说：我来了。

冬天的一个夜晚

一

前年。对，前年的冬天，确切说是前年的今天，夜晚。我从旗城往老家赶，早已没有了班车，我去东站打出租，那种拼车的出租。这个城市的东站常常是临时回县城或回老家者租车的地方。那些走夜路的出租司机站在自己的小车旁打量着过往的行人，喊着要去的方向，或几步走到你的跟前殷勤地问你要去哪里。我多次坐过这样的车，差不多都是为了在最短的时间内回到村庄。今夜也是，明天要和族里的人去赶一个亲戚家的婚礼。几年里我每次回家都这样匆匆，回家已经成为一种奢侈，这让我对村庄有一种亏欠。

揽客的司机并不算多，和出租车形成对比的是坐车的客人更少。夜色里，小北风飕飕地刮过地面，干燥的法桐树枝在风中飒飒响。我坐上一辆车，以我以往搭车的经验我没有挑拣和过多的犹豫，你如果站着，会有更多的司机过来招徕，像红灯区里看见男人的小姐，让你尴尬。我选择的这个司机刚扔掉一支烟，他站在车门口，看着我，并没有过分的举动，但他车尾贴着的一句话打动了我：今天，我送你回家。我毫不犹豫地选择了这辆车，车好像是红色的，夜色里车的颜色有点异样。

我坐在车上，等待着司机去寻找另外的乘客——和我一样要在夜里坐车的人。我理解司机，做这样的生意不容易，除非我包车。窗外，是这个城市越来越浓的夜色，闪烁的灯火，让夜色更加撩人，只是也愈加寒冷。作为这个城市的异乡人，我更喜欢在夜色里离开城市。我看了几条微信，又无聊地关上，看见司机站在马路边，重新点燃一支烟。这个司机有点内敛或者低调，他揽客的声音不大，不太主动。

又有两辆车拉着客人走了，这时只剩下我乘坐的这辆车，司机打开车门，递一支烟给我，我能看出他有点歉疚。我理解，他怕我着急，我接过烟，朝车尾看，那句话在车内看不到。他劝慰我，哥，再稍等等，再有一个人，我们就走。不然裹不住，现在的油和气都贵。

终于，有一个人朝车走来。

那个人抱着一个包，手里还拿着一个袋子，小心翼翼，弯着腰，犹豫了一下，朝车里瞅。我赶忙和他打招呼。司机从另一个方向跑过来，脚步咚咚响，叫着，大哥，你要坐车吗？那个人点点头，说，我到五四农场。

五四农场？

五四农场！

是到文城的五四农场吗？

是，五四农场。

那里很远。司机的意思是要比较高的车费。

师傅，我每年都去的，每年！有时候比这个时间早，今天路上耽误了，晚了些。

一百五，司机吐出一个价格。

不行，师傅，一百，一百我就坐。他说着话看看周围，又有两辆车徐徐地停在了路旁。那个人说，我每年都坐，我知道的，你说行不行，不行我再等等。他说着，转身看着旁边的车。司机看看天，夜幕中的灯亮着，橙色、黄色、米黄色、粉红色，他再看看拿包的人，没说话，一只手拉开了车门。

五四农场，我知道那是一个很远的地方，在我们县东的老塘镇，属于县里的国营农场，正科级单位，一位劳模落魄时曾经在那里工作，后来他被大力宣传，农场成为他的闪光点之一。我路过过那儿，看到过农场的土地和大片的林地，以及路边的鱼塘，不知道现在那个农场是什么样子。那个去农场的人上车后一个人坐在后边，搂着包，手里的袋子放在身边，不说话，我看着他的装束有些好奇。

快出市区时，车拐到了加油站。司机说，等几分钟，路远。我们都从车上下来，这是加油和加气站的规定。我在加油站的灯光下看着和我同坐一车要去农场的这个人，他个子不高，脸上透着一股憨厚，下车了他那个包也随身抱着，他

　　　　　　　　　　　　　父亲的迷藏

的头发有些乱，口音像省南的人。我想象着他去农场干什么，这时候要赶到农场，是在农场打工吗？可已经过去半个冬天了；也许是去走亲戚，那他从什么地方来，竟然这个时候才到。好像他在搭车时说过，这一次在路上耽搁了。加油或者加气很快就结束了，车继续前行。司机看我一眼，说，其实从这条路直接到农场更近，不过要先送你。我听出来司机这是打探我的话，用另一种方式和我商量。或许是出于对那个去农场的人的好奇，我忽然就答应了，师傅，我和你做个伴吧，先送这个兄弟。

司机向我投来感激的一瞥。

出租车穿过漫长而空旷的乡村道路，我在想着怎样打开这个同是夜行者的话匣子，不然，我陪他和司机来这个小镇就没有收获了。我终于憋不住，走出旗城，我们在一个小树林边撒过尿后，我和他一同坐在了后排。

兄弟，怎么这时候去农场？我主动和他搭讪。

嗯。

那个去农场的人只是抱着包，那个包笨重而且老气，手提的地方似乎还有些掉皮。可能是长途奔波的缘故，他显得有些困乏，有些麻木。他只嗯了一声，这更激起我的好奇。我侧过脸看见他身子倚在靠背上，出租车驶出市区，在朝着他要去的地方飞驶，夜色洒进车厢，不时有对开的灯光打进玻璃，听见轮胎碾在地面上骨碌骨碌的回声，像从远方的天空压过来的低沉的雷声。我越发好奇，越发感到他身上会有故事，一个大男人，在一个夜晚奔赴遥远的一个农场。我忍不住又问了一句，兄弟，这么晚赶去农场，是要去办什么急事、找什么人吗？我在想，是去找包工头讨债？从他的身上能看出他在外打工的风尘。

嗯，不。这一次他多说了一个字。

我乘胜追击，说说话吧兄弟，还有很远呢。我看见司机朝后排瞥了一眼，我知道，寂寞的路上司机也想找个人聊天，不然单调的行程会更寂寞。我干过运输，理解路上的孤独，况且，今晚走在单调的路上，目的地是一个乡村的农场。

他终于说了，今天，是孩子的生日！

他那有辨识度的省南口音，有几分沉重。

你的孩子在农场吗？我打量着他，这个汉子五十岁上下，或者他女儿嫁到了农场。不，我去给孩子过一个生日，今天是她的生日，今年她二十岁了。二十岁的生日？从迢迢的几百里之外过来就为了给孩子过一个生日，我更加好奇，不知什么时候司机把车速放慢了，可能是因为乡村的道路路况不好。

二十岁了，可我没见过孩子！

我更加疑惑。

今年是来为她过的第五个生日。他又补了一句。

也就是说他从省南的一个地方，连续五年来这里，是为了给他的孩子过一个生日，一个没有见过的孩子，这到底是怎么回事？我更加疑惑。记得他上车时说过，每年都会坐车过来再打车回去，从旗城或从我们的那个县城。

大哥，到底是怎么回事？我有些急切，司机把车开得更慢。

他低下头，手握在一起，抱在怀里的包贴在他的胸前，说，二十年前，我们的孩子送了人。送人？他仰了仰头，呼出一口气，对，那一年我们是超生游击队，就像宋丹丹演的那个小品一样，到处跑。那一年的冬天，就是这个季节，我们的那个女孩降生了，就在今天要去的农场。她的上边已经有两个女孩了，我们……我们想要一个男孩，如果带着这个孩子回去，我们会被罚得很重。

我明白他的话，我们的村里就有很多这样的事例。

他还在回忆：那一年这个时候，孩子生下来了，我们一直犹豫，犹豫着就这样算了吧，我们回家，不再过这样的日子了。可最后还是迷了心窍，晚上我们把孩子放在了路边……他停下来，说不下去了。车要停下了，已经很少再碰到相错而过的车辆，夜越来越深，乡村的路上很静。就是二十年前的今天……他呜咽了，鼻音很重，小声抽泣，一个男人，从几百里之外赶过来的男人。

他说，今天是孩子的二十岁生日，孩子十五岁生日那天，我们突然想找找孩子，那年之后我每年都来当年扔下孩子的地方给她过一个生日……我这才注意到他拿着的袋子里是一个包装的生日蛋糕。

我每年都赶过来，每年农历十月二十六前，老婆就会催我为孩子订生日蛋糕，我从家里赶过来，几百里地，隔一条黄河，每次车过黄河我就仿佛看到了女儿，想象着今夜会不会看到一个来见我的孩子，那个当年我们丢在路边的女儿。每次除了蛋糕，也会点生日蜡烛。在丢弃孩子的小树林旁边，不远处就是那个农场。在他的叙述里，我的眼前是一片小树林，小树林在夜空下摇曳。

就这样来为孩子过一次生日？

是，也算对自己的一个说法。

从她十五岁开始？

对，从五年前，五年前我五十岁生日那天，孩子们竟然张罗着给我过生日，给我点蜡烛、买蛋糕。那天，我和老婆突然想起这个被丢在路边的孩子，我和老婆来这一片儿寻找，找了几个月也没有结果，我们商量着给孩子过一个生日，就选择在十月二十六日的夜晚……

他沉默了，像在回忆二十年前的事情，一个小包裹，襁褓里的孩子，黑夜中的小树林，小树林旁边一个十字路口，一个孩子微弱的哭声，冻僵的小手……五年了，每年，孩子的父亲都会带着孩子母亲的委托和内心的忏悔，从几百里外赶来，为二十年前的孩子过一个生日。

车在乡间路上行驶，路两边是黑黢黢的麦苗，冬夜的风似乎大了，车灯照射着路边的干草、掉落的树叶、风掀起的虚土……冬天路面干燥，轮胎的声音更大。我想象着那个小树林，他每年都在小树林旁边点起蜡烛，然后把蛋糕挂在路边的一棵树上，和蛋糕放在一起的还有一封信，写给女儿，也写给能看到的人，里面有女儿的信息。

司机说，快到了。

他直了直腰，朝窗外看，窗外还是黑黢黢的，前后的村庄隐隐约约透出灯光。他没有说话，手抓住了身边的蛋糕袋子。

车又转到另一条路上，出租司机都是"身经百战"的，哪里都可能去过。前方就是农场了，所谓的农场差不多已经是一片村庄了，村庄四周是农场的土地。那些土地应该早已经被承包了，先看见了一个大院子，穿过去，便看见了一片小树林。

到了。司机说。

那个人往外看看，推开门，先探出身子。就是这时候司机追了一句，今天还走吗？要不要等你？

他犹豫了一下，把包搂到怀里，手紧紧地拿着另一个袋子，看了我一眼，说，不用了，我步行到老塘镇去，明天从镇里搭车。

司机看我一眼，像是在征求我的意见，然后对那个人说，要不我们等你，我再拉你回去，不收你回程的钱。那个人好像这才想起该付钱了，赶忙去兜里掏，袋子发出轻微的声响。路面上的风吹着，我也在同时向司机亮出一张红票子，说，这位大哥的钱我出了。

司机说，你愿意等吗？

我点点头。

可那个人拒绝了，他说，我今夜赶到老塘镇，你们走吧。

我们看着他朝小树林走去。他拿着包，身影在夜色里更加模糊、更加渺小。夜已经深了，尤其是一个乡村的夜晚，走在夜色里的他显得十分孤单。他没有回头，小树林把他遮住了，夜色里是无边的黑暗和黑暗里的旷野。风一阵阵刮起又弱下去，天上的星光在俯瞰世上的一切，包括今晚的我们、今晚的小树林以及他为女儿做的生日。我担心他在风中点燃蜡烛会有困难，打火机会被夜风吹灭，他带的火机应该没问题吧。

往回走，送我有两条路，一条是再回到县城，还有一条捷径，从农场往北跨过尚乐镇，司机选择走尚乐镇。走了一段路，司机说，那个人该到老塘镇了吧？窗外是深沉的夜幕，我说，不知道他在小树林里会待多久。

那天晚上我在村口就下了车，下车前把一盒烟留给了司机，回程的路上就他一个人了，走夜路也不容易。

二

去年。去年的冬天，我又碰到了那个司机。

还是一个夜晚，我又去东站打车，这可能和我的生活状态以及老家的亲人常临时叫我回家有关。当我斜背着包走向那几辆出租车时，我看见一个人在向我招手，而且在喊，大哥，大哥，这儿……另几个出租车司机也朝我围过来，指着泊在路边的车说马上就走，车上已经有人在等，就差你一个了。

　　　　　　　　　　　　父亲的迷藏

可当我看清招手的司机时，我抛开了他们，我认出来朝我招手的正是去年载我们去农场的那个司机，那辆车的车号我记得，同时我瞥见了他车后的"今天，我送你回家"，那几个字格外清晰，格外暖心。我在霓虹升起的夜色里快步走向他的车，我看见他车上空无一人，我想到了等，想着可能要在车上熬很长时间。就在这时候我脑子里掠过了去年在车上等到的那个人，他搂在怀里的包，放在手边的蛋糕以及后来的农场和小树林。当我坐上车，司机好像不再等了，他做好了起步的准备，大哥，今天是农历多少？我想了想说十一月初八。他说，那个时间已经过了。哪个时间？十月二十六日？对。那正是我在这里坐车，去农场的那天。司机扭过头，大哥，我一直忘不了去年和你一起坐车的那个人，你若不急，我们去一趟农场，去一趟小树林如何？他诚恳地看着我，可那个日子已经过了，我们见不到那个人了。司机说我们去农场周围转转，今天我不拉人了，你的也免了，难得今天又碰到你。

就是那天夜里，我们见到了一个老人，农场东大门看门的老人。那间他住的小房子同时开着小店，搁着一溜的小货架，货架上摆着日常的生活用品。停下车，我和司机走进了小树林，树林里大都是杨树、柳树，冬天积了很厚的落叶，脚下软软的。我们走出小树林，看见几百米外的农场的院子，那个农场的东大门离这个小树林最近。我们决定去那个大门看看，看能不能打听到关于那个人的消息。农场很静，从大门往里是一条很宽的路，院子里是几十座房子，房子里的灯光参差地亮着。

司机推开了小店的门，一个老人随着开门声从一张藤椅上欠起身，一台小电视正放着一出戏。司机买了一盒烟，和老人的聊天很自然地开始了。我们说到了那个人，司机说，师傅，我们就是好奇，去年是我们从旗城送他过来的，心里一直搁不下，今天我们从这儿路过，看见这个地方就想到了他，那个人，今年来过吗？

冬天的夜晚很静，嗖嗖的小风顺着门缝刮进来，老人示意我们把门关上。我们到底打开了老人的话匣子，也许冬天的夜晚更易于跟一个人交流。老人先让我们看他放在角落里的盒子，那是几个精致的蛋糕盒，每个盒子上都印着：生日快乐。我们数了数，一共是六个，老人向我们说小树林，小树林的一切——小树林的历史、小树林和农场的关系、小树林里的鸟群、小树林里的蝴蝶、雨季里的蜻蜓、冬天的麻雀……老人的话一层一层的，在冬天的夜晚慢慢地剥开，他的嘴里徐徐地哈着气。老人说，那个父亲第一年挂在树上的蛋糕实际上被鸟儿啄食了，他捡回来的是一个空盒子，之后每年的这一天晚上，他都会拿回来一盒蛋糕。没有人来认领蛋糕，这个地方不止一个孩子被扔下或是被人抱走，甚至有几家是先把自己的孩子扔下，又抱了别人的孩子回家，好像那样心里才平衡。

老人把那些蛋糕盒子又收了起来。

老人说到那个夜晚，那个人的哭。

哭什么？司机有些迫不及待。

　　　　　　　　　　　　　　父亲的迷藏

他收到了一封信。老人听到了哭声，后来知道那人收到一封信，那封信告诉他，他当年遗弃在路边的女孩其实早已夭折了，看他年年来找，来为孩子过生日，才告诉他的。老人说，我是在哭声里走近他的，我说，别找孩子了，也许这是真的，那么小的孩子不好养。

我们都沉默了。我说，那封信是谁写的你知道吗？

老人摇摇头。

他，还会来吗？

难说。老人停了停，那封信其实是劝他死心的，大老远跑这儿不容易。

那你放着那盒子有用吗？我指指他重新搁置在墙角的蛋糕盒子。

他不说话。

我们又去了镇上，老塘镇，找到了一家旅馆，我问司机，上去吗？他只是停下车，久久地站着，我和他一样仰起头望着，这样的冬夜不知道有没有客人，况且这个小镇并不繁华，此刻街已经静了。司机递给我一支烟，我接过来，和他一起燃着了。司机使劲地吸几口，又望着旅馆，忽然说，哥，我也是个被遗弃的孩子，是一个养子。

我吃惊地看着他。

我只知道我的养父养母，他们说，当年抱我，也是在一个马路边，我在一个襁褓里，不过，是在城郊的一座桥头，我哭得特别厉害，他们已经走过去了，我尖厉的哭声像在招他们回来，他们被我的哭声感动，抱了我，把我养大。

家里还有什么人吗？

有，一个哥哥。

你找过你的亲生父母吗？

他摇摇头，望着旅馆。我知道他希望在某个旅馆里住过来寻找他的父亲、母亲。他说，哥，那些蛋糕盒子让我想哭，真希望他们父女有一天能团聚。

我紧紧地攥着他的手。

他说，我去过那个桥头，打我知道自己的身世，不止一次地去过，听到孩子的哭声，我会想起那里。

我想抱住他。

旅馆的广告灯箱在风中晃动。

三

今年，我竟然又来了这个地方。

雪慢慢地小了。我是带着一种好奇、一种祈望又来到农场的。出门前，黄昏的天空飘起了雪花。还去吗？朋友问我。我是从老家和一个朋友一起过来的。去！我仰起头，看雪花在半空中罗织，雪下下停停，这样的雪不影响出发，但如果下大了，回去时就难了。我想过了，如果能走到老塘镇，我们就在那家旅馆住上一夜。

朋友听我说过那个故事，一路上他问了几次，这样的天他会来吗？我们先去了老人的小店，老人认出我来，说，你是想看看他到底还来不来吗？我点点头。那个司机呢？我说，不知道，我没约他。他不来吗？不知道，也许会来，不过，这雪天……我想问，那封信你能知道是谁写的吗？或者问，那封信是不是你写的？你看他那样痛苦，你想劝阻……可我忍住了，我不想猜透一个谜底，或许没有谜底，我想抱一份希望，一份祈望，这个世界有一份祈望就有一种温暖，一种寄托。我望着天，我想着今晚如果回不去就住在那个旅馆，往东走，几里之外，那个空寥的旅馆可能曾经住过一个忏悔的父亲。我想从旅馆的老板那里听到他的故事，听到更多的故事，旅馆本身就是很多故事的来源。我相信我一定会有收获，那个旅馆我一定要去一次。

我和老人耐心地等待着，那个出租车司机或许在等待那个人再打上他的车，他会记住每年冬天的十月二十六日，他在这样的天气里也许更有所期待……

我不时地看着表，听着时针嗒嗒的响声。墙上爬动着一个壁虎，时针走动时它按时针的节奏往前爬，它好像还回头瞧了我们一眼。灯光在墙头有些朦胧，有些阴暗，指针响得很脆，挂钟上落了厚厚的灰尘，外边的雪时而小时而大，我们都在等待着。后来我们爬到老人的房顶上，在房子上可以看见不远处的小树林，看到走在雪地上的人和动物，这个世界朦胧而又清晰，风在小树林的尖上滑动，鸟都藏了起来。我想起老人讲述的小树林的历史、小树林里的鸟群、小树林里的蝴蝶、雨季里的蜻蜓、冬天的麻雀和一种黑色的椋鸟，他收过的鸟已啄食的蛋糕盒子……我想起去年我和出租车司机站在小镇的旅馆前，转眼又是一年，又是十月二十六日，那封信是否真实？我经历的故事是否真实？那个司机是否真实……

我们在房顶上望着小树林，雪天的农场很静，小树林很静，世界很静。

车，一辆车——

朋友惊喜地喊起来，我们果然看见了一辆车，在白色的雪和黑色的夜幕里行驶，我把头上的湿雪狠狠地抓在手里……

工地上的旗

穿过几条街道，他看到了村外的麦田。

这个早晨，他走得有些孤单，往年的这个日子他都是和堂子一起走的。朝身后看去，早晨的阳光里，他连自己的影子也没有找到。有一刻，他就那样瞅着眼前的麦田，甚至侧着耳朵听来自麦田间细微的风声，听着露水从麦叶上往下滴。朝远处看，是一簇簇朦胧的树，阳光在树顶上行走，金色的光线投到长满麦田的大地上。

跨过一截堤坝，看见了老沧河。他想起曾经和堂子把脚泡在河水里，堂子盯着鸟说，鸟多自由啊。他们的头顶是一群盘旋的飞鸟，河水里映着鸟的影子。他和堂子一起，看鸟在天空里越飞越远，他对堂子说，鸟看着咱兴许觉得咱自由哩。父亲给他讲过河边的怪鸟。父亲说，老河里有一种怪鸟，只有在夜深时才会出来，在河床上飞几个来回，低低地叫几声，就在那几个来回里，河里会凫出一群明亮的小水鸟，小水鸟落到水里时已经长齐翅膀，在水里凫，在河滩上飞，发出啾啾的鸣叫声。而那种怪鸟总看不到。每年都会有人在河边蹲点，藏在岸边的树林里、河滩上的野蒿丛里，等着，想看到怪鸟，可没有人看到过。沧河里的小鸟年年有，不知道哪些水鸟是从天上落下的。他和堂子寻找过怪鸟，当然也没有见到。父亲说，怪鸟不是一般人可以看到的。好像是昨天，父亲还对他说起过怪鸟，老人佝偻着腰，在院子里走路，手里的棍子点着地，说他年轻时也蹲过，一连蹲过几天几夜，可一辈子都没见过，希望沧河里的水多了，还会出现怪鸟，也许怪鸟会带着它的子孙来呢。他相信父亲的话，世上的很多传说其实都是存在的。也许有一天，老沧河水再多起来，就会见到怪鸟，见到怪鸟孵出的一群群小鸟。

看到沧河铁路桥，他加快了脚步。沧河桥下是一片开阔的水域，水丰沛起来，更有了河的样子。他想起和堂子曾经在这里看火车，咣咣当当的火车一眨眼就飞远了，可能就是从那个时候，他们开始有了对远方的冲动。那年的暑假，他们第一次去了旗城，第一次看到了比县城大的城市，他们坐在大楼的台阶上，睁大眼睛看着，自卑，好奇，羡慕……他说，堂子，我们以后来旗城吧！堂子说，好啊，我们长大了来旗城发展。可是他们都没能来到旗城，每次来旗城都只是一个匆匆的过客。

今天的路都是原来和堂子一起走过的，每年离开村庄前，都会和堂子这样走一遭。他站着，看着铁轨上的一列火车，咣当咣当，眼泪被震了下来。

这几年他和堂子带出去的弟兄，在西州立住了脚跟。西州的工地都知道他们的工程队以及他们做的工程。老塘南街、老塘北街的很多弟兄一连几年都跟着他们出去。可是，今年他要一个人带兄弟们走了。他往回走，像每年一样，走之前去每一个工友的家里看看。往年是他和堂子分开走，今年是他一个人了。

　　回到西河桥，拐向老塘北街的路口时，他看到了正在建设的一家帘子厂的工地，看到了阳光下工地上的旗，堂子走时的情形再次在他的眼前浮现。堂子是夜里走的，那天是堂子40岁的生日，他喝了酒，酒后又独自去了工地，在夜色里望着脚手架，飘扬在工地上的旗像飘摇在村外的树，堂子看着看着竟看出了两行泪，想起喝酒前妻子给他打过来的电话，电话里妻子让儿子给他唱生日歌，堂子忽然想望一望老塘南街，望一望他们的老塘镇，望一望旗城。堂子就这样一个人爬上了楼顶，爬到正在建设的大楼的最高的脚手架上。堂子抓住手边的一杆旗，听见旗在夜风中的噗噗声，旗伸展着，风越刮越大，而且寒冷。堂子在两杆旗中间使劲寻找他们的老塘南街，他们的老塘镇，还有后来去过多次的旗城。堂子使劲地寻找着，进入他视线的是并不遥远的万家灯火，而是穿城而过的车辆，甚至是从某一个地方升腾而起的烟火，望到的是一个城市的繁华……那应该就是他们所在的西州，几年来，他们一直都在西州，盖了几十栋楼、几个小区。有一次他和几个工友路过他们建过的小区，想再走进去看看，保安把他们挡在了门外。他们跟保安说，这是我们建筑的小区，他们指指那些高楼，说这些楼都是我们一层层垒上去的，一点点垒了这么高。保安说，可你们没有在这里买房，没有在这里住啊。保安说到了他们的痛处，他们都沉默了。他们是没有在这里买房，没有在这里住，他们只是城市的过客，是飞过城市的鸟；他们在这里建房只是为了挣钱把家里的房子盖得好一些，让孩子更好地上学……那一天，堂子对保安说，你做得对，不过你要知道，是我们先建好小区，你才能在这里当保安的。他们起身离开，走出一截路了，保安撵了过来，说，大哥，要不你们进去看看吧，我相信你们，其实我和你们一样，以前也是给人家盖房子的，年龄大了才改行当保安的。

堂子在楼顶上轻轻地唱：走四方，路迢迢，水长长，迷迷茫茫一村又一庄……堂子唱着，还唱了很多歌——《故乡的云》《流浪歌》《一剪梅》《千里之外》……这些歌堂子都能哼出个调子，他都在手机里存着，在异乡的夜晚里一首首听。他也和堂子一起去过歌厅，请那些老板唱歌。手机里存着的还有家乡戏、家乡梆子，出来打工的兄弟们没有电视看，夜里躺在通铺上就用手机听戏、听歌。有时听着听着就睡着了，眼角还挂着淌出的泪水。

不知道为什么，堂子哭了，在他40岁生日这天，站在异乡的脚手架上，眼泪滂沱，那些漂泊的日子就这样挥洒了……刚才儿子给他唱的生日歌还响在耳边。后来，堂子下楼了，他顺着脚手架上的安全道，顺着那一杆杆旗往下走，顺利下来了。堂子打车去了城区，看到了大街上的繁华，正如在大楼上望到的一样，堂子在大街上找着了他刚才望到的地方，他们建的小区、建的大楼，正是这些楼遮挡了他的视线。堂子又见到了那个保安，保安一见堂子就和他打招呼，说，兄弟，你是又过来看自己建过的小区吗？进去吧，随便看，看够了再出来。堂子没有进去，他只是在大门口站了站，看见小区里已经绿树成荫，一盏盏灯在每个窗口温暖地亮着。

堂子就是那天晚上走的。他又一次回到工地，看着夜风中、灯光中的旗，他很失望，为什么没有看到老塘南街，盖这么高的楼还是看不到自己的村庄。堂子又倔强地上了脚手架，又一次透过大楼的缝隙寻觅着，朝远处望。可堂子还是失望了，他看到的还是万家灯火，那些鸟窝样稠密的楼群遮挡了他的目光。堂子久久地看着那些旗，眼前出现了幻觉，他看到了老塘镇、老塘南街、沧河桥、旗城，他的胸口一阵绞痛，然后躺在了工地上……

第二天夜里，堂子的老婆丹妮赶到了工地。丹妮在工地上呜呜地哭，看着堂子出事的地方，工地上的旗在夜色里飘。她的哭声一直停不下来，像奔跑的火车。大家都不敢拦她，只有陪着她哭。呜呜的哭声像开闸的洪水，在工地上泛滥。丹妮一边哭一边揪着堂子的好兄弟——他，你是怎样把堂子带出来的，你还给我，你还我堂子。他任她抓，任她推搡着，任她把自己拖得踉跄。他不说话，不退却，他退却不了，也推脱不了。堂子生日这天是他陪堂子喝酒的，虽然后来堂子上脚手架、上楼顶时他已经离开了，他并不知道。他心里也像刀子割一样，他跟着丹妮，丹妮哭到哪里他就跟到哪里，兄弟们都跟在丹妮的身后，整个工地充满了一个女人的哭声，机器声都停了下来。丹妮朝着工地上的旗哭，哭着哭着，她看见工地上的旗都停下了，都静静地看着她哭。她抓住她身边的一杆旗，搂着旗杆，说，这工地上再也没有我家堂子了，我家堂子再也看不到这些旗了，他对我说他最喜欢这工地上的旗，每次回到工地远远地先看到的就是工地上的旗，可堂子你是个傻瓜，你怎么可能望到老塘南街啊。就是这些话提醒了他，他望望工地上的旗，脚手架上和楼顶上的旗，各种颜色的旗，此刻都静止不动，都看着丹妮哭诉，仿佛懂丹妮的心思。她面前的一杆旗慢慢地往下降，降到了半旗。

他朝工地上的经理部走去，他要找经理，要让工地上的旗都降半旗，向堂子致哀。堂子是工地上的骨干，堂子不但每年和他一起带着兄弟们出来，还看图纸、搞设计，这些都是堂子自学的。他迈开大步往前走，工友们跟过来，他说我们找经理、找老板，让他下令让工地上的旗都降下来，为堂子降半旗。不但为堂子降半旗，还要为堂子放哀乐。

他们找到了老板，老板死活不答应，一时陷入僵局。老板几乎反过来求他们，说，你们想想，兄弟们，咱是个小工地，咱不是国家机关，不是大使馆，不是……旗，不是随便可以降的。问题是，降半旗也没有用。你们为我想想，求你们理解我，偌大的一个工地，咱得图个吉利，谁也不想让堂子这么好的兄弟出事，可工程还要干下去。其他什么事都好说，堂子的孩子不是还小吗？我多出些钱。我喜欢堂子，我也不想让他出事啊，这么多年，我靠的就是能吃苦的农民工，我理解你们，背井离乡的不容易……老板说着说着哭了，哭得哇哇响，头抵在桌案上，眼泪从桌面上溢出来，眼像烧炭一样红。大家知道老板是为堂子哭，老板最初守在堂子身边时就这样哭过，老板喜欢堂子和大家喜欢堂子一样。后来降旗的事没再说，他们觉得老板说得有道理，老板平时对他们够仗义了。

他走着。

每年走之前，他和堂子都要分别去打工的兄弟们家走一遍，看看各家还有没有要处理的事。没有了堂子，他要走更多的人家，把去年和堂子分开走访的人家都走了。他先去的是老塘北街，其实老塘北街和老塘南街房子都连成一体了。他在心里数着老塘北街的人，大部分人的家他都去过。

他先去了户银家。户银正在喂鸽子，看他进来，户银喂鸽子的手停了下来，户银的老婆从屋里递过来一杯水，那些被惊动的鸽子又飞回来砰砰地啄食。哥，我不想去了。户银说完低着头。他看着户银，不说话，等户银继续把话说完。那些鸽子看着户银，户银又朝它们撒下几把玉米，那些金黄的玉米粒在地上跳动，一颗一颗，跳几下又稳下来。户银说，哥，我想干回我的老本行——卖豆腐，春天庙会多，也不少挣。

他看到户银的老婆跛着一条腿从屋里出来，似乎跛得更加厉害了。他想起户银每年都曾有过犹豫，每年都担心老婆独自在家不方便。户银说，我不想让她一个人在家，她不容易！这一次，户银好像下定了决心。户银说，立文哥，我本来想去找你说的，我也不想离开你，离开我们那些兄弟，离开我们的工友队。户银又一把一把地朝鸽子撒食儿，那些玉米粒从他的手里划出一道道弧线，噼噼啪啪地落在地上，鸽子在院子里叫起来。户银的老婆扶着门框，只是静静地听着他们说话。户银说，立文哥，我不再犹豫了！你多保重，让兄弟们多保重。临出门，户银说，有时间我还可以多去地里看看堂子。

接着去的几家，他们的包裹都已经备好了。

从这几家出来，他去了牟敏的理发店。每一次离开老塘南街前他都要在村里的理发店里理个发，刮一刮脸，躺在小理发椅上听一听沙沙的刀子声，让村庄里的水再流过脸颊，淌过自己的发梢。牟敏的男人芒子，这几年一直都跟着他出去。这一次，牟敏正理发的手不动了，停下来，牟敏说，哥，我想和你说一件事。说啊，他催促着。理过的半拉头映在镜子里，膀子上落满了剪下的碎发。牟敏说，哥，我不想让芒子出去了。

他犹豫了一下，可以啊。他说，我尊重你们的意见，如果有事，在家也能找到活儿干，为什么一定要出去呢。

不是，芒子他也不舍得不跟你出去。可是，哥，我是考虑我们该再要一个孩子了，你看，老大都上小学了……

嗯。

他不在家，我们怎么要啊。

他想起牟敏曾经去工地上找过芒子，几个兄弟给芒子腾地方，可是一直没有听芒子说老婆再怀上的消息。

哥，不好意思啊。牟敏低下头，脸有些红，有些羞涩。

这有什么不好意思的，这是大事啊。

牟敏的手还是停着，有干脆把话说完再接着理发的意思。牟敏说，我想好了，他有划玻璃、安玻璃的手艺，就让他在家开一个玻璃店，也可以上门安装玻璃。或者等我怀上了还让他出去，还跟着你。牟敏说，哥，你在外边一定要保重！多保重！牟敏的手又动起来，剪子嚓嚓地剪着。

立文笑笑，那你们要抓紧啊。

离开理发店，他去了马山家。马山家的那条胡同是他每年一定要去的，那里除了马山家，还有东子家。这次一进马山家的胡同，就看到留在门框上的白纸，他心一动，想起马山的母亲是年前突然不在的，那个时候他们都还在工地上，马山回家奔丧，他开车把马山送到了车站，给马山买了车票并塞了两千块钱，算是一点儿心意。他知道马山家难，马山的老婆前几年得了脑瘫，走路一瘸一拐的，两个儿子一个上大学，一个上高中。原来家里有母亲帮着操持，可是现在母亲不在了，这个家该怎么办？他推开院门，看到马山的老婆正手扶着屋门，看他走过来，喊道，马……马山……

马山从屋里闪出来，瘦瘦的，手里夹着烟，赶忙拽过来一把凳子让他坐。他没有坐，看着马山，说，这……你还能出去吗？马山有些吞吞吐吐，但还是说，能，能，我包裹都打好了。他看见了竖在床头的包裹，心里咯噔一下，说，嫂子这情况，你出得去？马山吸了一口烟，说，没事，她还能照顾自己，她妹妹不是一个村的吗，有事她会过来。他没有说话，坐下来，接过马山递过来的一根烟，不吸烟的他竟然点着了。吸了几口，声音低低地说，你不要出去了，嫂子这样，我不忍心，你就在附近找些活儿干吧。马山吃惊地看着他，你……你不是嫌我麻烦，怕我中间要回来吧？他摇摇头。马山喷出一口烟雾，说，立文，我懂你的意思，我有手艺，在家也能找到活儿干……可在家……在家干活儿挣得少，再说，我这几年每年都跟着你，和兄弟们在一起……他把半截烟捏灭了，火星在炉子里滚动。他说，我是郑重地跟你说这话的，你别去了，你看看嫂子，你还是守在嫂子身边比较好。他看着马山瘦瘦的身子，他听见了抽泣声，抬起头，看见马山老婆倚着屋门，眼里闪着泪花。马山结巴起来，对着老婆喊，你……你哭什么？我，我这不是还没走吗？他拉住马山，一瞬间就决定了，他对马山说，你在家吧，不要嫌在家挣得少，我每月再给你补贴一千块钱，你守在嫂子身边吧。马山撵出来，说，我不……我不要。他说，你守好嫂子，让孩子们安心学习，钱算我帮助俩侄儿的。等嫂子好了，你还跟着我……

　　起了风，凉凉的。他看着胡同外的大街，想起他坐在沧河边想的那个问题，这些打工者年龄大了怎么办？将来打工的活儿越来越少了怎么办？他眼前仿佛飘动起村外那个工地上的旗，那是一个和他一样长期在外打工的人得到了一个信息，办起的一个厂。这个工地上的旗提醒了他，要留心，为年年和自己出去的兄弟们在自己的家乡找一条路，让马山他们能在家附近找一份活儿干……

该去见见丹妮了。他望着堂子家的大门，一个孩子探出头来，大大的眼睛朝街上看。丹妮开了个裁缝铺，在家里加工服装，堂子出事后丹妮把自己封闭了，哪里也不去。他曾经对丹妮说，丹妮，你如果要在城里买房，在城里做生意，有困难就跟我说。丹妮说，为什么要去城里，为什么要去城里做生意？城里真有那么好吗？哥，你知道，我不想看见那些楼，不想看到那些工地。我有手艺，她伸出一双细长的手，长期捏剪子，指缝间结了茧子。他说到孩子上学的事，说如果孩子要进城上学，他来想办法。她摇摇头，说，我不想这么早就送他们到城里去，我不想跟风，把村里的学校都走空了。我们不都是在村里、镇里上的学吗？

见他进来，丹妮从缝纫机旁站起来。丹妮接了一批加工马甲的活儿，几个女人正和她一起干，缝纫机咯噔咯噔响，屋里摆满了布料和做好的马甲。他站着，看着丹妮，说，资金够吗？丹妮点点头，你放心。他说，如果周转紧张，你一定要跟我说。丹妮说，周转开了，对方的钱会及时返过来。他说，明天我和兄弟们又要出去了。丹妮转过身，好像早有准备似的，掂过来一个大包，说，立文哥，这是我给弟兄们做的马甲，一人一件，你带给他们。他掂着，沉甸甸的。他低下了头，听见丹妮说，保重！和兄弟们保重！

一定要来看看堂子的。

在无边的麦田中，他看到了堂子的墓地，夕阳落在麦垄间，花圈上风干的纸花旋转着。他站在堂子的墓前，开始和堂子聊：堂子，今天我去他们家了，我走了一天，一家一家的都去了；去了老沧河，去了我们常去的地方，去了……他絮叨着，暮色降临，风簌簌地吹，传播着残冬的寒气。他从身上掏出一杆旗，一杆早准备好的小旗，小旗舒展开，在风中拂动。他弯下腰，恭恭敬敬地插在堂子的墓前，然后，曲着身，将旗的上半部分慢慢降下来。在离开家、离开老塘镇、离开老塘南街前，在老塘南街的夕阳里，在一个即将再次离开家乡的黄昏，他终于完成了为堂子降半旗的愿望。

听见噗嗒噗嗒的脚步声，他转过身，看见户银、根子、马山……他们朝地里走来，每个人的手里都擎着一杆小旗……

　　　　　　　　　　　　　　　父亲的迷藏

受伤的鸽子

一

她是早晨6点前往杭州的。

出发的前两天，吕茜茜就通过朋友圈发布了去向，而且在少许的文字里流露了自己的情绪。跟帖的有几十个，大都是简单的一个赞字或表情包。这一次，她特别在意跟帖的内容，仿佛要捕捉到什么。跟帖像潮汐一样退去后，她有些失落，就在这种失落里出发的时间到了。

她准备出去的行李，也观察着自己的房子，这个可以说已经住了很久的地方。她在房间里徘徊，挑选化妆品和要带的衣服，又将挑好的衣服放回原处。她本不是一个犹豫的人，但这次在拉杆箱上踌躇了很久，最终选择的是一个透着浅色蓝纹的行李箱，好像要往南去就该是这种带着葱茏冒着潮气的颜色。另外的两个拉杆箱她决定处理掉，因为它们和离开自己的那个人有关。这样想着她开始拍照，准备放到网上找买主，尽快让它们离开这个房间。拍过照，她把两个行李箱掂到比较偏僻的角落，找出一块换下的窗帘罩在上边。蒙上去的瞬间，她想，窗帘怎么还没有扔掉？

她站在窗前，新换的窗帘在她娇小的身体旁边波动，从窗口望出去是一汪蓝色的天际，楼下是一条宽阔的马路，马路和另一片楼群之间是这个城市正在新建的体育馆，和体育馆比邻的是旗城新建的景观植物园。较远的一组楼的上方有一朵像骆驼的云，"骆驼"一直都在，她想起当年来看房时，这片云对她下定决心有过诱惑。

18楼，18楼跳下去是什么感觉？她又一次这样想。

二

她本来是想坐飞机的，但坐飞机要到省城的机场。她常常在坐飞机和高铁上比较，最后放弃的是飞机。去机场还要坐几个小时的车，她曾这样和当时还在这个家里的男人辩论。有一次，两个人要一起到一个地方，在坐飞机和坐高铁上发生争执，最后那个人坐了飞机，吕茜茜赌气地坐了高铁。而那次因为航班延误，吕茜茜先他几个小时到达了要去的地方。

这几年，他们往往在一些事情上纠结。

旗城的早晨有些清冷。

她没有开车，这个时间点只有打的或约车，她选择了约车。网约车如期而至，司机是个女的，有些狐疑地看着她，像看一个另类。她突然有些抵触，早知道不应该坐一个女人的车，她想起现在已经不太流行的那个词：同性相斥。在看到女司机的目光时，她想要是男司机肯定不会这样，男司机对漂亮的女乘客会有一种不能自制的殷勤。女司机终于憋不住，问，你一个人？嗯！吕茜茜突然想发火，我一个人怎么了？约的不就是一个人吗！而且她们约好的，路上不允许搭客。网约车驶过旗城广场，驶过毗邻旗城广场的旗湖，湖面上氲出一层潮湿的雾气。旗城广场上旋空而起的一群鸽子，像张贴在半空中的一块巨大的白绸，鸽哨声从白绸里钻出来，风将天上的鸽子冲开一条裂缝。吕茜茜将目光回过来，看一眼同性的司机，早晨的司机还带着疲惫。网约车女司机并不多，这个司机大概有三十四五岁的年纪，和自己差不多，她窝在座椅上看上去比自己高大，头发比自己浓厚比自己长，像特别旺盛的草，长发盖住了司机的半个脊背。司机又看她一眼，问，你在看那些鸽子？她嗯了一声，想着怎样具体回答司机的问话，她觉得鸽子起飞才好看，尤其是在干净静谧的早晨。

你是不是觉得自己像一只鸽子？司机又扔过来一句。像鸽子怎么了？她这次回答得很快。没什么，一只孤独的鸽子。司机的目光也飞快地朝天上的鸽子瞟了一眼。吕茜茜说，什么孤独的鸽子？司机说，你觉得孤独有意思吗？孤独？意思？这个女司机怎么会把孤独和意思联系在一起。吕茜茜说，你这样说是什么意思？司机使劲踩住了刹车，吕茜茜的身子猛然朝前一倾。

司机好像从惊悸中醒来了，眼还朝着路上，你没看见吗？一只孤独的鸽子。吕茜茜朝车前看，晨风又大了一些，路上正在飞动着更多的树叶，难道司机把树叶当成了鸽子？她往前俯了俯身，这才看清和树叶卧在一起的是一只娇小的鸽子。

　　其实，我比你更喜欢鸽子，不，是爱！司机重新启动车子，走到前边又扭头看了看，马路上空无一物，那只树叶样的鸽子不知飞到哪儿去了。

　　直到坐上高铁，吕茜茜还在想着今天的网约车司机，想着司机和鸽子的故事，想着司机的那句话：一个女人最好是结伴出行。司机说她捡过受伤的鸽子，她把它们养好了再放出去。

　　临下车，司机突然抽出一张名片，吕茜茜瞥了一眼，车主叫陆敏。在她伸手去开车门时，陆敏说，回来时可以联系我。又加了一句，尤其是晚上，我们……毕竟都是女人。

　　她是握着名片进站的，进站前她看了看手机，有人在和她讨论拉杆箱的价格，她回，我在路上，没有心情，回来再说。对方还想讨论，她没理会。

三

　　吕茜茜是一个人出去的，属于旅行社接待的那种散客。散客大都因自己的性格或出于某种原因不愿意随团，在经济上相对自由。比如像吕茜茜这样，有自己的生意，有一家实体入股的公司，在淘宝上开的店也风生水起。旅行社专门为这些有个性和收入的人设置了一对一业务，有专门的人负责接待，根据游客提出的路线和起居习惯，量身定做，那些雨后春笋般产生的民宿，接待的更多是这类散客。

这是她结束婚姻后第一次出远门，尽管双方最后签字时都很慷慨，但当两个人的生活真正变成一个人时，她还是感到了郁闷，觉得空气中可以挤出瀑布一样的水来。她这次出来也是想清静一下，她觉得自己的生活可能出现了问题，婚姻走到这一步，双方都有不可推卸的责任。

为了换一种证件他们去了民政局三次，每一次民政局的同志都能找到让他们推迟的理由，比如财产的分配、孩子的抚养。她对民政局的人说，我们都说好了。可民政局的人还是会在他们的协议上找到破绽。关于财产分割双方在最后都很大气，现在的18楼归了她，另一套更大、刚刚交付的房子归了丈夫和孩子，孩子也在他们办理手续后随男人去了省城。男人提前在省城给孩子找了一所比较好的学校，为了孩子的教育她不能留恋。孩子说，妈妈，我会回来看你的。离婚的事他们没有对孩子说过，但孩子似乎已经感受到了。有一天她不在家时，孩子终于在壁柜的一个抽屉里找到了证据。她回家时看见孩子搂着她放起来的离婚证，在沙发上哭睡了，眼角挂着泪滴。孩子醒来，眼角的泪滴即刻融化了一样流淌下来，在脸上流淌成一条小河。孩子委屈地哭着，你们为什么骗我？你还小……她只喃喃地说。我不小了！她不知道该解释什么，只好把孩子紧紧地抱在怀里。现在她和孩子大约每个月见一次面，中间的日子是在视频里聊天。

她回忆起三次走向民政局，差不多持续了两年，两个人有凑到一起的时间，而且两个人对婚姻结束也有顾虑。她对民政局的人有了一种理解和敬佩，虽然最终也没有挽留住他们的婚姻。最后一次，办事员意味深长地说了一句，我们尽力了。吕茜茜看了一眼已经可以称为前夫的人，想起结婚时的糖和瓜子，她迅速去了附近的超市，然后将买来的瓜子和糖放到了柜台上。长发的办事员浅浅地一笑，说，希望能再看到你的身影。又补充一句，那个本比这个省事多了。她说，我知道，一次成功。办事员伸过手和她相握，一次成功。

高铁很快，几个小时后车就到了常州，铁路两边隐约看到的更多的是水面，是绿油油的稻田以及田陌间的绿树。

常州！她心一震，几乎是下意识地举起手机，屏幕上出现了大大的"常州"二字，在"常州"的周边是窗外的场景和一只掠过的小鸟。没有更多的犹豫，吕茜茜把一张截图发给了游雷。

一刻钟后，游雷回复了，附了一个位置图，简短的一句话，我在国外，然后是一个想念的表情。

来之前导游和她沟通，问她，去过上海吗？还有常州？

她没有正面答复，只是回答，不用。

她其实是去过的，上海，包括常州。

杭州离上海和常州的距离她已经查过，只是，她只是查了一下，没有更多的计划。或者她的内心还在踌躇。两年前，吕茜茜去上海，就在行程即将结束时她突然萌生了去常州的念头。好像是一次回访，说回访是因为之前有一次游雷路过旗城，心血来潮从旗城下了车，下了车他给她打电话，告诉她，他已经到站。那时候旗城的高铁还在建设之中，游雷是在老站现在被称作火车西站下的车。她连忙赶往火车站，高大的游雷远远地站在出站口的屋檐下，檐灯的光披在他的身上，他手里掂着一个挎包。她举着手喊游雷，哎，这边……那个高大的身影带着激动回了一声就朝她跑来。她知道这种情况下是避不开拥抱的，她娇小的身子被一个男人的长臂紧紧地裹住，仿佛要把她吞没。

而后，他们去了一家咖啡馆，在游雷准备暂时入住的撒哈拉酒店的旁边。车站的拥抱像退潮的海水一样平静下来，游雷还时不时摩挲着她的手。有一部分时间，他们是在回忆，在这之前，他们在同一家公司里干过，那时他们都属于背井离乡的人，友谊也是在那段时光里结下的。游雷说，我不会忘记那个雨天！她摇摇头，这句话你说过很多遍了。游雷说，因为我真的忘不了那个雨天。那场雨是在游雷的一场病中越下越大的，他发烧、咳嗽，连续两天都疲倦地躺在小小的出租房里，就在那个傍晚他听见了咔嗒咔嗒的脚步声，一种被水泡过又踩上楼梯的皮鞋声。咔嗒声停在他的门前，他听见了嘭嘭的敲门声，是吕茜茜。她给他带来了一碗面，还有一些药物。吕茜茜不说话，把饭倒进碗里，看他坐起来吃。吃完了，吕茜茜说，去医院吧？他摇头，不用，就要好转了。她下楼了，再上楼时带来了一个社区门诊的医生，给他看了病，打了针……

游雷说，我永远记得那个雨天！不用，一个男人这么啰嗦。游雷说，不是，这是一个男人的真诚。吕茜茜说，我们谁也不欠谁，你也帮过我很多。一个女孩在外面其实很难，很多难题都是你帮我解决的。

他们喝着咖啡。

去北京干什么？要当北漂吗？

他端起咖啡和她碰杯，说，受人之托考察一个项目，一个高人。

好吧，祝你成功。

你们，还在挺吗？

她懂他的意思，点点头。

他说，也许会好起来的，挺住意味着希望。

这是谁说的话，一个名人？

这会儿是我说的。

她说，那你就是名人。

哈哈……

时间能解决一切，不用担心。

我相信，游雷说，时间是包容的，也是可以消融和消解的。

各自保重！她看着他，那双眼里似乎有一种忧郁，难道他中途下车，就是为了这场见面，这场夜间咖啡馆的一次相谈，为了出站口的一个拥抱……游雷说，你相信时间吗？

相信！

嗯，那我也相信，我们都裹挟在时间里，谁都无法回避，谁都不能不做时间的俘虏。

俘虏？她抖了下膀子，笑笑，在咖啡馆朦胧的灯光里有些模糊。

保重！

保重！

她始终没问他为什么要突然下车。

这个城市其实还有游雷的一个亲人，他的一个同父异母的姐姐，多年前鬼使神差地嫁到了旗城，她记得游雷对她说过，他和姐姐偶尔有来往。这个夜晚他大概不会去见姐姐了，太晚了，明天他还要很早离开。但她还是问了，还见其他人吗？

游雷仰起头，又摇摇头。

离开咖啡馆前，他们很自然地拉住了手，拉着手走到她的车前。

在酒店门口，他们看见一个男人从出租车上下来，打开车门往下拽一个女孩儿。女孩被拖下来，风衣触到了地上。女孩挣扎着对司机说，不要走，等我！男人最终撒手，女孩却静静地站住了。出租车司机沉默地看着他们，女孩又走近了男人，把身子贴上去，给了男人一个拥抱。男人木木地站着。女孩返身又上了出租车，从车窗里向男人挥手，男人始终没有说话也没有举起他的手来，也没有着急回房间，他坐在大厅侧面的一把椅子上，低着头，独自抽烟。

她和游雷看完了整个过程，他们看着角落里的男人，在星星点点的烟火中，听到了抽泣。

她对游雷说，你不会吧？

什么？

像那个人一样。

游雷犹豫了一下，拉过她的手，俯下嘴唇贴在她的手面上，她感到了一种潮湿，带着烟味和咖啡味的潮湿。游雷吸烟，他们在一起时，她偶尔也吸过。

游雷的眉毛有些皱。

她最终转身了。

第二天早上，她早早开车等在酒店门口，送游雷去坐车。

去常州是他们在旗城见面的两年后，整个过程和游雷从旗城下车几乎相似，只不过主人打了个颠倒。

列车穿过了常州，好多人都打起了瞌睡，后边的座位上甚至传来了隐隐的鼾声。毫无感觉地跨过了很长的旅程，外边的风景都无暇顾及。那次从上海到常州，也是在夜色里到达。游雷在站台外等她，好像情景重现一样，他们先来了一个拥抱，只是这次她感觉游雷抱得更加用力了，像要把她的骨头抱酥，还喃喃地说着，我们又见面了，我们又见面了。然后游雷接过她的包，一只手搂着她纤细的腰走出车站。此时常州已是万家灯火。

父亲的迷藏

游雷其实也是一个网商，不过是一个敢接大单的人，在吕茜茜接几家大单时他帮过她。游雷最得意的业绩是他在网上销售救活过一家童装厂、一家饰品厂，后来两家厂子都有了他的股份。吃过饭，游雷和她商量，我带你去一家琴行吧，那里也有我的投资，我想听听你的琴声。"琴声"这两个字游雷是带着抒情的音调说的，他动情的神色让吕茜茜简直要把持不住。游雷这话对一个女人来说是一种懂，懂她的喜好、她的内心，他知道吕茜茜曾经有一架钢琴，前两年处理了，而吕茜茜的内心对琴还有着眷恋。

好吧，吕茜茜回答。那种感觉是不容拒绝的，她回答的声音很细，像猫的低语。那一晚，她的确是在琴行里沉醉了，那种琴声中漫溢出来的情绪攫住了她。她弹着，当最后一曲停下，她久久地坐在琴凳上，游雷从身后环住了她。她任游雷那样环着，没有转身。

第二天早晨，很早的一趟车。她记忆犹新的是列车徐徐启动时，游雷伸着手、脚步撵着列车的身影，她似乎听见了站台上咚咚的脚步声。

她回忆着两次接站和送站的经历，她想，常州也许是永别了，真正的男女朋友，那种深中的浅太谨慎、太矜持，或许是一种疏远，最终可能会是分别。长久地保持距离，让双方会越来越有一种失落的感觉，灵魂也会麻木的。

竟然又路过常州，在列车的疾行中，她流下了眼泪。

四

　　手机上蹦出一条信息，是杭州的导游。姐，你到哪儿了？
她回答得很快，常州。接着又蹦出一条信息，是有人询问她
转让行李箱的事：姐，能报个合适的价吗？她又迅速地回了
一条，我在外边，回去再谈。对方又蹦过来一条，姐，除了
行李箱还转让什么？这种人把我当什么了，中介？旧物处理
站？她问，你需要很多吗？哦，就是顺便问问。她回，现在
还没想到。她想起来，蒙在行李箱上的窗帘迟早会当成废品
卖掉。她找到了一张图片，那是旧窗帘拆下来时临时拍下的
一张。她把图片发给了对方，拆换的窗帘你要吗？对方竟然回，
要！抹布的价格！你这种人怎么什么都要？对方回答，也不
是，窗帘正好有用，看你那窗帘还挺好的。

　　是还挺好，窗帘当时也没少花钱，拆下来时连一点痕迹
也没有，和前夫离异后，由着情绪拆下了窗帘，然后换了新。
如果要换，身下的床也许也该换掉。可是她忍住了，因为这
张床当时是按她的意愿买的，还有孩子房间的床，孩子回来
也还是要用的。列车在高速行驶，她又调侃了对方一句，这
个世界你敢要吗？对方好像在等她的信息，回，不敢，我只
要世界的一点点。之后，她在截图上看到了钢琴——她的钢琴。
她赶忙问，你是买钢琴的那个人？不是，这是我刚从一个中
介那儿买的。一瞬间她决定把行李箱转卖给这个人，那样她
就可以知道钢琴现在的主人了，可对方怎么拥有了她的钢琴？

她陷入一个谜中。

接站的是一个女孩。

女孩高大、苗条，带着笑意，是她喜欢的类型。爱笑的女导游伸出手拉过了她的行李箱，是吕姐吧？吕茜茜点头，报以同样妩媚的笑。女孩把她带到一个地方，让她坐下，和她商量，还有一个游客几分钟后到，吕姐能不能等一等？她当然表示同意等，别说是几分钟，就是时间再长一点恐怕也要先放下心来。女孩又是一笑，说了声谢谢，她把行李箱还给吕茜茜，然后举起小旗又淹没在人流之中。真的没等多长时间，女孩就又出现在她的视线里，手里拉着另一个行李箱，身后是一个同样身材纤长的姑娘。

那天晚上，导游带她们在一个热闹的街市吃了夜宵。回到酒店，吕茜茜把到杭州的消息发到了朋友圈。

跟帖点赞马上在朋友圈的下方弥漫，像一只只鸽子在她的朋友圈里飞翔。在那些赞里她看到一个微信名叫棉花的留言，一切都有开始。她的心隐隐地疼了一下，这是她心里的另外一个男人，十几年的关系了。他叫苗望，曾经他们是各自情绪的疏导师，她更把他看成自己思想的导师。关于这个男人，他们有很多的细节，只是，她和这个苗望的关系更加纯粹，纯粹到一直走在濒临崩溃和绝望的边缘，又总是心心念念地想起对方。他们常在一个叫"星期八"的咖啡厅里见面，一个普通的喝茶聊天的地方，在这个城市属于中档或中档以下的咖啡厅，他们相中的是那里相对安静的环境。每一次他们都在一个固定的雅间里见面，音乐悠悠地飘动，茶几两边相对放着两只沙发，沙发上有了断裂的痕迹，弹簧和海绵的弹性还算可以。有一次，吕茜茜看起来很憔悴，在聊天的过程中眼泪扑簌簌地落，苗望沉默着抓住了她的手。吕茜茜低沉地诉说着，这时候伸过来的任何一双手都会让她感动。苗望想走过去，让那个身体依偎在自己的怀里，可想起每次吕茜茜都没有这个意思，他就止住了。女人的心不好懂，吕茜茜自己知道，她有时候是渴望一个怀抱的，可自己又过于矜持，所以一次次失落，也让对方产生了距离感。

　　"星期八"对面的停车场在地下，幽静、空旷。她把它看作电视剧中的场景，一个可以发生很多拥抱和亲吻的场所，她也曾希望他们之间发生点什么，一个拥抱，一个能听到对方心音的拥抱。可是，没有！那一次从咖啡厅出来，他们一起到停车场，她感受到了他闪动的一瞬间的欲念，他伸过手，又突然中止了，欲动又止的感觉有些堵塞。是苗望又一次感到了失落，坐进车里的吕茜茜太平静了，他像一只豹子中止了一场猎获，放弃了一次冲刺。那一刻内心的煎熬，一个男人的矛盾，甚至是一种羞耻。她和他各自坐在座位上，不说话，她拧动钥匙，车低声地发动，她再看一眼停车场，如此安静。苗望瞅着停车场粗粝的天花板，不说话，手很自然地放在腿上，有些冷漠。往外走是一个大大的斜坡，走出斜坡是一条南北的宽阔马路。吕茜茜说，你去哪儿，我送你。

　　苗望没有回答，他跳下车，径直地往北走去，车门在他的身后发出闷闷的一声响。吕茜茜看着他壮硕的后背，握着方向盘，在太阳下却像是冻僵了。

他们其实是有过拥抱的。最初他们在旗城一个部门的楼上楼下，有一段时间，苗望每天都能听到她的脚步声，她从楼下的办公室给他送报纸、信件，从一开始礼貌敲门到后来推门而入。每次吕茜茜看到苗望时他的面前放着的都是书，他对她送来的报纸付之一笑。苗望每次看报纸都看得很快，哗啦啦一个版就翻过去了，一沓报纸里可能会抽出一两页再细看。有一天，吕茜茜一进门，门就被风带上了。门带上的声音很响，让吕茜茜打了一个哆嗦。苗望一转身把她抱住了，苗望说，这是天意。再送报纸时吕茜茜就有了异样的感觉，那段时间，他们又有过几次严严实实的拥抱，但也都只是拥抱而已。

吕茜茜没在那个部门待多久，她去那个部门是父亲托人介绍去的，她对那里并不喜欢。如果说喜欢，可能就是因为认识了苗望。

她离开那里去了省城，竟然一连几年都没有再见过苗望，好像各自都把对方淡忘了。他们再续前缘是在一个雪天，那天旗城的雪下得好大，整个城市都变了颜色。吕茜茜冒着雪在路上走，她走到了旗城公园的大门口，跨过那个弧形的门道时又转过身，看见一个人正看着雪中的一棵树，几只鸟躲在树上，叽叽喳喳地叫。苗……她叫了一声，想起这些年她没有叫过他的名字，也没有喊过他苗老师，喊了一个字又停了下来。

现在，他们保持着每年见几次的频率，吕茜茜能感到她和苗望的关系越来越疏离了，过于理智的男女关系往往是毁掉这段关系的撒手锏。她回忆着，他们很久都没有拥抱过了。她承认，很多时候她内心还是会想他、敬重他，把他看成思想的导师，她愿意听他说话，每次告别都好像没有下次的感觉一样。现在，在异乡的夜晚她竟然又想起了他。

五

第二天，去的是一个水乡。

小团一共有六个人，四个女人，两个男人。女人们马上交流开来，谈丈夫，谈情人，谈子女，谈朋友。那些话她听见了，只是她一直保持着沉默，保持着距离。她渐渐地听出来，凡是一个人出来的，大都和她大同小异，要不出来散心，要不出来清闲几天，独身的女人大概占一半。那个和她同时到站的女孩是例外，在途中，她和那个女孩比较接近，也最早加了微信。在自由休息的间歇，导游小姐走到她的身旁，说，姐，轻松起来啊，出来就是散心愉快的。她看一眼导游，说，我知道，我只是不想说话，走南闯北的原来谁也不认识谁。导游和她一起坐在水边，眼前的流水在风中泛起涟漪，小鸟在水面上低飞，河岸上两座房子的相接处，一棵树的树枝搭在了两座房的房角上。导游说，人在旅途，搭上话就熟了，有什么话说出来，心里就畅快了。她知道导游的好意，也知道她出来的目的就是要疏散心中的郁闷，可说话的欲望强烈不起来，也许是个性使然。她对导游说，没事，我能出来，目的就已经达到了。的确，她真的感到排遣了许多。

水乡的河岸上有一条小街，是卖水产和丝绸的，店面外边的丝巾在风中悠悠地飘拂，她一个人走到那几家丝绸店前，询问着价格，价格的差异挺大，从十几块到几百块都有。她犹豫着是不是应该给家里捎回去一条丝巾，她想起虎妞，这几天她出来了，她的网店，每天打包、发货，都是虎妞在打理。虎妞是她在省城开格子铺时结下的朋友，曾经是她格子铺的理货员，她回到旗城，虎妞竟然也跟着来了旗城，而且在旗城找了一个老公，成为她在旗城最好的朋友。接下来的行程，她好像接受了导游的建议，和旅友靠近，但还是听的多，说的少。

第三天，去了横店。

她想起那次和苗望去焦城的影视城。焦城离旗城不远，不过两个小时的行程就看到了影视城的大门。焦城的影视城是多年前拍一部古装戏留下的，宫城、宫墙、古街……也很气派，这几年很少有剧组再去那个影视城拍戏了，所以显得萧条。她和苗望走在一条古街里，周围是各种戏装招徕照相的。在苗望的鼓励下，吕茜茜照了一张，她穿了一件大小姐的衣裳，站在门楣内，眉目含情。照相师傅给她拍照时，苗望在一边用手机拍，他看到了吕茜茜眉目里射出的东西，他的心动了一下。整个上午，他们一直在影视城流连，中午快出影视城时吕茜茜说，我有点累，休息一下吧。他们找了一个僻静的地方，在一处树荫下，吕茜茜闭着眼，手搭在小腹部，苗望坐在她的对面，看到了她起伏的胸部、侧坐的臀部。他想着让吕茜茜枕在自己的身上，也许她会舒服点。他鼓起勇气走过去，试探着让吕茜茜靠在自己的身上。可他失败了，吕茜茜摆了摆手，说，别乱，我歇一会儿。等吕茜茜从小憩中醒来，他们踩着几十级的台阶下来，从停车场开出车，在焦城的一条小食街里吃了午饭。从那以后，两个人好像就再也没有见过。

她看着横店影视城里正在拍摄的几部戏，想着人生到底有多少值得留恋的东西。

六

在外边的几天，她不断收到出租司机陆敏的微信，在她的朋友圈里不断看到和鸽子有关的内容。她想不起自己是怎么加了那个司机的微信，是在转账付款后，还是通过那张名片加的，或是陆敏在路上向她推广微信叫车时加的。她无意或有意地瞥一眼陆敏的微信，搜索着来自旗城的信息。陆敏有点文艺范儿，发出来的内容除了鸽子，还常常和雨和路边的绿植有关，陆敏在文字里低语，群鸽中总会有一只孤独的鸽子。

连续几天她的微信和朋友圈里没有再出现苗望。苗望就是这样，神秘地出现又神秘地消失。而那个游雷在后来的几天里不断地在她的朋友圈里点赞、跟帖，甚至在一天深夜给她发微信说，也许我会回到常州。她不知道游雷这句话的含义，就好像不知道为什么那一年他在去北京的途中突然下车出现在旗城一样。

那天晚上，吕茜茜刚坐在酒店的咖啡厅里，音乐缭绕中，陆敏的微信就蹦出来了，你愿意收养一只鸽子吗？紧跟着又是一条，一只受伤的鸽子。画面上，一只鸽子站在一块草绿色的布上，鸽子的对面是一只手，像一根树枝轻轻摇曳……

她不知该怎样回答，她觉得自己还没有想好，饲养一只鸽子绝不是一个小问题，对一个要和你相濡以沫的生命怎么可以轻易地承诺。那只鸽子让她的心隐隐地压抑、哀怜，她还没有做好准备。她久久地看着画面，她是看过很多鸽子的，在她上幼儿园时，幼儿园里就有一群鸽子，父亲的敬老院附近也有一群鸽子。可是，要收养一只鸽子，面对一个生命，她在犹豫，任何的承诺都不能轻率。她回了一句，我还没有想好！她的回答是诚恳的，又加了一句，请你理解。

十几分钟后，陆敏再发过来的是一段语音，语音里有鸽子咕咕的叫声，叫声后是陆敏声情并茂的一段话，姐姐，我想向你讲一个鸽子的故事。那一年，我们家养了十几只鸽子，鸽子每天飞到房顶上，当时我们住在城郊的老宅里。有一天，一只鸽子突然扑棱棱落在了屋檐下，我和妈妈跑过去，看见是一只雏鸽，它受伤了，用楚楚可怜的目光看着我们。妈妈不说话，她轻轻地托起鸽子，抚着鸽子的羽毛，慢慢地把鸽子收起来，为鸽子疗伤……后来，那只鸽子终于会飞了，又回到了鸽群里。那只鸽子飞起来时，一群鸽子都来迎接，看着鸽子母亲的眼角爬上了眼泪……

吕茜茜听着。陆敏说，我就是从此爱上鸽子的，多少年过去了，我们离开了老房子，可只要我看见鸽子就会留意，我能在一群鸽子中看到孤独的鸽子、受伤的鸽子。看到受伤的鸽子我宁愿停下我的行程、我手边的工作。就这样，我一直在坚持收养受伤的鸽子，当受伤的鸽子重新飞回蓝天，我的心也随之敞亮。如果……如果……一只鸽子再也飞不起来，我也特别地忧伤，我遇到过多次……没有救活的那些鸽子，我给它们找到一个固定的墓园，只有我知道的鸽子的墓园，它在郊外的一个河滩里，我定期去看它们，草在生长，在替它们飞翔……

吕茜茜的眼泪禁不住掉下来，她哭了，回复陆敏，我愿意和你去看那些鸽子。

那是吕茜茜返程的前夜，陆敏又发来语音，我又去了你家那儿，你家周围的环境是适合鸽子生长的。吕茜茜有些奇怪，我家？你知道我家？

陆敏说，姐姐你真是健忘，我在哪儿接的你啊？

哦，我想起来了。

她的思维又回到那天的早晨。

陆敏说，广场，体育馆，植物园，草地……

她想起她看到过鸽子从树林上飞过，不是陆敏提醒，她对鸽子没有那么深刻的印象，虽然她也喜欢鸽子，看来人的记忆是需要重塑和提醒的。她回，我看到过很多鸽子。吕茜茜有点累，又回陆敏，休息吧，夜好像深了。陆敏发过来的是一个晚安的表情。

　　吕茜茜打开窗户，仿佛要在夜色中寻找鸽子，风从窗口吹过来，有些潮湿。可是，没有鸽子，窗外是一个城市的夜色和夜色中的灯盏，鸽子是夜眠的。她开始回忆几天来是否见过鸽子，岑寂的夜晚让她有种失落的情绪……

　　就在这时，手机上蹦出一个男人的头像和微信，我回来了，你在哪儿。

加　油　站

　　汽车抛锚是在一个雨天，确切地说是在一个雨天的傍晚。

　　瓦兰站在加油站的棚架下，咫尺之外就是不着边际、不懂节制的秋雨，雨柱斜斜地从天而降，然后一溜子一溜子滑过眼前的道路，像千百条长蛇在狂舞。玉米的阔叶回应着雨的拍打，发着一声骤似一声的回响。雨从棚架上轰隆滑过，落到地面时"哗啴"一声。路面被涮出一道道伤痕。身后的小楼在雨雾中显得迷蒙，被一场雨包裹着更显孤独，只有那个窗口隐约的粉红窗帘透出一缕与雨天倔强抗衡的意思。那是她的卧室，粉红的窗帘是几年前特意挑选的，在荒野之间，太淡的窗布会被无边的青绿湮没，连飞在空中的鸟也懒得往窗口上瞄一眼。她看着眼前的雨雾，没有风的配合，雨有点儿赌气，好像没有经过雨滴、雨丝的孕育，雨一下来就成了白练般的雨柱，后来逐渐变得混浊，面前的道路渐成大雨宣泄的沟槽，满野的秋苗这时候没有丁点儿诗意和唱歌的意思，鸟儿也不再在秋梨上舞蹈，这种沉闷的雨天甚至会让鸟儿产

　　　　　　　　　　　　　　　　父亲的迷藏

生孤单。

汽车就是这时候抛的锚。

瓦兰站在傍晚的雨幕边缘，她听着汽车滑过雨路的声音，突然降临的大雨使雨天的行驶显得凝重。汽车在雨天的滑行透着一种迟钝。

夜幕逐渐下沉的时候她才注意到抛锚的车，她听见了汽车的嗡嗡声，看见两星蜡烛样的光亮。她知道这车走不了了，她有经验，汽车在路上抛锚她已经司空见惯。接下来她听见沉闷的车门打开的响声，听见一个男人粗暴的骂声。

车应该再往前挣扎一公里，那儿有一处维修站。说是维修站其实现在只有一个叫罗旷远的年轻人了。真的可笑，一年里她几十次看着抛锚的车连这一公里也挣扎不到。如果没有这瓢泼大雨她可以去把罗旷远喊来，在这方圆几里的旷野间现在只剩下她的加油站和罗旷远的维修站了。罗旷远的维修站原来有三个人：罗旷远的爷爷和罗旷远的弟弟。罗旷远的爷爷原来在西安的一个筑路机械厂当师傅，修了一辈子的汽车和建筑机械，他带罗旷远和罗旷远的弟弟在这里干了八年，在罗旷远能独立操作且被过路车认可的时候，老头回老家安享晚年了。罗旷远的弟弟耐不住寂寞，去做另一种可以跑来跑去的生意了。

都怨那条公路，那条新修的高速公路，不然这里不会这样寂寞。没有生意的时候罗旷远会嘚嘚地跑过来，前几天的一场细雨中，罗旷远就曾经和她一起站在棚檐下，看雨慢慢地把道路濡湿，那天的细雨像从天幕间悄然飘落的一层油，厚厚的土地由表及里慢慢地被润透了。

这时候她开始留心观察那泊在雨中的大车，是一辆加长车，在雨中隐隐看见车体是蓝色的，是一辆国产的载重车。

那个人在雨中拖着脚步向她走来。她摇摇头，那走来的脚步透出一种疲惫，那个人的手在头顶扯着一小片彩色的鱼鳞帆布，宽宽的肩膀一晃一晃地露在雨中，仍被无休无止的雨淋着。朦胧的雨雾中她看见那人一副宽身架，高个头，长长的腿在雨中哗哗啦啦地扯，路上的雨水被他划出两道小河。

终于，宽身架立在了她的面前。她看见一张有棱角的脸，头发杂草一样地垂在额前，高鼻梁凸起架在整个脸部的轮廓上，指节很长的手扒拉着脸上的雨水，这样的一双长手放在方向盘上能把方向盘握严实。夜幕是伴着雨幕提前降临的，在雨中的大棚下她看见一双被雨洗过的大眼，那眼在雨声中毫无顾忌地直直地盯着她。

能不能让我住下？是一副浓重的嗓音，在雨天里丝毫没有语言的羁绊。她怔住了，她恍惚地站着，那句话像从很远的一个地方飘过来又很沉地落下。能吗？她恍若置身在一个镜头的设置中，这个镜头拍下来绝对有艺术感染力。

她几乎要答应了。

可在转身的瞬间她顿住了。八年了，这是第一次有人要在加油站住宿。

怎么能呢？我一个孤身的女人。

让我住下吧，老板！我不想躺在雨声里，你不知道那雨柱拍打车的声音有多响，那孤独的被雨包裹的感觉多让人心烦。我这样躺过，像要被雨水埋没了，我今天不想躺在雨幕里。

她简直要答应了，她又一次动摇了，那张床，楼上的那张床空着，那张曾经躺着一个男人的床。

可是她还是有些犹豫。

司机说：随便给个地方就行，只要……

司机说：大姐，要不要我现在付钱？

她仰仰头，她又看见了那双眼，那双被雨淋洗得纤尘不染直视她的眼。就在一瞬间她不再犹豫了。

他们是冒雨上楼的，她甚至忘记了在楼下扔着的那把伞。楼梯修在外边，看着被雨淋着的男人，她想，要是楼梯修在屋内就好了。她打开那扇门时，返身看了一眼楼梯上男人的身影，雨雾使男人的身影有些模糊，像大雾中的一棵黑榆树。她的眼前倏然升起一种幻觉，像看见了那个已经久违了的人。

多少年后，每次的下雨天她都会这样看着那个楼梯，都会看见一个模糊的身影，她的心会不自觉地跟着降雨，天晴时，空空的楼梯让她有一种孤寂的感觉。

那是她永远不会忘记的雨天。

她打开门，开始整理房间，整理床铺。打开一扇柜子把干净的被褥慢慢地往床上铺，被褥散发出一种久违的棉花味儿，在潮湿的雨天透出一缕干燥，被子在抽开时漫出一种微微的响声，像一只小鸟踩在干燥的棉花叶上。她的腰一直弯成弧形，她的脖颈细长，像一只鸟在低头寻觅一种东西，淋湿的衬衣贴在身上，使她身体的轮廓每一点都分明。

他说：不用……不用这样认真，随便一床被子就行，我是真的不想躺在雨里。

她还是认真地铺着，先用一把宽大的鬃毛刷子把床打扫了两遍，她看见床板的缝隙处已经有了蜘蛛网样的东西，她把它扫了，那个蜘蛛网粘住的是一层又一层的光阴。然后她把褥子铺下去，一个角一个角地伸展，再在褥子上铺上床单，那种印着花草图案的床单，在整个铺床的过程中她忽然感到一种温馨，仿佛过去的时光又倒了回来，仿佛在为那个曾经睡过这儿的男人铺床。她就是这样为那个男人铺床的，一层层的每次铺得都很认真，每次铺床都好像把一层光阴盛起又珍藏了，那时候她是真的享受这种温馨的幸福，可那种温馨随着一个身影的消失而消失了。就是这时候她忽然从心头拱起一种欲望，她忽然停下手扭过身盯着站在身后的男人。

谢谢，好了大姐，行了，这样就行了。

她扭过身，从隔壁自己的房间拎过来一壶开水，放在那张已经整理过的桌子上，随手又拎过来一只白色的茶杯，茶杯上有一只鸟，是一只喜鹊，喜鹊踩在一枝梅花上。

他说：谢谢，我不会忘记这个雨天。

半夜里，雨好像小了些，但雨中的公路却死一样寂静。她听着哗啦哗啦的雨水声，看着灯光中粉红色的窗帘，倾听着外边的动静，听见雨在头顶移动，呼呼——像一条河从头顶穿过,她想不远处的大仓河现在肯定又涌起浪了。

她忽然想再去看看那个男人。

门虚掩着,她以为男人已经睡了,就轻轻地推开了一道缝儿,男人竟然还在窗前站着,后来她想那可能是一个陌生雨天的缘故。男人赤膊,宽大的身架透出一种力量,肩胛骨像两座山架一样高耸着。她有些入神地站着,男人的目光这时候从窗前折了过来,那双眼在雨中的深夜里没有一点儿疲惫,门缝慢慢地被拉大,她被那双目光睃得有些迷糊,那目光里甚至透着一种欲望,那欲望此刻在男人的目光里愈燃愈烈。她的双乳突突地颤动起来,眼里好像不自觉地迷了一层东西。男人就是这时候拽过了她的手,就是这时候把她捏住的。好久,好久,他用一种有些陌生有些不容置疑的口气说:别动,别动,让我抱着,我就是想抱住一个人,别动……雨还在外边疯似的下着,她感到一种暖暖的潮湿,久违的潮湿……

在这个被雨覆盖的深夜,她竟然体验了一种久违的温暖,她不是没动,而是一种勇敢的回应,后来他们把床铺都弄湿了,那一刻他们忘记了外边的雨声。

雨夜,一生中说也说不清楚的一个夜晚。

加油站在这片野地已经矗立八年了。

她是跟着李铁来这加油站的。那年石油公司一窝蜂地在省道和国道边建起十几座加油站,当那个关于机构改革精简人员的文件在会上宣布时,公司的员工才刷地迷瞪过来,才知道建设加油站原来是公司分流人员的一种手段，而有先见之明的员工已经捷足先登占领了有利地盘。李铁是公司的业务员，整天天南海北地跑，但李铁显得有点儿执迷不悟，李铁也被划在留守人员的圈子之外，除了去经营一座加油站已经别无选择。李铁回来时，写在大红纸上的名单已经公布了，尽管李铁的名字写在最后，但被分流的结果是一样的。而且要招标经营的只剩下这座位于两县交接地带的加油站了。

李铁迷茫地站在红纸前是在一个春天的傍晚，还掩藏着寒气的风掀起李铁身上那件米黄色的风衣。一直惦着李铁的瓦兰后来站到了李铁的身边，那张纸上同样有瓦兰的名字，瓦兰一直在等待李铁回来。瓦兰在春天的傍晚扯住了一只风衣的袖口，后来和李铁坐在一家小酒馆里。瓦兰很细心地给李铁倒酒，看着李铁正被酒精刺激的脸。李铁，那座加油站在哪儿？远吗？李铁说：在一片野地的中间，在公路边，两县的边界，无所谓远，只是那儿有些偏僻，不是热闹地带。

瓦兰说：其实，我一直在等你回来。

不久，瓦兰跟李铁来到这座加油站，那一年跟李铁一起来的还有一男一女。但没过多长时间，他们就离开了这片旷野。瓦兰没有离开，她和李铁留了下来，瓦兰已经习惯了这种野地经营的生活。她已经习惯了站在小楼上看远远近近行驶的车辆，看头顶飞翔的鸟儿，看那条流淌的大仓河。她有不离开的理由，她已经是李铁的人了，来这里的第二年，瓦兰和李铁结了婚。

在这个加油站的附近，原来也是有几处加油站和两家饭店的，但后来又都搬迁了，可能都挪到了繁华处。李铁和瓦兰没有挪，他们没有那样的精力，应该说公路上的每一处都是车辆的驿站，他们这独一处的加油站还是有生意做的，而且这周围有几个村庄，农用车辆在农忙的时候也会"嗵嗵"响着来这里加油。

　　李铁每隔一段都要出去几天，瓦兰知道，这是因为一直跑业务的李铁耐不住寂寞。但瓦兰不理解李铁对自己的背叛。李铁先是每月出去，后来十天半月就要出去一次，把瓦兰独自晾在苍茫的旷野。他有时候也带瓦兰出去，但瓦兰总是急着回来，瓦兰的心放不下加油站，瓦兰把惨淡经营的加油站当成了一种依托、一种事业。有一天李铁从外边回来时带回来一只狗。李铁说：瓦兰，我们应该有一只小狗，我们在这野地里，有时候我还要出去。

　　瓦兰接纳了那条小狗，那是一条短腿的黄狗。黄狗长大后总绕着加油站转来转去的，有时仰着头卧在公路边，有司机看它可爱会摁几声喇叭，对它挥挥手，它仍然静静地卧着，汪汪叫几声，晃动着耳朵，甚至对跟它打招呼的司机点头。可狗竟然在一个夜晚失踪了。第二天早晨她拼命地唤着狗儿，去大仓河边找，去前后的野地找，始终没有再找到小狗。

　　狗失踪后的一天，瓦兰站在小楼上，她恍惚地看着满野的青纱帐。天有些阴，鸟儿的翅膀从低空掠过。

李铁唤瓦兰。

瓦兰看着楼下，还沉在狗儿失踪的恍惚中，她的眼瞪着不着边际的青纱帐。李铁把她从恍惚中唤醒。她转过头，李铁说：你过来。李铁望着大仓河，秋天的大仓河是一条窄窄的白练。李铁揽住瓦兰的肩膀。李铁说：瓦兰，你在这儿烦不烦？瓦兰摇了摇头，说：我已经习惯了，真的，我简直不知道另一种环境是什么样子了，我怀疑我不能适应回城市的生活了，这儿没有聒噪，没有人与人之间的较量。我已经喜欢上了这种汽车的噪音，噪音已经不影响我的睡眠了，噪音有时候对我来说是一种音乐。

李铁说我们在这里已经待了四年了。

瓦兰说：我们有生意，我们有这样生活下去的理由。其实瓦兰忽然从心底升上来一种自责，她想起他们在城里结了婚又回到加油站的那一个夜晚。李铁也是和她站在小楼上，也是这样望着大仓河，也是这样一种目视远方的神态。那天李铁对瓦兰说：瓦兰，我们真正的生活开始了，你说你打算离开加油站吗？瓦兰说：我已经喜欢上这片田野了，我现在喜欢的不仅仅是加油站。李铁又催她，我让你回答回不回去。

瓦兰终于说：真要回去，也是咱们有了孩子以后。我们的孩子不能一生下来就在荒郊野外，就闻这汽油味，就天天听汽车震动的响声，就听火车爬大仓河的哐啷声。

好吧。李铁说。

三年的光阴又跑过去了，瓦兰的肚子依然没有装进内容，李铁和瓦兰的作业依然有规律地做着，他们依然在夜晚的作业中抱着一种等待，谁也不提看医生的话题，他们觉得这种事情只是一个时间的问题。

李铁是在那条狗失踪后走的。李铁这次走的时间更长，瓦兰先是每天盯着路边经过的客车，后来等待的心情越来越焦急，再后来在她变得疲倦时，李铁的那封信让她彻底失望了。李铁不会回来了，最少暂时不会回来了。李铁说：瓦兰，你回去吧，一个人待在那里没意思。

瓦兰清楚地记得李铁走后的那个秋天下了场大雨，瓦兰的生活总和雨、和秋天的雨有关。

那场秋雨曾冲毁了这截道路，雨在暑期即将过去时疯狂地肆虐了一次。那场雨和这场雨几乎在同一个时节，问题是那场雨下得很倔，辇辇地下了五天，大仓河几年来第一次满槽，而且溢出了河道；另一条从苍峪山冲积而下的林泉河也因为河槽盛不下溢到了这段公路上，大约有五公里的公路被雨水淹没，分不清哪儿是野地哪儿是路面。庄稼在雨水中泡着，蜻蜓在雨水停歇后从天而降，盖满了眼前的田野，青蛙在蜻蜓的伴舞中较劲地唱起来，一声盖过一声。她第一次目睹涨水，瞅着明晃晃汪着的水想象着大海不过就是如此吧。她满耳都是蛙声，满眼都是蜻蜓，那时候她刚把粉红窗帘换了新的，虽然颜色未改，但她还是执拗地换了一个，也许在空旷的荒野有了鲜艳的窗帘这座小楼就不会被庄稼淹没了，就能吸引路人的视线了。没有汽车经过，加油站显得孤寂，幸亏加油站建在一处高坡上，不然不知道自己该怎么办。

后来有了小鸟，鸟儿在积水上盘旋，翅膀掠过被淹的庄稼，更多的是小燕子，还有麻雀，还有一种黑翅膀的楝鸟，鸟儿撒欢儿似的一起一伏地在水上掠。那几天她静静地站在楼上，望着汽车从另一个岔路口艰难地往一条被淘汰的路上绕行，望着火车从身后快速地爬行，她忽然有了一种不安的情绪。是不是自己太守旧？为什么要孤独地守着一座立在野地里的加油站？信誓旦旦的李铁走了，而且再也不见人影儿了，甚至除了那封信再没什么音信了。

罗旷远是在那个雨天的傍晚把被褥和一些家具拎过来的。罗旷远的维修站在一片平地上，几个小时的雨让那座小屋爬进了雨水。罗旷远拎着东西过来了，他在雨中看着瓦兰。

瓦兰说：住吧，这楼下的空地你随便。

瓦兰在心底是感谢罗旷远的，在孤寂的旷野其实是罗旷远为自己壮了胆。罗旷远的维修站距加油站不过一千米的距离，站在路边瓦兰能看见那座房子。汽车抛在修理站附近时，如果是油的问题，罗旷远会给他们指，你看那儿就是一座加油站，质量挺好的，是石油公司的老牌油站。一个大风的夜晚罗旷远听见了"哐啷"的一声响，他顶风赶过来，帮瓦兰把掉落地上的棚顶残片收拾了，第二天又拎着工具过来把加油站的顶棚固定了一遍。

那些雨天罗旷远在瓦兰的加油站守了八天，那几天罗旷远和瓦兰暂时吃在了一个锅里，瓦兰对罗旷远的信任还在于罗旷远那双淳厚的眼,那双眼里从来没有藏过什么邪念,像两潭井水,净得能看见底。罗旷远在加油站的几天里,没有在夜间上过一次楼,有事了,也是恭敬地喊瓦兰下来。一天夜里,瓦兰和罗旷远坐在加油站的一个连椅上,瓦兰问罗旷远,你一个年轻人也守得了这份孤寂?罗旷远说:习惯了,我喜欢上这片野地了,爷爷的一个工友在城边开了一家大站让我去,我不想走。

为什么?

罗旷远迟疑着,忽然盯着瓦兰:那儿有这样一座加油站吗?

雨水下去得很快,瓦兰想不到土地这么能浸水吸水,白花花的雨水几天就全落下去了,晃眼的太阳很快把路晒干了。罗旷远搬回去的时候对着瓦兰喊:瓦兰,我把维修站搬到加油站来好吗?

瓦兰正从楼上下来,她手扶着栏杆,看罗旷远夹着被褥,瓦兰说:你的焊花想把我这个油站毁了是不是?

罗旷远说:那我就向这边靠靠,你看这满野地里就我们两家了,不应该离得太远吧?

瓦兰笑了,随便。

但是罗旷远一直没有搬过来。

庄稼被收割了,秋天的原野更加旷远。那些村庄、那些村庄的房子,甚至游逛在村外的狗、牛、羊就毫无遮拦地进入了瓦兰的视野。瓦兰看到大仓河的水悠悠缓缓的像牛的脚步。

那些缠绕在村外的鱼白色的烟岚，攀着枝杈伸得很远，烟岚让人感到一种恬淡和温暖。看到烟岚的那天清晨，瓦兰不觉得自己孤独了，加油站和村庄原来这样亲近，我怎么会是孤独的呢，几步之外还有同样耐得住寂寞的罗旷远。

瓦兰一直沉浸在那个雨天的夜晚，那梦一样飘着大雨的夜晚。有时瓦兰打开那扇门独自盯着那间屋子，盯着那张在那个夜晚曾经濡湿的床，瓦兰的眼前有时会溢上一层乳白色的雾气，在乳白色的雾气中是一张棱角分明的脸。瓦兰对那个雨夜的怀念简直不能自拔。那是李铁走后她经历的一个刻骨铭心的夜晚，那个雨天，没有多少言语的夜晚，那种带着几分沉郁的默契好像来自天堂的恩赐，像是两股泉水淙淙地奔涌着融在一起。

一种预感来自那个秋天的早晨，她的手刚扶上栏杆，来自身体深处的反应翻腾着往瓦兰的感官顶部冲，凭着一个女人的经验，瓦兰在心里对自己大喊：怀上了。她一句接一句地对自己大喊：怀上了，怀上了。后来那句话慢慢地随着身体的感觉冲了出来，他娘的，怀上了。

现在瓦兰盼望那辆抛锚的车能再停在她的油站前，哪怕还是一个下雨的夜晚，瓦兰几乎盼望这个快入冬的天能再落一场大雨，盼望伴着大雨而来的是一辆抛锚的汽车。瓦兰几乎每天都坐在路边，眼睛掠过眼前的车辆。瓦兰清楚地记得那个雨天从车上下来的男人头上顶着一角帆布，脸上的肌肉丰满，往楼上走时男人的脚步即使在雨天也迈得节制。无数个

　　　　　　　　　　　　父亲的迷藏

夜晚瓦兰都陷入这样的一种无奈的等待中，她的目光在朦胧的夜色中恍惚地投向上楼的台阶，一阶、两阶……那三十二阶台阶已经被她的目光剥离得遍体鳞伤。那应该是上帝派来的一个天使，来证明一个女人的价值。她甚至怀疑那个夜晚到底有没有一辆抛锚的车。

但来自身体内部的反应不可阻挡。

是不是应该把这个消息告诉李铁？

李铁在这片旷野上待了四年。对一个跑惯了的男人来说那是一种多么寂寞的安排。

在那种感觉由心底往外翻腾时，瓦兰又一次想起了李铁，然而她又摇头，为什么呢？找李铁能证明的只能是自己的身体，已经没有其他的价值了，更找不回一颗滚烫的心了。

那个雨夜把一个女人的秩序打乱了。

有一天的夜里她独自坐在大仓河边，静静地看河水缓缓地流动，她一次又一次地把一块块小石头掷过去，石头在水中响起一声嘟的回音。

起身往回走时，她才看见身后站着一个身影，是罗旷远。

下雪了，一夜之间到处都是新棉一样的白。

他死了吗？还有他的车？她忽然萌发了这样一个绝望的念头，不然他为什么不再回来了？我肚子里有了他的孩子，他怎么就不再过来看看呢？

她又看见了罗旷远。

罗旷远站在雪地里，手里拎着铁锹使劲地铲着脚下的雪，罗旷远的脚印像画在一张白纸上的画。

在今年的那场大雨后罗旷远已经把他的维修站往这边挪了，挪在加油站北边的一片土岗上，再有抛锚车瓦兰大声喊罗旷远就能听见。瓦兰站在加油站棚架处的积雪里久久地瞅着罗旷远。瓦兰终于憋不住地喊起了罗旷远。罗旷远！罗旷远！那喊声滑过雪地钻进了罗旷远的耳朵。罗旷远站在瓦兰的面前，他看见瓦兰的脸上有被冻出的两片红，她呼出的粗气暖了一下他。她说罗旷远，你记得那个夜晚吗？那个大雨的夜晚？你记得那辆车吗？那辆抛锚的车？罗旷远摇头。

罗旷远，那晚他住在了我的楼上，抛锚车就停在我的油站前，就是那一个夜晚，就是那一个夜晚，我知道我其实是一个真正的女人。

罗旷远有些迷惑地听着，凝视着对面庄严的瓦兰。

真的，罗旷远，就是那个夜晚我有了。

雪又撒欢似的下了起来。

罗旷远，你说我现在该怎么办？

罗旷远一动不动地站在雪地里。

罗旷远，我一直在等那个人来，可我已经等他半年了！

看着那双绝望的眼，罗旷远说：这马路上每天要过多少车啊，你知道他在哪辆车上？你知道他是不是还在乎那个雨天？

瓦兰说：罗旷远，你说，我，我该怎么办？

打了吧！

瓦兰抓住了罗旷远的肩，攥住了一把凝成冰粒的雪。

不！瓦兰的泪在这一刻砸下来。

他们都凝成了雪人。好久，罗旷远说：那……我就是孩子的爹，这谁都觉得合理，瓦兰。

瓦兰的身体越来越笨重，她愈发怀念那个雨天的夜晚，她常愣愣地坐在那个小屋或坐在大仓河边，眯着眼一遍遍复述那个晚上的内容，那脚步声也常常在梦中向她走来，夜晚的时候她听着窗外的刹车声，甚至每一辆在加油站前停下的车，都会揪紧她的心。然而，瓦兰又总是无望地送走一个个让她怀抱希冀的夜晚。

瓦兰进了一趟城，拎回来的是一捆印好的传单。罗旷远拦不住瓦兰，瓦兰一连几天疯一样地站在马路边，她的手里永远带着几张传单，她的头发被来往的车带起的风掀起，她忘记了自己的加油站，她倔强地传递着手里的传单。那个冬天，一个女人在寻找一个抛锚司机的故事在整个线路上流传。可瓦兰始终没有等到那个男人的消息，也许他真的死了。瓦兰在一个夜晚点燃了一支白色的蜡烛，失望又虔诚地把几张传单慢慢地在蜡烛上烧成灰烬，那灰悠悠地在小屋飘着，幻化成想象中的一缕幽魂，后来瓦兰捧着一捧纸灰去了大仓河。

瓦兰是在夏天的那场雨夜前回来的。那是一个傍晚，天阴得像熏煳了的锅盖，瓦兰在她的每个故事前总能遇见一场雨。她在傍晚的灰暗中看见了自己的加油站，那座和她相伴了将近十年的加油站，这让瓦兰很激动，那种久违的激情由海底往海面上蹿。瓦兰的怀里抱着一个小孩，是一个男孩，高鼻梁，脸上透着棱角。她看见了罗旷远，她在傍晚的微光中看见了罗旷远。罗旷远一尊雕像似的站在油站的棚架前，直直地看着对面的原野和飞在原野上的几只鸟儿。他刚送走了一辆加油的汽车，那辆车一出加油站就踩足了油门，罗旷远的身边还多了一只小狗，黄色的小狗，狗站在罗旷远的脚边，咬着罗旷远的裤脚。瓦兰久久地看着罗旷远，看着那只专注咬裤脚的小狗，瓦兰的泪水夺眶而出，她忽然觉得自己这一辈子也不会离开这片野地、这座加油站了！

那小狗把目光挪了过来，低低地有些温柔地叫了两声，"汪汪、汪汪"，怀里的孩子也在这时候"哇"的一声哭了。

雨，一场夏天的雨下来了。

酒　福

1

穆小丽来牌坊街两个月了。

第一次来牌坊街，穆小丽瘦长的小手托着一把塌了一个角的小花伞，长头发披落在还算滚圆的臀部，发梢的潮湿在臀部洇出了一片潮润，目光在雨中透出一点恍惚。没有人和她一起，她就自己吊着一副还算清亮的嗓子，带潮气的小指头敲着一家一家的门，很礼貌地问着人家是不是有房子出租。

穆小丽住在了牌坊街临街的一个小门面里，门面房的中间隔了一堵墙，里边是一间小卧室，外边的这一间搁着杂七乱八的东西。其实也不能叫门面房，就是房檐下支了个小摊位，租给她房子的老乡把摊位也一起转给她了。真的算不上什么生意，就是一张床板上垫了层小花纹的塑料布，上边摆着一溜的干菜：生姜、花椒、粉丝、火锅料、海带、紫菜，等等，床角放着一个小台秤。穆小丽站在摊位前，有些拘谨地和顾客打招呼，盯着过往的行人，希望他们停下脚成为自己的顾客。后来，慢慢地熟了，穆小丽的拘谨逐渐消散，开始用喊声吸引过路的人，摊上的东西也逐渐丰富起来。

一个周末的傍晚，日头将落未落的时候，穆小丽撤下了她的摊位，给床上蒙上一层干净的纱布，有点慌张地出去了。然后，她手里牵着一个孩子回来了，像牵着一头小羊。孩子的头顶在她的胳肢窝里，小手绕过她的脊梁抓着她的一绺头发，眼睛圆溜溜的，有五月的向日葵那样高了，头发像韭菜一样有些微卷。看那亲热的样子，大家一下子明白了，原来这个不声不响的女人孩子都这么高了，怪不得她的胸部会那样摊开着。和穆小丽家隔着一道墙、开一家小五金店的阎萍，大声地问穆小丽："呀，哪儿蹦出来一个大男人，这么大了？"

这时候日头已经沉下去了，牌坊街的灯光唰地一下亮了。穆小丽被问得有些羞，头低了低，然后又昂起来，自己的儿子有什么好羞涩的，她抑扬顿挫地回答："咱亲生的，在工人街打乒乓球，周托。"然后举起孩子的手，把他握着的小拳头掰开，"阎大姐，你看这小手是不是像一个球拍？"阎萍真的跑过来，掰着孩子的小手看，她看到孩子的小手上都磨出茧子了。

当然，后来大家都和孩子熟了，阎萍还曾经在一天晚上和穆小丽一起去看孩子练球，孩子头上的一层细汗，像草叶上的小露珠，阎萍扭过头，看见的是穆小丽脸颊上的一层泪。

杨木头来了。那时候穆小丽正忙，她弓着腰，用牙咬住奔拉到脸前的一缕头发。翘翘的两个乳头配合她的忙碌左右摇摆着。穆小丽发现杨木头时，杨木头已经贴到了她的脸前，她已经闻到熟悉的汗味了。穆小丽一抬头，哎呀，杨木头到底出现了。杨木头没有提前打招呼，如果打招呼，穆小丽会让他再晚些来，那时候她已经收摊了，最好是在晚上十点以后，牌坊街的生意基本都收场了，没有结束的是夜晚的繁华。

穆小丽几乎一把就把杨木头拽到了屋里，而且把门啪一声关严了，不显山不露水，好像谁也不知道她往屋里藏了一个男人。这是杨木头第一次出场，没有什么人注意，或者说谁也没有想到那个瘸着腿走路的男人会是年轻漂亮、臀部鼓鼓的穆小丽的男人。况且第二天一大早，穆小丽就把杨木头送走了。

穆小丽不想让杨木头来。

杨木头知道穆小丽的意思，那一夜他把爱做得忍气吞声，一边做还一边对穆小丽说："我知道你的意思，我知道你的意思，我知道……"甚至做完了就要走，在杨木头坐起身时穆小丽一把把杨木头拽住了，她的心里隐隐地疼，她把头抵在杨木头的胸口，抵住他结实的胸肌，一层潮湿顺着颊沟滚下来浇灌着杨木头的胸膛，低低的绕着弯儿的一阵"呜呜——"迸发出来。杨木头在黑暗里睁着眼，用很低的声音说："对不起小丽，你等着，我不会让你再这样流浪，无论如何不会让你再候鸟一样飞来飞去。"

2

杨木头原来不是这样窝囊的。杨木头曾经有两部大卡车,在子午县的水泥厂做工,最疯狂的时候是"2+1",两部大卡车和一辆小车。他的哥哥在水泥厂是抓经营的副厂长,是瓦塘村的骄傲。杨木头可以在水泥厂横冲直撞,暗地里有人叫他"二厂长"。穆小丽就是这时候认识杨木头的,她在叔叔的轮胎门市部站柜台,穆小丽那时是一朵一掐一咕嘟水儿的黄花儿。杨木头经常吃饭的那家饭店和她叔叔的门市部墙贴墙,穆小丽隔着墙能听见杨木头的说话声,有两次杨木头和他的伙计们隔着墙夸她,她听见了,听得面红耳赤。杨木头吃饭很大方,在那里给他的伙计发钱,都是崭新的票子,掏出来哗啦哗啦响。因为饭店和门市部离得近,杨木头开始注意穆小丽,也因为穆小丽,他车上的轮胎都在她那里买了,杨木头还动员其他的车来这里换轮胎。那一夜杨木头喝多了,开着车门倚在驾驶座上打呼噜,车灯在夜色里打着忽闪,醒来的时候他渴极了,想喝水,就是那一夜他敲响了穆小丽的门⋯⋯

29岁的穆小丽孩子已经9岁了。

后来发生了一次转折,是一件大事。杨木头的车在一个陡坡上出事了,是追尾,他的车拱到了前头一辆大车的屁股上。杨木头的腿就是那之后瘸的,处理完那件事,水泥厂又因为一场意外特大事故停产了,他的哥哥被追究责任,县里的安监局长也被撤了。偌大的水泥厂到现在还停着,厂里的账成了死账。她刚走进他的生活，目睹了他的狼狈，风光一阵风儿似的过去了，几年的积攒几乎赔光了。

好像就是这时候，穆小丽来了牌坊街。

杨木头第三次、第四次来牌坊街是在夜里，门是叩开的，杨木头的手里掂着菜和酒，菜和酒在白色的塑料袋里碰撞。杨木头把菜和酒递给穆小丽，他从穆小丽呼出的声音里"听"到了一种酒味。"有酒味。"杨木头说。穆小丽在微弱的灯光里对着他一字一顿地说："对，我喝酒了，到牌坊街以后我就开始喝酒了，每天……每天都喝，烦的时候、高兴的时候、想……想你的时候都喝。"

杨木头把两杯酒往一起合，酒杯在静夜里震出一种微弱的瓷声，酒液在暗淡的灯光下往外溢，一滴一滴落在暗红的桌面上，灯影在酒杯里晃动。然后杨木头又把两杯酒慢慢地挪开，两杯酒的中间闪出一线距离，他把一杯递到了穆小丽的眼前，酒盅里映进了穆小丽的眸子，他短发下两只深洞似的眼注视着穆小丽，说："来，咱一起喝。"

喝下酒，杨木头说："这酒不是次酒，是我从瓦塘掂来的，五粮液，当年哥哥风光时给我的，我一直留着一瓶。你不要喝太次的酒，伤胃。"杨木头顿了顿，端着酒杯仰着头，目光盯着被风化的房顶，"刚才，我去看了儿子！"杨木头吐出一口带酒的长气。

杨木头沉默了下来，这一夜他把酒喝得很细，一杯一杯，像汩汩细泉往胃里流，好像很讲究每一杯酒喝下去的过程。往酒杯里倒时酒瓶提得很高，酒瓶的屁股慢慢地提起来，慢慢地倾斜，酒是一滴滴落进酒杯里的，落进酒杯时"当"的一声泛起一个泡，似乎在时间里倾诉着什么，让一滴酒和另一滴酒去碰撞、去亲吻。每一杯酒都是经过这样的过程才倒满的。然后，他又总是把两杯酒一块儿端起来，往一起碰，酒桌上溢成了一支细细的酒痕，酒痕里已经能容下酒杯的影子了，酒痕甚至划过酒桌往桌下慢慢流动，一股撵着一股，变成几滴酒珠落在地上。

终于杨木头又开口了。杨木头说："我要走了，再找个闯一回的地方。这酒我一直放着，就是为了有这样的一回壮别。也许我要去一个很远的地方，去找一个掘力挣钱的活，破釜沉舟，我就是再瘸一条腿也不能让你像鸟儿一样流浪，我会给你挣一个像样的房，在城里，我知道你不喜欢瓦塘，那就不回去了……"

"我……我挣不到钱，不来见你……"

他起身开门，外边不知道什么时候起风了，夏天的风里裹进了一层细雨，一飘一飘地往屋里旋。他回头看了一眼小屋，看了一眼酒桌，看了一眼酒桌上剩下的酒根儿，然后他又走回去，摁上了瓶盖，掂起酒瓶在灯光下晃了晃，把酒郑重地放进穆小丽的掌心。他说："我走了，还剩个酒根儿，按咱老家的说法这叫'酒福'，'酒福'留给你，你明天喝，记住，少喝，喝好一点的……"

穆小丽的心忽然刀剜一样疼，她摔破了一个酒杯，然后咬住杨木头，她说："木头，不是，不是啊，我不在瓦塘是不想看你的狼狈。"

门开了。这次是穆小丽开的门，一阵风打过来把她的衣角往上卷，穆小丽把他往牌坊街的尽头拽，风裹着雨在他的身上拍打，雨夜的街上洒下一串串雨的反光。穆小丽把他拉到了河边，河里的茨菰花在深夜里自由又孤寂地绽放。穆小丽彻底放开了，歇斯底里地发着疯，然后倒在杨木头的怀里号啕。

杨木头不知道，这是穆小丽常来的地方，是她常常一个人想心事、发泄的地方。

杨木头还是走了。

3

穆小丽在瓦塘住过两年。她生了儿子，得把儿子养大，但儿子长到两岁她便再也住不下去了，她开始皱额头，开始打喷嚏。她从小是在城里长大的，虽然是一个小县城，但毕竟是城市，她的心底打小种下的就是城市的声音，脚步迈的就是城市的节奏，虽然说的不是普通话，但吐字是接近标准的。她在瓦塘感到的是一种局促，一种土气，无时无刻都是土的气息，甚至喘息艰难。这不要紧，慢慢就会习惯。可让人难受的是那些讨债声，杨木头欠下了一屁股债，那些债把他压得真成了一截木头了，杨木头走在街上，对和他调侃的人说：

"我欠了十屁股的债，还了九屁股，只剩下一屁股了。"她离开瓦塘是想躲瘟疫一样的讨债声，就连家里的一把钳子也被人家拿走了。杨木头的前妻还算知趣，还算念旧情，离婚时欠她的两万块缓下来了。穆小丽在瓦塘感受最深的就是狼狈，杨木头的狼狈，她和杨木头共同的狼狈。穆小丽没有想到和杨木头真正的生活是从这样的狼狈开始的。

然后，穆小丽像鸟儿一样开始迁徙。儿子是在迁徙中长大的。从怀了孩子，穆小丽几乎都是奔走在迁徙的路上，在没有光明正大成为杨木头的人时迁徙，孩子长到两岁后又开始迁徙。她和杨木头的生活就是这样度过的，他们真正在一起住过的日子就是在瓦塘的那两年。再就是朝县，在朝县的时候杨木头在一家饲料厂做销售，每月工资加提成，收入还算可以。可是尽管找了一个很偏很深的小胡同，那些讨债的还是络绎不绝地赶过来。也不能怨那些债主，因为你是真的欠了人家的。

如果不是杨木头的那次耍狠，那些债主还会像蛇一样，汹涌澎湃地缠过来。杨木头弄了个酒场，通知了所有的债主，说他发了一笔横财，要来一个了结。那个酒场摆在瓦塘，穆小丽很庄严地牵着儿子站着，酒气慢慢地在空气中弥漫，苍蝇趴到了散发着腥味的菜上。喝了几杯，杨木头横刀立马地站到椅子上，手里闪过一股寒光，一把新菜刀攥在了杨木头的手里，好像有一道血痕，一股红色的水流正汩汩地流淌，往地上滴，一颗接着一颗，在地上发出回音。穆小丽以为那是一块西红柿留下来的残皮，可那块西红柿太红了，红得像血。后来杨木头举起手指又削下去，一块红血在桌子上蹦跳，那是杨木头的指头，是杨木头的血，那样殷红，那样瘆人。她叫了一声，孩子"哇"的一声哭了。杨木头把菜刀插进桌面时血还在流，整个桌面都被喷得像开放的罂粟花，墙上的反光没有了，太阳的白光晃进菜刀的深处，一滴一滴的血像一个个小壳虫。杨木头站到那些开放的罂粟花上，他赤着脚，脚上穿着红袜子。杨木头说："我杨木头欠大家的我承认，但我有个原则，你们听听，第一，从今天开始论号要债。"穆小丽把一筐纸团"啪"地撂在桌面上。"你们这样乱来要，谁也得不了完整的钱，一个个都得在我的心上提溜着，咱们谁也不干净。第二，我杨木头真是无能，我还了九屁股债还有一屁股债，我给你们承诺的利息你们就暂时不要了，我下地狱背煤，我吃土坷垃喝西北风省吃俭用也会先还了借你们的本钱。我杨木头是有良心的，当时借过你们一步，我不会忘，等我将来赚了钱，我一定会惦起你们，你们不要把我看得太绝了，你们越看得我可怜我越是还不了你们的钱，看得我越紧我越出不去，也就越没有办法挣钱。你们相信我，我没有那么惨，我会有转运的一天的！我手里有了钱，第一时间就还大家，我有了钱不还，你们谁也饶不了我对不对？一会儿咱手递手还旧条打新条。"

　　血上爬满了苍蝇。杨木头又把刀拔出来，他说："真要逼我，真不饶我，你们就只有去阴间找我了。"刀锋说着就横到了脖根上，眼瞪得很圆。

儿子又"哇"的一声。

穆小丽端着的纸团没人抓,人群哗啦啦散了。

杨木头扯着嗓子:"我杨木头吃土坷垃喝西北风这辈子也会还你们……"

4

牌坊街是牧城的第二站。

穆小丽经常进货的地方是牧野大市场,凌晨的菜摊像连绵起伏的小山,车辆声、吆喝声聚堆聒噪着。附近的居民不知道是怎样生活的,和一个大市场住在一起真是倒了八辈子霉。穆小丽本来想买一个电动三轮,可是考虑了一圈又犹豫了。阎萍看出了她的心思,大大咧咧地对她说:"小丽,不要买,那钱还不如用来周转呢,我们家的车整天闲着,你要用就开着去。"来牌坊街穆小丽最感激的就是阎萍两口子。阎萍心直口快,和男人开了一家小五金店,冬天的时候经营和安装那种不锈钢的烟囱管,让潮湿的煤气都憋到管子里再一股股地往外涌,煤气喷到云层里,打湿了小鸟的翅膀,变成带煤味的雨滴再落到地上。阎萍家的小五金店在夏天的时候也红火,夏天热,总是有谁家的闸刀冒了烟,谁家的电线进了火。阎萍的男人聂小耐是街道的电工,整天屁颠屁颠地忙。回家的时候胳肢窝里夹着一瓶酒,耳朵上别着一根烟,有时候别两根,脸喝得红红的,像猴屁股,牛仔裤摩擦着叽里叽里响。一次穆小丽正在喝酒，手捏着两个煮花生刚扔进嘴里，酒还没有把花生顺下去，家里的电灯就灭了，她听到了火花声。聂小耐刚回来还没进家门，手里的钳子冒着一股汗。穆小丽把聂小耐叫住了，聂小耐从家里翻出个小手电，约莫二十分钟穆小丽家的灯又亮了。聂小耐看见穆小丽桌上的小酒盅，叫了声："你喝酒？喝白酒呀？"穆小丽对他的叫声回应了两声笑，笑声带着一种潮湿，说："偶尔。"穆小丽没有说真话，对一个男人，尤其隔壁的男人，这样说有她的道理。其实穆小丽来牌坊街后就开始喝了，天天喝，特别是晚上睡觉前，喝了酒睡觉质量好，像吃了两片安定一样。

因为这个发现，聂小耐把腋下的那瓶酒丢下了。

穆小丽当然也有发现，就是没见过聂家的孩子。每个周末她的儿子回来，阎萍都转圈地盯着儿子看，不但看，还要过来摸一把，摸儿子的头、儿子的腰板、儿子的小屁股，看儿子的手，看看将来当冠军的手是个什么样的。后来她终于知道，他们曾经有过一个小孩，但是孩子夭折了。穆小丽的心扑通一声，咋都有不顺心啊，这个世道真是的。

穆小丽的目光跳过牌坊街，跳过牌坊街的市场，眸子里分明带进了一种期望。有一次她看见个一歪一歪的身影，她的心嘡嘡地跳了几声，她闭上眼，深吸一口气，让心情稍微平静一下。那个身影走过她的摊子时，她呼地睁开眼睛，又慢慢地挤上，她的手交叉着抚着胸口，抑制着心跳。杨木头走了两个月了，两个月都没有一点消息。想起这种迁徙，想起那次杨木头临行前两人在雨中的交合，穆小丽有一种心疼。穆小丽想自己情窦初开就给了杨木头，适时地解决了杨木头婚姻生活中的纠结，而后是那种情感的纠缠，有了肚里的孩子一定要嫁给杨木头，她带着身孕开始一种迁徙，那时候她没有迁徙和流浪的感觉，有的只是一种憧憬和向往。这大晚上她喝得有点多，一杯接一杯地往肚里灌，门严严地上着。在又端起一杯时她起了身，从床头的箱子里掂出了那个"酒福"，她慢慢地把酒往外掂，她把酒瓶举过头顶，酒在酒瓶里晃荡，她把瓶盖小心翼翼地拧开，一种浓香扑鼻而来，她又从柜子里摸出一个酒杯，斟满了"酒福"，然后她将两杯酒碰在一起，两杯酒的液体交合了，酒杯和酒杯的缝隙间溢出一股细流，然后细长地往桌面上落，她听见一声微弱的响声，再碰，再碰，酒桌上落了一滴再落一滴，她眼睛模糊地俯身，酒桌上正有三颗亮亮的露珠，把"酒福"的盖子拧紧了，她慢慢地把酒瓶又放进了那个装衣裳的箱子。

半夜穆小丽打了车，她对司机说："瓦塘。"出租车在深夜里滑行，一直开到了瓦塘。车停下来，她推着夜色往家走，远远地她就失望了，漆黑一团，伸手去摸街门，锁上落满了麻雀的屎。

5

一进暑假，她就有了一种预感。

那个叫杨树林的孩子真的来了，和她的儿子一起，远远地像两棵一高一低的树，在门口站着。人长得真快，杨树林的唇上拱出了草，这是杨木头的大儿子。她刚从牧野市场回来，她的心被硌了一下。

　　她一直在回避这个孩子，包括孩子的娘。有一次孩子的娘给木头打电话，杨木头喝多了睡成了死猪，她拾起手机，对方的声音带着一种幽怨："杨木头，你还有没有良心，儿子是不是你的？你管不管，为什么不'放屁'？"对方急了，"杨木头，你别死猪不怕开水烫，连哼也不哼，我可以饶你，把儿子惹急了，儿子不饶你，现在的孩子可都心狠。"对方还在咒骂，这次扯到了她，"杨木头，你找了个小母狗，给你下了个狗崽子，就忘了另一个，你他妈的真是丢了良心。"穆小丽再也忍不住了，"你他娘的别乱放屁。"对方一下子抓住了排泄口，"我放屁臭你哪儿了，别他娘的装大，我不想理你，我丢下的破机器你倒是当金刚钻了。"

　　"啪！"穆小丽把手机摔了。

　　从此杨木头没有再用手机。她让杨木头买，杨木头说："不买了，你手边有，我出去可以给你打电话。"

　　穆小丽知道那个女人是来讨债的，离婚时杨木头允诺的五万块当时只给了她三万。接完电话，穆小丽说："杨木头，你想想办法，把钱还给那个娘们儿。"谁肚里都窝着火，总得给人发泄的机会。穆小丽想，等手头攒下钱，一定先给这个女人，她知道女人的不容易。

杨树林来了。

有一次阎萍和聂小耐问为什么没见过她的男人，她搪塞说在外打工，常年难回来一遭两遭的。她说穷人的日子就是这样，漂泊、分离、受苦。她一直以为杨木头来这儿阎萍和聂小耐不知道。有一次聂小耐说："有什么难的，打个招呼。"阎萍忙打住："对女人怎么能这么说呢，女人的难男人都想帮就都能帮吗？"然后对穆小丽说："有什么难还是跟我说吧。"穆小丽想回避，她想静，不想被人品头论足。在瓦塘时，有一次一个债户在他们家耍横，她实在忍不下去，站出来说话，为杨木头解围，那耍横的竟然喊她老二、小老婆、头顶犁铧——硬拱。那一次她打人了，操起门后的一根竹条，然后两个人把头发揪在一起，气喘吁吁地结束，各自手里攥着对方的一把头发。晚上，她第一次对杨木头声嘶力竭："谁再说我是老二，说我头顶犁铧，我和她拼命。"也许，这也是她离开瓦塘的原因。

最终，她迎着两个孩子跨了过去。她壮着胆，她的心志忑着，不知道该怎样面对孩子，等那个孩子叫了一声"阿姨"，她才呼地抬起头，儿子已经拉着哥哥站在她的跟前，仰着脸。也是这一声"阿姨"让她的心扑通掉到了肚子里。

第二天的夜里，憋了两天的杨树林终于开口了，"我爹呢？"

……

"我找我爹。"

......

"我找我爹！"然后又沉重地补了一句，"瓦塘没有，我去过瓦塘了。"

她想起那天晚上回家的情形。犹豫之后，慨然地对杨树林说："我不知道！"

"你不知道？"

"我不知道！"

"你和爹闹了？"

"没有。"

"没有，怎么会不知道？"

"大人的事儿你还不懂。"

"那你就是和爹闹了。"

"没！"

"你最后一次见我爹是什么时候？"

她忽然想起了那个夜晚，两个多月前的那个雨夜，那瓶五粮液，那放在箱子里的"酒福"，那个雨夜苟合一样地做爱。她起了身，她打开床头的箱子，她小心地拿出那个只剩瓶底的五粮液，她想起那个夜晚独自的瓦塘之行，那门上的鸟粪。你喝吗？她在一瞬间想对那孩子说。她手握酒瓶，想和树林把瓶底喝了，可是她又把酒小心地往箱子里放。

她拉起杨树林，把杨树林拉到茨固河边。她说："我最后见你爹是在两个月前。"她在夜色里久久地凝视着杨树林，看着这个被杨木头经常惦记着的儿子。河风掀动她的头发，她在夜幕里努力寻找着杨树林和杨木头相似的地方。后来她说："你爹走后只给我来过一个电话。"她把存在手机里的那个电话找出来。她说："我打过，是一个公用电话。"然后她又把电话拨通了，对方刚一说话，她把电话扣到杨树林的耳根，"杨树林，想问什么，你大胆地问。"

对方告诉杨树林，那儿是山西的某县。杨树林说："我要去找我爹。"

她说："如果有什么难事，找你爹和找我一样。"

"不一样，我就是想见爹，忽然特别想见我爹，我已经一年多没见我爹了。"

第二天午后杨树林就坐火车走了，去山西。天热得很，穆小丽给树林买了一个太阳帽、几瓶汽水，又给了杨树林路费。在杨树林的身影就要融入进站的人流时，穆小丽跑起来，忽然大喊："找到你爹让他回来，告诉他那个'酒福'我还留着……"

6

穆小丽是傍晚出的事。

她被一辆小车撞了。她骑着阎萍家的三轮车，那辆小车的司机好像把持不住方向了，她的三轮被弹到了路边的一根电线杆上。路边的人听到了一声巨响，三轮车被撞飞撞碎了，被甩到路边的穆小丽掉了几绺头发，额上撞了一个碗大的疙瘩，乳房那儿也跌肿了。当时穆小丽的魂儿都被吓跑了，她甚至大喊了一声儿子，喊了声杨木头甚至喊了声杨树林。从三轮车上弹起时，她觉得整个世界都没了，她长叹一声，没想到告别这个世界时连一个亲人的面也没见上。

她又从死神那里回来了，一个人离开世界没有那么简单。她没掉胳膊没掉腿，就是浑身酸疼，身子好像坠了个沉重的东西，脑子昏沉沉的。医院让她联系亲人时，她一时想不起找谁，她后悔，真该让杨木头带上这个手机，否则就不会这样了。她最后打给了阎萍，阎萍和聂小耐很快就过来了。阎萍捏着穆小丽的手啪嗒啪嗒掉泪，她说："昨天晚上我们一直都在等你，和你儿子一起一直守在屋檐下。"

穆小丽说："我的命苦，也连累你们了，对了，我儿子呢？"她抬着身子在屋里找。

阎萍说："放心，没让他来见你，昨晚一夜未睡，天明时刚睡着，在我家床上呢。"

事情就是这样接踵而至的。接到那个电话是一周后，她刚出院，坐在屋里的沙发上，儿子坐在她的对面。她站起来，隔着竹帘看着牌坊街，毒辣的日头洒在牌坊街的房顶路面上。牌坊街在竹帘外朦朦胧胧的，她想起在这个熟悉又陌生的街上已经住了半年多了。

她蓦然转过身："儿子，想你爹吗？"

"想。"儿子几乎是脱口而出。

手机就是这时候响的，急促得好像要出什么事，她的心发起毛来。是杨树林,果然就是出事了。"阿姨,我找到我爹了。"

"你说。"她催促着。

孩子的声音带着哭腔,"爹,爹出事了。"她听见了杨木头的声音,低低的,"小丽,别怕,我的一条胳膊被砸了,没事,是左胳膊,我的命大,几个工友都……"杨木头在电话里哭。杨树林又夺过电话,"阿姨,别怕,我已经长大了……"

又是杨木头在说:"小丽,真对不起,我对不住你。"杨木头在电话里抽泣,"不过,小丽,咱会得到一笔赔偿,咱欠的债能彻底还清了,还有,说不定还可以在城里买个小窝……"

穆小丽哭着,大声地对着话筒:"木头,你等着,我这就过去。天大的事咱也不要钱,咱要人,要你的身体,你回来,我们就在牌坊街做个小买卖,或者我跟你回瓦塘……"

电话里是杨木头的擦泪声。穆小丽对着杨木头说:"木头,那'酒福'我还留着,还等着和你一起喝呢,你等我,我就过去,现在就过去,木头,你等我,你好好地等着我……等我,等我……"阎萍和聂小耐是这时候过来的,穆小丽把头拱进了阎萍的怀里。

一个冬天的狼狈

　　我想先从一条小狗说起。那年秋天，我花二十块钱在老鳖坑买了一条黄色的小狗，我想让小狗成为我那段日子的一个伴儿，甚至在寂寞的夜晚听听小狗叫对我也是安慰。可小狗跑了，我一连几天站在街口像等待丢失的孩子一样等它回来，我沿街喊着，到处找我的小狗，最终我还是失望了。胡同口的风儿同情我，把我的泪儿吹干。我宁愿相信它已经死了，也不愿相信一条狗会这样嫌弃、背叛我。那是我最背运的一年，我下岗了，妻子也和我结束了僵持的生活，她远离我并开始和她的旧相好在另一个城市经营一家皮货店。

　　就是这个秋天，我忽然想起椿树街那个瞎子的话：背运的人祸不单行。我淌着泪仰在床上大喊：瞎子，你说得对！

　　　　我像狗
　　　　嗅着秋天的气息
　　　　这个季节让我迷乱

我像狗

逃在乡村和城市

寻找着一条道路

　　这是我写在日记上的几句话，那段日子我又拾起了日记，后来我把它写在一张白纸上，像给一个亡者挂纸幡一样挂在我的床头。有时候恶心自己是很解气的事，比窝了心放声响屁还要痛快。那段日子我真的是来回地瞎逛，有时就在我至今还生活着的那个村庄里来回地逛，有时在几公里外的这个叫麦城的城市。那天我穿了件类似于工装的蓝色秋衣站在麦城里的一条大街上，我叼着一根劣质的烟像狗叼着一块已经风干的骨头一样望着头顶。我看见头顶正飘着几杆猎猎的红旗，一座高楼正在建筑中，整个城市都响着建筑机械的回声，我想对那个站在安全架上手搭着小红旗的人喊：喂，你们是不是需要一个和泥或者扔砖的小工？

　　就在这时候我看见了胡相如。

　　胡相如站在一棵槐树下，那棵槐树超过他的头顶两米多，槐树的叶子已经发黄，两枚一青一黄的叶儿落在胡相如的头上。和我相比，胡相如像一个大款或者绅士。他喊我的样子很祥和，他优雅地向我招手，像一块磁石一样吸着我一步一步地向他的身边走。胡相如在工商局的办公室当主任，和我写新闻一样，得成天写狗屁都不是的讲话稿和总结，为给单位发那些涂脂抹粉的文章我们曾一起去报社请过客。

　　　　　　　　　　　　　　　　　　父亲的迷藏

头仰得时间太长，我的脖子有些发疼，鼻子发痒，我狠打了几个喷嚏。我想起以前和胡相如在文学上的彻夜交谈，突然觉得胡相如的喊声有些温暖。胡相如握住我的手时我的眼泪被暖得滚出来了。我郑重地对胡相如说我下岗了，又郑重地说老婆和我分居了，她在另一个城市跟她的旧相好过去了。胡相如久久地盯着我，然后抓着我往一家酒馆走，我使劲地往后撅腚，使劲使得屁都冲出来了。我说：胡相如，你当主任能签字报销我也不喝，我下岗了，不能再喝酒了，我这熊样儿不敢再喷云吐雾打酒嗝了，就这样老婆已经不跟我过了。

　　我们就那样在那棵槐树下站着，胡相如左手在右手上摸来摸去，把手伸进兜里又伸出来，他可能想施舍给我几个饭钱但又怕伤了我的自尊。秋天的阳光透过槐树的枝叶往我和胡相如的身上洒，后来胡相如拍了一下自己的脸说：对了，老非，好运市场马上要开业了，你弄个摊位卖衣裳咋样？你不让我逗你的酒兴你总得再就业挣钱吧！你得想法再找个女人一起过吧？像你这样一个光棍过着有啥意思？

　　我想了想说：胡相如，你这话我赞成，弄摊位办执照的事儿就交给你了。

　　那天夜里我就去找晓雪了。

　　晓雪和我在一个村里，我俩是一起从乡政府下的岗。晓雪的男人这两年在一个遥远的城市当掏死力的搬运工。我去找晓雪时晓雪家已经灭灯了，我知道她是百无聊赖才睡得这么早的。我隔着朦胧的窗帘叫晓雪，我说：晓雪，我已经决定去卖衣裳了，我想让你和我合伙，我今天碰见我的朋友胡相如，他说好运市场马上要开业了。

灯亮了，慢慢从窗口递过来一个女人的声音，那声音懒懒的——老非，你进来吧，我给你开门。

那时候夜已经深了，我不想半夜敲门后再走进一个女人的家门，犹豫又犹豫之后我对着窗帘喊：晓雪，你是不是有印象？这事儿好像以前咱俩也说过。咱得争口气，不能再这样待着或者瞎逛了。晓雪，咱这样吧，要是同意你就夯几下窗棂。

朦胧的夜色里我看见窗前徘徊着晓雪的身影，那是一副好身架。有一天傍晚这腰被我们的那个乡长揽住了，那是在一丛冬青的旁边，在那个傍晚晓雪要是扭捏几下再顺势暖一下乡长的手，她的机遇可能会比我好，可晓雪很倔强地把那双手甩开了。晓雪把一张有些困倦的脸贴在玻璃上，我终于看见有一双手的影子去撞那窗棂。

"嗵！"我用泪水接住了那窗棂的响声。

那个夜晚我又漫步到村外的土岗上，土岗的下边是我小时候就有的一条小水沟，水沟里流淌着一道清水。我在土岗上坐着，远处有埋着我老娘的一方小土丘，我忽然想起我干了十年的那个乡政府。

那个葬掉我们青春岁月的乡政府有三进院子。第一进院子有个影壁墙，在墙左侧我的自行车曾和一辆面包车相撞过，当时我的头部缝了八针，就是从那时候开始我知道我的厄运就要来了，人在倒霉的时候总会出现一些先兆。这一进院子里有一个破水塔，水塔上长满苔藓和野草，还有一棵蓬蓬松松的野榆树。榆树的周围经常盘旋着几只雀鸟，偶尔也会飞上两只白鸽子。有一次我爬上水塔，站在水塔上看我生活的这个地方，忽然闻到一股腥臭，我知道那是从我的心底冒上来的，那是一种情绪。我看见虽然榆树的枝枝杈杈长得很蓬松，叶儿竟然很稠密，榆树扎根的泥土是地上的尘土飘过去的，尘埃竟然养活了一棵小榆树。后来我想我的生活就像这棵小榆树，我的根也长在尘埃聚成的墓丘上，用算卦瞎子的话说我是金箔金命，金箔就像烟盒里的二层纸，那些金跟没有差不了多少，我知道瞎子其实是说我是苦命。我不相信，我总是不相信所谓的命中注定，我努力着，终于在24岁那年进了乡政府，我周围的眼珠唰地觉得我不是烟盒里的那层纸了，我自己也有跟命运决斗获胜的快感，可获得这种快乐的过程这样地艰难，实际上多少年我都没有真正地快乐过。当我站在水塔上时，我想紧紧地拥抱和亲吻那棵孤独的榆树，我觉得自己也是一棵风中的小树。

第二进院是几个所站，都是撤了也无所谓的单位，就像人肚里的盲肠，可那些人都与下岗沾不上边儿。我和晓雪在这进院子的东厢房，我们和他们不属于同类，我们的叫声有时也不如他们的叫声响亮。晓雪的字写得耐看，乡里没有电脑的时候我写的那些狗屁文字都是晓雪帮着抄，所以我知道晓雪的指尖有多长、晓雪的指甲爱涂什么颜色，我和晓雪之间悄悄地滋生的信任感是从东厢房开始的。

第三进院住着的人都有一个叫他们自豪的称呼，我们的命运都是由他们决定的。他们的臀部都特别大，好像那些油水特别喜欢去灌溉他们的臀部，那些女人的臀部一大就特别性感，有了性感，臀部会格外多地印上一些放荡的指印。我懒得去细致描写他们的生活，十几年的日子不过是一阵风，刮得我们心头迷迷乱乱的。我知道人的心里应该有的是一些纯洁的东西，在这里提起因为它也是这个冬天故事里的一种背景。

和晓雪对钱对得很庄严，像用钱去监狱里赎犯人。那天晓雪炒了一盘花生米，拌了一盘白菜心，小桌上放了两碗酒，我抓起一碗哗啦啦往肚里倒，抓起另一碗时晓雪冲过来，可我已经把两碗酒都吞进肚里了。晓雪圆鼓鼓的大眼瞪着我，庄严的样子很好看。我"啪"一声把钱扔到桌子上，晓雪大声尖叫着也把钱摔出来，样子酷得像男人。那些钱从桌子上滑到地上，飘得满屋子都是。那一刻我忽然有了一种想去野地大喊的感觉，我想像狼一样去旷野里嚎，嚎得庄稼苗都想立起来把我盖住。

接下来是去武汉进衣裳。

一切都准备好了，火车票、行李包、锃亮的行李车，我做好了送晓雪上火车的准备。我们相对站在收拾干净的门面房里，晓雪不说话，架着胳膊瞪着天花板。后来晓雪去了厕所，她把心里话憋成了一泡尿。

从厕所出来时晓雪的脸色郑重得像戴上了一副面具，忽然她很响亮地甩了甩头发，一屁股蹾在了柜台上，柜台上的玻璃咔嚓响了一声，像是晓雪憋出的一声屁，她开始用审贼一样的眼剜我，像一个妓女在剜一个嫖客，然后她一字一顿地：老非，武汉你去过吗？

　　我扑哧一声笑，说：晓雪，你说话活像日本特务。

　　晓雪的脸依然绷着，你回答我，见过长江吗？

　　我摇头。

　　坐过火车吗？

　　我摇头。

　　那你为什么让我自己去？

　　我惊讶地看着这个刚放了一泡尿的晓雪，晓雪已经拽住了我的手，把腰里的钱狠劲地掼到我手里，用行李包的挎带勒住我的脖子，我仰着头，看见晓雪的眼里是一层亮亮的东西。

　　我们到武汉是在傍晚。

　　我和晓雪站在江边的夜色里，江边停着好多的车。苍茫的江水在夜色中雄浑地流淌，我把晓雪搂在了怀里。那一刻我忽然特别地想搂住一个人，我想起我在那个机关干了十几年了，我在那里流淌了好多血水和汗水，被流走的都是生命中最宝贵的时光。我为写那些虚假的文字快掉光了头发；我在一次洪涝中采访差点儿淹死，在医院里输了三天液才醒过来。流走的光阴像婊子一样无情。在江边，我像搂住掷掉的光阴一样紧紧搂着晓雪，那一刻并不是有想干那事的想法，我就是想紧紧地搂住一个人。我搂着晓雪不说一句话，晓雪使劲地往我的怀里拱，脸往我的脸上贴。人沉郁的时候特别需要的应该是女人，一个女人静静地坐在你身边就是一种最好的安慰，紧紧地搂着更是一种幸福。女人，是我们生活中最离不开的一部分。我一个叫山的朋友和老婆离婚后就疯狂地去外边找女人，他说如果没有女人排遣，他的心就要憋碎了。

我喃喃地对晓雪说：晓雪，这样吧，我们明天先看江，先好好地转转武汉，然后再去进衣裳，好吗？

晓雪拍着我的头，我觉得那一刻我像晓雪的儿子。晓雪说：你不要丢开我，你好好地搂着我，你摸摸我的眼，我的眼里也有一条江。

五天以后，我们扛着一袋衣裳回到小城。

我们寄宿的地方是麦城航运站的旧址，我的一个老乡在那里开了一家经营塑料制品的杂货店，院子里扔满了塑料盆、塑料椅、塑料衣架、塑料梳子等，风一吹哗啦啦地响。那年冬天，我们像鸟儿一样有了飞来飞回的窝巢，我天天骑车带着晓雪从那里出发又回到那里，我和晓雪隔墙住，夜里躺下时我能听到晓雪的翻身声。

有一天晓雪看着我，对我说：老非，我得回家，他……他回来了。

谁？

晓雪说：他打工回来了，从东北的那个地方。

晓雪从家里回来的那天刮着一场深秋的大风，晓雪的头发乱得像猪毛，明亮的额头从乱发下露出来，高挺的鼻子透着光洁，她喘着气，两颊绯红。

她站在我的面前。

走了？就在家待这么几天？

他非要走，他说那里有一批工程再有两个月就要完工了。晓雪这样说的时候两眼木木的，好像在望着那个走在路上的男人。

这几天滋润了吧？我有些怪地看着晓雪。

晓雪梳着头，像狼。

我沉默着。后来我走出门面，绕着整个市场溜圈儿，我已经数过了，整个市场有63家门面、122个简易摊位。没事儿的时候我就这样数，数了几次终于数对了。其实那段时间我才是一只真正的饿狼，我就那样让自己饿着。真正饿疯的时候，我就跑到一片荒野里，跑到村西的河滩上，在河边的小树林里疯跑，失声地大喊，心中的憋闷释放了，肚子也哗啦一声轻松了。

我只能这样自慰。

半月后是晓雪泪雨滂沱的日子。晓雪的男人从工地的脚手架上摔下来了，几十米高的脚手架，摔下来就死了。我陪晓雪去那个北方的城市，北方已经很冷了，走在街上的时候脚下的冰凌发出咯吱咯吱的响声。晓雪的男人被搁在一个简易工棚里，两个工友守在他的尸体旁边。晓雪的眼泪哗啦流了出来，接着是一串号啕大哭。晓雪的男人眼还睁着，晓雪跪下去用温热的手掌扒拉着他的眼皮，嘴里轻轻地祷告着、自责着：早知道这样，我说啥也拦住不让你来呀……男人的眼皮慢慢地合上了。晓雪坚持把尸体拉回家乡，拒绝了诱人的高额赔偿，人没有了，即使再高的赔偿又有什么用？我欣赏晓雪的做法。回到工棚晓雪搂着我哭，嚷叫着：不，我不要钱，我要他回家。

三天后，我们终于把晓雪的男人运回了我们那个靠河的村庄。晓雪坚强地为男人举办了隆重的葬礼。整个街道被白花覆盖，白幡飘在村路的上空，像哀伤的白鸽子悠悠地飞翔。

下雪了。这个冬天的第一场雪，雪丝儿细细的，像剪碎的羊毛。晓雪静静在雪中站着，坟头的花儿渐渐被白雪覆盖了。

像候鸟的迁徙，卖衣裳的日子里我们把出门远行作为一次次心灵的行走。那段日子，每次出门我们都结伴而行。葬礼后我们结伴去草原上的一个小镇进皮衣，其实离我们很近的那个城市就是一个皮毛集散地，但这个城市是我心里的疤，它可能和老婆的旧相好有关，我不能容忍一个抢走我老婆的人再赚我的血汗钱。更重要的是我一直对草原有一种神圣的向往，多少年来我一直怀着对草原的想象和膜拜。我们坐了一天一夜的火车，夜来了，火车夜行的声音非常清晰，窗外的田野和建筑一幕幕闪过。疲倦的晓雪靠着我睡觉，她的头发披散着，晃过我的脸时有一种蚂蚁在脸上爬行的感觉，她高高的鼻子在哐当哐当的车声中奏着一种轻音，我扶着她的肩膀，窗外的露珠悄悄地落在了她的脸上。

一天傍晚，我们倾听着大草原的天籁之音，神圣的夕阳慢慢沉向草原的一个角落，我们拉着手，听着归家的马蹄声，注视着夜色中的白色云朵，草儿在夜风中静静地拂动，鸟儿的飞翔显得有点孤独。可以想象一个草原之外的人对草原的膜拜和尊崇。我们默然地在草原上走，后来我们找到了夹在草原上的一条河，幽静的河水让我们停下脚步，我们谛听着夜色里草原河流的流淌。夜色中的晓雪是一幅美丽的剪影，她柳丝一样的额发在风中拂动，草原的神圣可能已经融化了她心中的块垒。后来我大声地喊着晓雪，晓雪凝视后眼泪哗哗地拱在我的怀里，在那个美丽的草原之夜我听见了晓雪感念的哭声。

我是一个男人，我不喜欢天天不动地站在柜台内，不喜欢天天和那些男男女女的顾客磨嘴皮。而且我心软，禁不住他们可怜兮兮地讨价还价。那时候我已经开始吸两块钱一盒的彩蝶了，这种烟的盒子很好玩，两只乖巧美丽的蝴蝶在盒子上飞，我觉得两只蝴蝶像梁山伯与祝英台。我站在柜台内要么是盯着烟盒发呆，要么就是无聊地喷云吐雾。我觉得烟盒上的蝴蝶应该缠在一起，不应该保持距离，这么多年了，梁山伯与祝英台不应该仍是有情却不能结合的状态，我要是烟厂的厂长我就把烟盒的画面改了。一次我吸烟时不知是在忘情地在想着什么，可能想的就是蝴蝶的距离问题，燃着的烟把一条刚挂出来的裤子烧了两个窟窿，裤子只好由我将就着穿了。从此以后，看见我在柜台吸烟晓雪就有些恶狠狠地对我摆手，我就可以自由地溜达去了。我叼着烟，像一条无赖的狗叼着一块骨头，依然去数那些摊位和门面房，有时候数摊位上有多少个女老板和男老板，所以我得出了一个结论，干这行的就像中国的排球——阴盛阳衰。漂亮的小姐卖衣裳总能唬住男人，抛几个媚眼兴许就能拽住一个钱包。那一天我溜达回去的时候，晓雪正愣怔着，我拍了拍柜台才把晓雪震醒。晓雪说：老非，他已经买了咱两千块钱的衣裳了。顺着晓雪的目光我看见一个掂着彩色服装袋子的身影，那是我们摊位最华丽的一种服装袋，是专门侍候那些大主儿的。我好奇地追过去，看见的是一张沧桑又沉静的脸，丝毫看不见有什么非分之想。我往后退着盯着那张脸看，这时候晓雪匆匆地跑过来，晓雪肯定是误会了，我绝不会动手打这样的主儿，至少在还没有弄清事实之前。所以在晓雪还没有走近的时候我就迎着晓雪走回去了。

晓雪告诉我：他叫老曼。

晓雪说：不知道他咋知道我在这儿卖衣裳的。

晓雪说：这个人……这个人真是的。

我静等晓雪说下去，想听到一个沉重的故事。

可是晓雪不说了。

我开始抽烟。我慢条斯理地盯着晓雪的那张脸，我看见晓雪沉思的黑眼睛，像站在一棵树上的两只鸟儿。后来晓雪说：老非，你这样吊我的话我就是不说。

我说那我问你吧，晓雪。

那人是某个企业的大款？

不是。

是一个局长或者经理？

不是。

他继承了丰厚的遗产？

没有。

是不是抓彩票发了？或者摔了一跤摔在了一摞钱上？

没有。

我瞪着眼，那他凭什么这样买咱的衣裳？

晓雪说：你别瞪眼，我告诉你。这个人，我跟他开过一个玩笑，我曾对他说，如果我离婚了他有希望。

就这样？

就这样。

我忽然一阵酸楚。

我说：晓雪，你不用让他一直买咱的衣裳。我不能再待在市场了，我得出去透风。这次我去了环城路边的"美丽菜园"，尽管冬天了，我还能看见那些大大小小的菜棚里的青绿色，甚至是菜叶上的青虫，我还能看见菜棚里那些正开放着的黄色的红色的菜花，能听见那些霜干的菜叶落在地上哧啦啦地响，那些休憩的菜地让我的心有一种放松的感觉。

我坐在菜地里。

菜地的西边是一条河，远远地我看见树叶在往河里刮，河水里漂着那些树叶船。河边的树枝上霜气格外浓。

有了老曼我才忽然感到一个人在我心里的重要，才感受到她在我生活中已经占有的位置。在冬天的阳光里我枕着手躺在地上，我想起那个夜晚晓雪的身影，想起在武汉的长江边、在美丽粗犷的大草原上……我想着老曼，想着晓雪，想着晓雪男人的葬礼，我真的不知道该怎样对待晓雪了。我简直想把晓雪也约到这个菜地来，然后让天空也飘满雪花，然后我站在雪中对晓雪说，让雪把我们一起掩盖吧，让我们永远顶着一头白雪。

我久久地望着冬天的天空，我一直在菜地等着一个冬天的暮色降临。

我把老曼弄到了一家酒馆里。

那是一个晴和的冬日，我站在门外看他掏着钱随便地指着一件挂在壁上的衣裳，晓雪阻止他，他却固执地坚持着，手里举着一个黑色的钱夹。那天我在市场的大门口截住了老曼，几乎是挟持着把老曼带进一家小酒馆。

我非常坦诚地和他喝酒，我说我多少天不喝了。我举着酒杯，老曼，今天我开酒戒，如果你相信我，我想听听你的坦诚。

那个冬天的傍晚，我从老曼的叙述里知道了一个男人的虔诚，懂得了一个在内心埋藏爱的男人对一个女人的情感寄托是这样的刻骨铭心。老曼说：我一直在等，从我给她写第一封信开始我就一直把自己圈在一个固定的桩界，等待着晓雪有一天能向这个桩界走来。我找瞎子算过卦，瞎子说晓雪命犯二婚，隔一段时间我就这样让椿树街的瞎子给我算一次。晓雪的生辰是我在上学时记下的，每年她生日这天我都会独自去城北的那家生日酒店为她吹生日蜡烛，独自唱着"祝你生日快乐"。那个酒店的人把我当成一个疯子，我就这样一直寄托着。

老曼独自地吞下一杯。老曼说：我不知道结局是这样，我不知道瞎子说的结果是这样。我过去只猜想他们可能会因为性格不合，或者别的原因离异，真的，我没有想到会这样。自从听了瞎子的话我一直在等。瞎子的话已经成为我内心的一种寄托了……我看见老曼扑簌簌的泪水，我不知道我还有什么话说。我沉重地站起来，拍拍老曼的肩头，老曼，这是最好的机会。

我丢下老曼独自在寒风中散步，最后我坐在了城外的一条小河边，我的脑子里一直是晓雪、晓雪、晓雪。几天前的夜里晓雪没有闩门，我曾经久久地坐在她的床边，轻轻地抚摸她的手，那天晚上晓雪睡得很死。那个晚上我坐在河边哭，我很晚才回到寄宿的地方，我死死地闩上门，晓雪敲门我知道，可我就是不想开门。

春节前是市场的旺季，我们不能再做伴出去了。我一个人在路上的时候竟然有一种孤独感，像一只孤雁，踏上旅途就无聊地想睡。那天深夜我打的回到航运站，扛着沉重的包裹上楼。在灯摁灭的瞬间身后有一股暖暖的热流，我就这样站着，让这股热流暖着我，但后来我固执地把她推开了，我说晓雪，我累，我很累。闩上门的瞬间我就成了泪人。

我相信瞎子的话：祸不单行。

那个冬天，我又经受了一次意外的狼狈。

是去梧城。

那是卖衣裳以来我走得最远的一个地方，那儿是全国最大的服装批发市场，我不知道我会在梧城经受一次伤心透骨的狼狈，梧城之行成为我生命中的一次"走麦城"。

我把钱弄丢了。

我无法描述我当时的惊慌和狼狈。我的脸上肯定已经没有了血色，我本来黧黑的脸膛肯定像风干的猪肝，我已经忘记了流泪，我不知道该怎样去面对晓雪。那个冬天的黄昏我沮丧地回到想拾起我和晓雪尊严的小城，像一条被剖去了心肝的野狗，在小城的街道上彳亍。我最终没敢去敲航运站旧址的那个铁门，铁门响起，晓雪会像一条机灵的狗一样跑出来为我开门，我出门的每个夜晚晓雪都是在这样的等待中度过的，大约我回来的夜晚晓雪的耳朵总在支棱着倾听街口的脚步声和敲门声。然而那晚我再也不敢走近那扇铁门，尽管在回来之前我曾经准备搂着晓雪来一场狼嚎。想着秋天和冬天我们已经经历的生活，我最后像狗一样在市场外，在萧条的街上徘徊。我怎么会把钱弄丢了呢？整整一个秋天和一个冬天的利润和本钱。我在小城的灯光下游荡，有时我坐在垃圾池边，用一根棍子去翻搅垃圾，企望谁家的钱包和垃圾一齐扔了下来。后来我终于哭了，眼泪肆无忌惮地冲出来，我像孩子似的抱着一根电线杆，我的哭声把狗都引过来了，我终于抬起头时看见面前站着三只狗，三只狗的眼里也都噙满了泪水。

凌晨的时候我十分倔强地敲响了乡长家的门，穿过小城的两条街道，疯狂地敲着大门。

我颓丧的神情乡长肯定一眼就看出来了，我站着，在这个让我失去尊严的乡长面前站着，人在捍卫一种尊严的时候就容易失去尊严。我向他诉说我颓丧的原因，然后我凛然地对乡长说：我必须扛一包衣裳去见晓雪，晓雪下岗了又死了丈夫，我不能让她再经受这样的打击。

乡长说：老非，你他妈的是不是认为我让你下岗了你就编故事来敲诈我，你就半夜来撞我的铁门，你他妈的得知道你的硬条件不够，我也是无可奈何。

我说：乡长，你要这样说话你不是人，我告诉你我一定要扛一包衣裳去见晓雪，你他妈的认为我敲诈也行，但你必须帮我。

乡长说：老非，你他妈疯了，我不帮你你能咋样？

我简直想把乡长捂死。我死死地盯着乡长。我说：你他妈别太冷酷，我是实在过不去了才来找你，你以为我愿意这样败兴地来见你吗？

乡长往嘴里插了根烟，没钱。

我说：告诉你，乡长，你这样下去肯定得有个你死我活。

你威胁我？

我说：我不威胁你，你想想，想想我和晓雪的处境，你认为我愿意这样来求你？我下岗的那一刻就发誓一辈子不再见你，可我想了一圈只有来你家，我这样像丧家狗一样能见晓雪吗？即使晓雪表面上忍受她心里也会滴血，我们下岗再就业，可经不住这样的创伤，乡长，我什么都知道，你以为让我下岗公平吗？这样说着，我忽然看见乡长家的茶几上扔着一把锋利的水果刀，那刀的反光刺着我的眼。

我迅速地把刀握在了手里。

乡长慌了，你……你干什么，老非你干什么，有什么话不能好好说，你他妈别瞎冲动。

我把那把刀横在我的胸前，又在脸蛋上扎了两下试试它的锋利度。

后来我说：乡长，这样吧，我不拿刀惹你，我削我自己的肉吧。哧啦，我削掉了左手食指上的一块肉，那块肉在乡长家明亮的地板上打了几个滚儿，最后带着愤怒不情愿地躺在了地板上。哧啦，我又削掉了一块肉，红红的血水开始往地板上滴，我举着手让鲜艳的血径自地流，然后我用右手的食指去蘸左手食指上的血，我撕掉了乡长家一个美人头的挂

　　　　　　　　　　　　　父亲的迷藏

历，我在挂历反面美人的屁股上给乡长打借条。写字的过程中，我对乡长说，乡长，我拿我的血做证明，我会还你！

出了门，看着食指掉下的肉，我在冬天的风中哭。

不知什么时候我已经站在了胡相如的门前，胡相如打开门时我哇的一声哭了。我说瞎子说得对，背运的人祸不单行。胡相如抽噎着，老非，你他妈将来非成大器，你不成大器你亏，你看你现在遭的罪。我的手还在滴血，我止住哭，大声对胡相如说，胡相如，用不用我再给你写血书？

我是坐飞机返回梧城的。

当我再回到麦城的时候，我终于把肚里的那口气吐出来了。那天晚上我独自去了一家偏僻的小酒馆，我真正重新喝酒是从这个晚上开始的，尔后我浪迹天涯再也没有戒过酒，酒后我的哭声把酒馆都吓醉了。呜啊，我的哭声像站在旷野上的一只野狗。

我就这样哭着回家了，我的眼泪把半条街都泡酥了，后来我发现几条狗哥们儿似的一直跟在我身后，人们都奇怪地看着我，奇怪我为什么能养起几条大狗。

离春节越来越近了。

我又一次去了梧城，去梧城前我去找我分居的老婆，我撕下粘在指头上的胶布，血滴在她面前一个精致的碗里，然后我在一张大纸上写着借据……

借据把那个女人吓蒙了。

我从梧城再带回来的衣裳足够晓雪春节前卖的了。

从梧城回来的第二天，麦城下了那年最大的一场雪。

我在雪中永远地离开了麦城。

老木和一条叫棉花的狗

1

这个春天老木在墙上写满了大字。后来又在墙上写倒计时，告诉棉花叔叔要回来的时间，老木每写完一行大字就扭头看一眼那只叫棉花的狗，他严肃地教导棉花一定要好好学习。棉花就人模狗样地蹲着，老木对棉花说，不好好学习，一辈子也念不会我写的大字。老木的脸很绷，吊得像霜打的南瓜。老木说这是我春天的计划，老木挥挥手，用粗糙的手指点着墙上的大字，说这个字叫"唱"，这个字叫"戏"，这个字叫"找"，这两个字叫"村长"。老木把墙上的字大声地念给棉花听，一字一顿，"唱戏"，"今年春天唱戏"。然后老木说，我们找村长就是为了唱戏，我一定要让你叔叔回来听一台大戏，你叔能听戏全村人就都能听戏了。后来老木又在墙上搞了个倒计时，老木竟然会在墙上写数学算式，这些算式在他儿子流浪回家的时候还趴在墙上。$53-1=52$；$52-1=51$……老木对棉花解释说，庙会是三月二十九，现在是二月初七，离你叔回来还有52天……老木说倒计时很重要，这对我来说是一种动力，香港和澳门回归时全中国都搞倒计时，有念想人活着才有意思，就像一头驴看见了前边的青草，像我的棉花看见了食盆子里的鸡骨。

那个电话是几天前的一个清晨打来的，老木接电话的声音把棉花吓醒了。老木简直在对着电话喊，你真是老二，是我的兄弟老二啊！你怎么舍得打电话啊！电话里老二的声音沙哑却异常清晰，老二说，我又梦见老家了，我在梦里听见了敲锣声、戏台上的唢呐声，还梦见了当年那个青衣。哥，我想咱家的戏了。棉花把门拱开了，棉花听见老木说，你……你回来吧，老……老二，咱村年年都有戏，还有青塘、槐塘、柳塘都唱，哥和你一起去听。棉花看见老木的眼角挂上了一层泪，浊浊的，像爬在泥墙上的一串灰色蜘蛛。老木撂下电话，一双粗硬的手掩住脸发出呜呜的哭声。棉花的眼也酸酸的，老木的皱纹终于没挡住泪珠，泪蛋儿扑扑嗒嗒地砸到地上。他搂住了棉花。棉花代替了老木的儿子，老木的儿子在一个遥远的城市打工。他搂着棉花呜呜地哭了一阵，他冲着棉花说，儿呀，你叔他可算是要回家了，他已经几年没有回家了。他问村里唱不唱戏，我已经满口承诺了，我对他说唱戏了。我都不知道还认不认得他了，我的棉花都长老人斑了。你叔他其实一直想回来，你奶奶病重那一年他的腿被一个卖菜的给撞断了，幸亏卖菜的骑的是辆三轮车，不然老二这混蛋早就

父亲的迷藏

丢命了。你奶奶三周年他本来准备回来的，可他的血压又高了。他的腿瘸了，身上的肉却长起来了，你叔肯定又白又胖了。你叔还问你娘，他不知道你娘走得比俺娘还早啊，这个混蛋不回家他怎么知道家里发生的事啊。老木说，叶落归根，这个混蛋要回来了，他还想看那个青衣呢。他呼地站起来，呼呼地往街上走，往常出门都是棉花的头先伸出街门，可这回老木的头先出去了。走了几步，老木用袖子使劲地抹了一下眼，对棉花说，我得往坟上去，我得去告诉她们，老二就要回来了。

那天清晨过后，老木就躺下了，这是老木的习惯。老婆不在的那年他在屋里躺了三天，等儿子对他说路上的白幡都被风吹跑完了老木才起来。老娘不在的时候老木又在屋里躺了三天，第四天的清晨刮了一场大风，风裹着雨把院里和路上都扫净了老木才走出屋子。老木说，我真不愿意看到飘在路上的那些黄纸，不愿意看到我滴在路上的那些眼泪，那些泪顶得我脚底板疼，十指连心，我的脚疼我的心就不会不疼。这是老木的习惯，有心事的时候就在屋里躺上三天，像去阴间走了一回，而且基本绝食，不到第四天绝不出来。那条叫棉花的狗知道他的脾气，就趴在门口等，瞌睡了，就把头蜷下去。墙上的字是老木第四天写上的，北屋的墙被他涂得热闹的很，像趴了一堆绿头苍蝇，成了花墙。那天老木教育完棉花后瘪着肚子去汪小画的小卖部买了两盒粉笔，一副长远打算的派头，他庄重地对棉花说，这两盒粉笔都是用来写字的，写满了咱家的墙就成花墙了，过年的时候就不用买年画了。老木把两盒粉笔给棉花看，一盒红色的一盒杂色的。棉花理解老木为什么买彩色粉笔，因为墙本身是白色的，虽然墙上的白已经没有多白了。老木把粉笔搁在柜子的顶层，然后探出头往门外睃了几眼，门外是一棵已经绽开花瓣的桃树，桃树下是一个破瓦罐做的狗食盆子，狗食被狗舔光了，太阳从盆壁上折射下来，在盆底下打转转，老木探头看时盆壁映出了他的光头。看了看棉花老木的心里疼了一下，他软软愧愧地对棉花说，我会把这几顿给你补回来的。

老木和棉花一起吃了一顿饱饭后，从过道的顶棚上拽出了锄头，他拾了一块瓦片把锄头的锈气磨掉，再用一块破布把锄把擦了两遍，他开始修理院里的地，把院里的杂草都铲除了，把院里藏在旮旯里的树叶弄到了一堆儿，用一把火烧了，树叶积存了一秋一冬又半个春天的香气在院子里弥漫，袅袅地飞过院墙。老木移着碎步盯着树叶烧成的烟瞅了半天，想起已经几天没有吸过烟了，胃部开始一阵痉挛。他拽过棉花的头，从贴身的秋衣兜里掏出两块钱塞到棉花的嘴里，对棉花比了个吸烟的动作，让棉花去汪小画的铺子里买烟，一种叫蝴蝶的烟。烟气慢慢地弱下去，慢慢地飘不动了，渐渐虚弱得连树梢也缠绕不上了。老木又开始收拾院子，开始收拾菜园，他计划种上几枝月季、几棵向日葵什么的，老二要回来了，院子里不应该再这么寡冷……

接着他开始等村长。

老木不知道村长遇上了棘手的事情。

　　　　　　　　　　　　　父亲的迷藏

2

穿过一条街，老木看见了那座小黄楼。小黄楼的四边是
蔓延几里长的瓦塘村工业园区，小黄楼的大门口挂着一个镀
金的大铜牌：瓦塘纸业股份有限公司。村长兼着瓦塘纸业有
限公司的董事长。老木被保安挡住了，保安说，董事长不在
楼上。老木说，不在楼上你让我进去看看。保安说，不行。
老木说，咋不行，我就进去看看! 保安说，真的不行! 老木
不认得保安，保安肯定不是这个村的。老木说，我们村的村
长我咋不能见了? 保安说，董事长不在楼上。保安不叫村长
叫董事长。老木推着门往里挤被搡出来了，棉花想替老木进
去找村长，可是门缝太窄它钻不进去。老木拽住棉花，然后
一屁股蹲在地上，棉花，我们在外头等，我他娘的不信就见
不着村长。春天的太阳不高，但晒得身上痒痒躁躁的。老木
和棉花往墙根的阴影里钻，上午的时候站这边，下午时再往
那边挪，墙体的阴影正好把他和棉花遮住了。有时候老木困
得想打瞌睡，头慢慢地往下磕，身子捣蒜一样往下坠，头被
膝盖一顶又醒了过来。他问棉花：我睡着了吗? 棉花摇摇头。
他说，明天再来的时候得掂瓶"一块辣"。老木说的"一块辣"
是小卖部里卖的一种散酒。第二天起床时，棉花已经把一个酒
瓶叼到了老木的眼前。老木懒得接，他说你给我干什么? 棉
花就叼着瓶脖子去了汪小画的小卖部，半提酒把酒瓶灌满了。
老木不让棉花叼了，他怕棉花把酒洒了，也怕酒熏醉了棉花。

棉花是醉过的，那次他独自喝酒已经喝蒙了，棉花探着头把他面前的酒咕噜噜喝下去了，棉花就像人一样醉了，头低低的，很温柔，然后死死地睡着了。

村长其实看见老木了。他昨天已经让保安问了，这个老木原来就是为一场戏。他没有答复，他没有答复是因为目前纸厂危在旦夕，他顾不上这些小事情。他不知道这一次能不能化险为夷，不知道过了这个春天他站在楼上一览无余的纸厂还能否存在下去。他站在楼顶上，这是村长或者说是董事长任小贵的习惯，几年来他习惯了这样的居高临下，在夜色里俯瞰楼下的村庄，他看见了他盖在村里的那座小楼，看见了那座楼后面的空旷，看见了紧贴楼墙的一棵大杨树和飞在杨树上的鸟儿，甚至能看见他父亲的身影。耸在村庄的另一座楼是老地主黄玉安家的，小炮楼一样，现在差不多成了一座荒楼，楼顶上已经长出了一丛野蒿。他更多俯瞰的是楼下的厂区，多气派啊，几公里长的厂区，那些串来串去的天车，冒烟的大烟囱，穿梭在路上的车辆。他坐下来，楼顶上有他的一个座位，是用水泥垒制的一个"沙发"，每天都有人把他的座位擦拭两遍，在厂办的楼里大家都知道他的习惯，几乎每个晚上他都会跨上楼顶。可是这厂又让他太累了，每年需要摆平的事太多了——机械事故、产品争端、价格争议……而更主要的问题是环保，是纸厂造成的污染，是纸厂面临的生存困境。几年前，按照国家政策，小纸厂要被砍，瓦塘的纸厂保留下来还要感谢镇里和他的运筹帷幄，在1万吨以下规模的要被砍时，瓦塘的纸厂合并成了一条长龙一样的生产线，在合并的过程中又暗中扩大了规模，纸厂一下子达到了年产十几万吨，成了省里挂得上号的造纸企业，产品在众多的小厂被砍时挤进了温州、山东等地的市场，生意如日中天。用当时的镇长的总结叫置之死地而后生，是因祸得福。小黄楼就是那时候建的，钱挣得多、挣得快，那些分厂不在乎合伙盖一座小楼。也就是在那一年投资六百多万的污水治理厂也建了起来，纸厂在村西，污水处理厂建在了村东，蜿蜒的小渠从各个厂区汩汩地流出来再汇流到污水厂，在村委跑腿的李柿就是看那些水渠的。扪心自问，污水厂根本没有正常开过，连连续十天的运转也不曾有过，任小贵最感到棘手的事情就是这个。现在，污水问题被暗访的几个记者发现了。其实他刚摆平了一件类似的棘手事情，是县环保部门的一次暗访。这次暗访是每年的几次水样暗查之一，以前的暗查他会提前得到消息，污水处理设备会正常开起来，或者干脆纸厂忍痛停几天，只开动各个纸厂的水泵，让汩汩的清水往污水厂流，这样迎接检查万无一失。但什么事都有失手的时候，县里的两个检查员几乎在他没有得到一点消息的情况下取走了水样，问题出在他打通的几个关节这次也没有听到消息，而县里的一个领导恰好外出考察了。他相信他的小黄楼，在这座小黄楼上每年他都能将几件棘手的事化险为夷，经过一番周折县里的暗访终于摆平了。然而他不知道更棘手的事情跟着来了，七八家报社的记者来暗访，黎明的时候就站在了那个排水口旁边，他们没有听到污水处理厂机器的轰鸣，而且记者们撒开了，撒开在河边、水渠和厂区。瓦塘的纸业股份有限公司这次真的被盯准了。

在夜幕很深时他从楼上下来了，他看见了一辆小车。

他从窗口看了一眼老木，老木正和他的棉花往村里走。

3

老木又计划着躺下了，一计划躺下他的脑子就发昏，身体面条一样软起来，眼也要睁不动了。洒过来的月光像催眠的温泉，如果躺下，温暖的阳光和阳光中的小鸟也不能把他叫醒。他看了看凌乱的床铺，床铺好像已经在等他了，好像看透了他的心事。他看了看那个荡满灰尘的电话，他的眼凑上去，还能看清那些阿拉伯数字，电话是难得响一回的，老二自打过那个电话之后又打过一次，他在电话里和老二说了半个小时，他告诉老二村里的变化太大了，那种老坯房基本上是掀完了，乡村道路早变了几个来回了，村西是一大片厂。老二问到村外的那片芦苇，他非常颓丧地说，没了，多好的苇子啊，没了，苇塘上盖起的是一个和纸厂有关的污水处理厂什么的，当然小片的芦苇还有，只是实在小得可怜了。老二说没事就不再打电话了，过几十天就回去了，回去再好好地唠吧。老木说行，恋恋地还握着话筒，话筒还在他的手里嗡嗡着，震着他粗砺的手，苇子在手里一颤一颤的。老木想儿子也好长时间没跟自己联系了。

这个儿子原来是在村厂里干过的，有一段时间纸厂因为接受检查和验收停了下来，村里人憋不住都往外跑，儿子也憋不住跑到城里去了。

老木准备在家闷三天。老木往墙上瞥了一眼，他心里有些急，三天，三天以后再去找村长，三天很快就能过去。一定要见到他，一定要有个准信，不然我卖房也要唱一台戏，不然我就不再指望村长这个龟孙了，不然我就撺掇村里的老人筹钱，或者去找找村里的有钱人，这样的事情以前也有过。老木在院子里走了几个来回，又轻轻地摩挲着棉花，把棉花的食盆子装满，然后他走向温暖的床，他手里还捏着一个粉笔头，在躺下去时，把粉笔头掷了出去。

老木是第二天的晚上被棉花叫醒的，老木听见了街门被棉花拱开，吱吱扭扭地几声，屋门又哐当一声开了，老木睁开眼，夜已经把他笼严了，从小窗口透出的是零零散散的星星和星光的碎片。夜里的凉气被风吹进来，老木打了个寒战。棉花站在他的床前汪汪着，他坐起来时，棉花已经把鞋从地上叼起来了，他知道这是棉花要他跟着走了。

村长正蹲在房顶上，他刚送走方圆几十里有名的魏瞎子。每一次遇到棘手的事他都会请那个神秘人物和魏瞎子来，魏瞎子如果说能逢凶化吉，他就会觉得棘手的事情处理得也更有信心了。他不是个特别信命的人，但他愿意从魏瞎子的话里得到信心。今天晚上他从魏瞎子的眼里、话语里感觉到了迟疑，他的心忐忑着，他不想让魏瞎子很快地说出来，他坐在瞎子的对面，他也把眼闭上了，他疑疑惑惑地给自己算命，嘴唇学着魏瞎子翕动。屋子里全是转动的圆圈，大大小小的，旋转着，滚动着，好像每个圆圈里都写着"过"或"不过"，或者"吉""凶"。屋内的落地大钟敲响十下的时候魏瞎子说，你不要泄气，你要静。他长舒了一口浊气，他听出了魏瞎子的意思，其实几天来的征兆也是这样的，县里领导和环保局，甚至地税、国税、工商都在为他着急了，说透了是为这些厂着急，这毕竟是他们多年培养起来的一个纳税大户。其实今天在小黄楼里还有一场对话、一场交锋。县里的领导说，如果污水厂正常开就不会有今天的困局了。他先是沉默着，他说难啊，开与不开有时候真不好决定：开，开支太大，思想不好统一，二十个分厂，每个厂的股份牵涉上百家，几百个人哪。县里的领导说，看这次的造化吧，如果能保住，污水厂必须开，然后企业得一步步改产，改成高档的木浆纸生产，彻底淘汰麦草制浆就不会有这种尴尬了，就不会冲撞政策了。他还想说什么但是被制止了。县里的领导说，以后可以考虑减免税费，改生产线可以申请大额贷款。后来他没再吭气，他知道现在他更要以静制动，也许，他这个董事长当到头了。走在最后的那个人在他腰上捏了一把，怎么，泄劲了？他扭过头，说，镇……镇长，没有。

送走魏瞎子他踱上了楼，在灯光中俯瞰着夜幕里的厂区。机器的轰鸣停了，但各个厂里的灯还亮着，亮得很犟、很固执。

他看见村里和厂区的路灯连成一条橙色的河流，他听见了春天的风声，原野里的树一簇一簇地在深夜涌动，夜鸟啾啾地叫着，他坐在楼顶闭目沉思。他想着他的小黄楼以及一次次在小黄楼里的较量、交易，一次次那个神秘人物的光临和魏瞎子的到来，多少难关化险为夷。他在楼顶坐着，透过夜幕望着村庄，望着黑黝黝的远方。

棉花盯着楼顶，在久久地盯视中它忽然爆发了，棉花的汪汪声在深夜里很响，在野外回荡着，传得很远，像训练的靶场上传来的回声，楼下的大门也在汪汪声中呼啦地响起来。老木在棉花的鼓励下朝着楼顶喊起来，整个晚上他嗓子都喊哑了，村长，我等你半个月了，我只求你一件事，村长啊，你好歹给个话儿……后来，楼顶的火星没有了，棉花叫累了，嗓子也哑了，它瞪着楼顶，失望地伸着舌头，尾巴棍一样戳在路上。

天亮了，春天的曙色伴着早晨的清凉。棉花听见了开大门的声音，那种小铁轮的滑动声。它的耳朵竖了起来，它的眼先是警觉地睁开了，亮亮的瞳仁逐渐扩大、逐渐明亮起来。它的头往上抬，它修长又矫健的身体被它的头拉动了，它的臀部像一座小山一样隆起，尾巴像一座山脊拖动的峡谷。棉花整个地醒了，整个地摆脱了疲倦，它从鼻腔里发出一种闷闷的叫声，是足以撼动峡谷的低吼，好似山体滑坡前的一种爆发。老木还在疲倦地躺着，身子可怜地蜷在大门左侧的一个墙角。昨天晚上他们太累了，他们没有回家，老木把身子蜷下来的时候，棉花也把身子紧挨着老木蜷下来。后来起风了，春天的凉意从地下渗上来，棉花看见主人的身子蜷得越来越小，像麦地里爬动的刺猬。棉花怕冻坏了主人，它把身子往主人的身边靠，而且挡在风刮过来的方向，用浑身的毛和浑身散发的热量暖着老木的身体，它半睡着听着老木疲乏的呼噜声，再后来它也睡着了。现在它的耳朵竖成了两只大喇叭搜索着大门的响声，它呼地站起来，像平地上拱起的一座大山，它的两只眼像两块燃烧的火炭。开门的是一个保安，接着它听见了从楼上下来的脚步声，很有节奏但也透着一种疲惫，那辆锃亮的小车前已经站着一个精干的小伙了。车门已经打开，小伙子的一只手恭敬地扶着车门。棉花的身子又往上耸，它的臀部又往上隆，耳朵坚硬地抖动起来，就连它身下的阳物也透出红红的阳头。棉花低下头使劲地拱醒了老木，在他揉眼时棉花又使劲地拱了拱他，而且用牙叼住了他的衣裳，衣裳刺啦一声被撕烂了，像山体裂开了一条山缝。老木听见了开门声，春天的风撞响大门的当啷声。汽车已经发动了，发动机的声音和大门的嗡嗡声和在一起。老木从地上跃起来，他顺着棉花的视线望过去，一个身影在往小车里拱，不太高的身体穿着一件风衣。棉花就是在这时候冲过去的，老木跨了几个箭步，甚至在跨第一步时他还打了个趔趄，但他迅速调整好了，他的手抓了一下大门，他没有喊的欲望，此刻他的欲望就是用手。村长没有想到老木和棉花还没有走，他扭头的一瞬间老木就奔到了他的身边，而且嘴里喊着村长、村

　　　　　　　　　　　　　父亲的迷藏

长。他扭过头，手里捏着一个金黄色的手机，他下意识地把手机往兜里插，他伸出手来推老木，说，老木你再等等。他看见老木又向他扑来，嘴里开始喊了，像一只凶猛的动物。他又伸出手去推老木，另一只手去开车门，身子弓下，想快点离开这儿，快点躲开老木。老木粗糙的手又伸过来，还在喊着村长你等等，而且和他一起按住了车门。就是这时，村长一推把老木推了个趔趄，老木的身子晃动起来，昨晚的疲惫、凉风的侵袭使他像一棵草一样虚弱，几经晃动后他还是倒了，沉重地倒在了地上。发动机的声音开始大起来，要把老木甩下了。就在这时候棉花几乎声嘶力竭地汪了一声，凌空扑了上去，两条后腿从地上呼地撑起，整个身体飞了起来，浑身的毛炸成一片纷纷扬扬的花，像一只大鸟的羽毛，它的眼喷射出一股烈火，它把晚上的失望、多日等待的煎熬一起发泄出来了……

4

老木的头沉沉的，浑身酸得发木，屁股后面像坠着个山。老木感觉自己发烧了，胸口烫得像一块火炭，抬起眼皮像掀动一块井盖，老木想这次自己不能再躺三天了，还要去找棉花呢，没有棉花我怎么活啊！但他想起棉花又害怕起来，他知道棉花这次凶多吉少了，虽然村长至今都没有派人来找棉花，但他还是把棉花赶走了。他让棉花躲躲，棉花不走，是他把棉花赶跑的。他说你走，你得躲啊……村长和他的保安是不会让棉花活下去的，他望望门外，天阴了，棉花不知道跑到哪里去了。他拖着酸胀的身板往屋里走，他望望墙上写下的字，那些字像一条条壁虎在墙上叮着，他继续写上了他的倒计时，距庙会还有33天。他又在墙上写：棉花是在这一天前跑的。他又写了一句：我想棉花。他久久地叮着墙，叮着墙上涂的那些粉笔字，那些字仄仄歪歪的看着都不像字。他被烧得有些发晕，勉强地撑起身，他说，我不能倒下。他想把这句话也写在墙上，写在倒计时的中间，这是自己的支撑，自己倒下了就彻底完了，恐怕连老二也见不着了，儿子回来也见不了爹了。他从地上撑起来，他的两只手抠着地，屁股使劲地朝上撅，一寸一寸地撅高，然后手摁到墙上，一点一点地往上扒，头慢慢地支起来，光头又在阴影里晃了，屁股和头又在一条线上了。得熬一锅酸汤，熬了酸汤发一身汗就好了。这样想着他把腰弓下去，在碗柜里翻腾着，拼命地想找到一块老姜，碗柜里的碗筷呼啦呼啦地响，像涨潮的水翻卷着乱石，像乱石和乱石压在一起。终于，他从最里边的旮旯里翻出来一块老姜。不小，老木自言自语地说。那姜像狗蹄瓣一样大，他又想起棉花了。姜块已经成一个疙瘩了，颜色已变成了黑色。接下来老木找到了半瓶醋，老木平常不大喜欢吃醋，醋瓶子里已经泛起了白沫。葱是很快就摸到手的，两条长长的大葱，他慢慢地剥去干皮，葱的屁股处拖着浓密的根须。他有些想笑，发汗退烧最需要的就是山羊胡子一样的葱根，胡子一根

　　　　　　　　　　　　父亲的迷藏

也不能浪费，浪费了就可惜了。他支起锅，烧起了柴，把那些葱、姜、醋都搅到了一起。他烧着锅，半眯着眼，火时断时续地燃着，精神提起来时就把火加得旺一些，提不起精神了火就燃得弱了，火苗子飘飘悠悠的，有时差不多已经灭下去了，只有一星两星的火在灶里挣扎着。一锅姜汤终于熬好了，他却蹲在灶前站不起来，身上的火炭烧得越发地厉害了，烧得他就要化成一块炭了。他的身体拼命地想往一疙瘩缩，像刺猬一样缩成一个蛋。没办法了，他知道自己必须眯一会儿，然后再把这锅姜汤喝下去，然后就该出去找他的棉花了。

　　李柿把他从灶前弄醒时，他的眼前是几个李柿在晃。李柿是在村里跑腿的，村长去小黄楼办公后他守着原来的旧村部，还巡逻那条排水渠。李柿这小子噙了一口凉水往他的脸上喷，老木打一个激灵，凉水还真管用，老木的眼真睁开了。老木，你把你的狗交出来吧，这样唱戏的事可能还有戏。李柿又往他的脸上喷了一口凉水。李柿又说，老木，别糊涂，把你的狗交出来吧！把狗宰了让村长消消气。老木困得不想说话，李柿拍了拍老木的头，老木的头发像刚被太阳晒了一样，烫手，头发尖上沾了一层水汽，冒着一股烟。李柿把嘴里的一口水咽下去，李柿说，是你熬的姜汤吧？老木说，是！李柿说：还是把狗交出来吧，我再劝你一句。老木说，李柿，我的棉花呢，你见到我的棉花了吗？李柿说，老木，你的狗你还能不知道，你像它爹一样，你把你的狗交出来，让村长把狗肉吃了。不就是一条狗吗？难道你不想听戏了？难道狗比你的心思还重要？倚着爬满烟尘的墙，他的眼又挤上了。李柿又去噙了口水，但没等李柿喷出来，老木举起了烧火棍……

老木把那锅姜汤喝了，他憋着气，一连喝了几碗。然后他往床上躺，他在躺下去时说，棉花，爹醒来就去找你，找你，爹身上得有劲，不然半路上说不定我就累死了，让别人家的狗把我吃了。喝了姜汤他又往身上捂了床厚被子，他迷迷糊糊地睡去时，姜汤的能量爆发了，千万条小溪在他的身上汇合，他的背，他的胸，他身上的每一个枝杈都成了一条大河，股股热气从被窝里往外排，他把胳膊伸了出来，胳膊上像裹了一层浓雾，一层缠缠绕绕的雾，一窝盘盘绕绕的蚯蚓。真管用啊，老辈子传过来的姜汤。他又迷迷糊糊地睡着了。

电话是儿子打来的。

他还迷糊着，接电话时鼻音很重。儿子说，你是我爹吗？老木这才彻底醒了，他的眼窝里已经洇上了一股潮湿，他简直想哭给儿子听，但他忍住了。他还没问儿子有事没有。儿子迫不及待地说，爹，我昨天做梦，我梦见棉花站在大海边，它很绝望地瞅着大海，我还梦见你站在大海的礁石上，爹，棉花和你都没事吧？没……没有。爹，棉花呢？我想听棉花叫两声。老木愣了，老木说你等等。老木下了床，他不知道这一觉睡了多长时间，他得去看看院子里是不是站着棉花，他身上轻快多了，只是一出被窝，落下去的汗在身上凉飕飕的，身上各处都散发着一种霉味，嘴里很淡，牙使不上劲。他没有看见狗，他喊了几声棉花，没有棉花答应的声音。他在地上

　　　　　　　　　　　　　　父亲的迷藏

找，看见了隐隐约约的蹄子印，看起来棉花是回来过了，这让他更不放心了，真得赶快去找棉花了。他扭回身，抓起话筒，骗儿子说，儿，棉花不在家，可能是去撒野了，没事，刚才我还见棉花了，你在外保重。儿子说，那我挂电话了。可是儿子没挂，儿子又问，爹，有事吗？老木又抓紧了话筒，他真的不想丢下话筒。他忽然想起那个早晨老二的电话，他看见了墙上的倒计时，忽然对儿子说，儿子，在庙会之前回来，儿子，爹求你一件事，你想法子攒两场戏钱，爹想听戏，不，是你叔要回来了……老木的泪水终于哗哗地淌成了河。

5

老木去了坟地。

老木盘腿坐在两个坟墓的中间，四周的麦苗在风中唰唰唰发着细微的响声，只有在深夜里这种声音才能听得真切，像一潭水漫过一片土地，麦苗已经拔节，长到膝盖高了。老木裹了件衣裳，在等他的棉花，跟了他快二十年的棉花。老木定定地坐着，夜里的风透着丝丝的凉意。老木木木地看着眼前的坟墓，夜色里的坟墓在他的眼前清晰起来，但他却把眼闭上了。他在心里盘算着一些名字，刘锁、李仁、秋林……都是在村里有些名气的人，还有那些经常凑在一起的老家伙。后来他不想了，他的双臂慢慢地松开，一只手插进身下的土地，土地的凉气浸入五指，他又把另一只手插下去，土地的凉气又浸入这五指，他没有把手提起来，他相信土地的凉气马上就会变暖，或者他的手会把土地捂暖，他仰着头看着隐约的村子，他的心里忽然有东西在一股一股地蠕动，像奔驰的火车，终于要穿过阻挡的闸口，要奔突出来。他把头伏下去，终于发出了呜呜的声音，是那种憋了太久的一种低吼，低吼和土地融在了一起，宽起来粗起来，仿佛一股来自谷底的水喷发出来，呜呜呜……像乡下人听了多少年也弄不清到底源自哪里的一种地声。

麦苗慢慢闪开，麦地里弓起一个巨大的黑影，棉花披着露水弓起身子，伏得太久了，它抖了抖身子，毛上的露珠砸向身旁的麦苗。眼在夜色里宛如两炷火光，它一步一步地穿过麦地，撒开腿，朝着那个呜呜的声音奔。老木听见了，他听见了棉花的声音，听见了棉花踩在麦苗上、踩在土地上的脚步，听见了棉花在奔跑中的喘息，听见了棉花耸动的耳朵、伸出的舌头……他和棉花对着脸，他脸上挂着潮湿的泥土，泪珠爬在带泥的脸上。棉花瘦了，棉花的身子长了，棉花的毛乱了，乱蓬蓬的像个鸟窝。棉花！他站起来扑向棉花。棉花的泪水也在这一刻滚出来，它看见它的主人更加憔悴了，它伸出前腿和老木拥在一起，它用头蹭着老木泥脸上的泪痕……

后来老木推开棉花，捋着棉花的毛，抚摸着棉花的耳朵，又拽拽棉花的尾巴。老木说，棉花，再躲躲吧，你一定要和我一起等你叔回来，等我儿子回来，我去求村长饶了你，你放心，庙会上的锣鼓一定会响起来。棉花，无论如何你要保住你自己，你不要让我失望，让我痛心。不，我去求村长的爹吧，求村里的老人，求刘锁、李仁……棉花！棉花！棉花啊！他伸出手和棉花告别……

夜色里棉花的鼻凹明亮得像一口深井。

棉花抖抖身，它没有走，四条腿往地里使劲地扎下去，它抬起头，汪汪汪汪地吼起来。

八奶的鸽群

一

村里人说起八奶就会说到她的鸽群，更津津乐道的是八奶和男人的荤事以及八爷的死亡或失踪。如果不是八爷死亡或失踪了，那些男人根本没有觊觎八奶的机会。

关于八爷，他们说到一个叫莲的女人，莲就住在火车站西边的兰村。八爷频繁地往车站跑时，八奶还蒙在鼓里，当八奶闻到风声，八爷已经给莲打起了伙计，挣来的钱和粮食一半给了莲。村里人说，八爷就是这时候去充了壮丁，那一年壮丁的名额轮到了老塘南街的田大户家，田大户放出了诱人的价码，八爷用壮丁的身价换来了几亩薄地和八石粮食，还有一些银票。

八爷一走却杳如黄鹤，让八奶成了寡妇。

八奶找过莲，莲没让她进屋，莲的屋里已经躺上另一个男人。八奶高大的身架站在莲的面前，和八奶相比，莲显得瘦小单薄，剪短的头发像草一样拂动。她发怵地看一眼八奶，后退几步，扶住了一棵椿树。八奶玉树临风，挥了挥长臂，你逼走了我的男人？莲说，我没那个本事！八奶说，你让他去用命换钱？叫莲的女人说那是他自己的事，这个年月没有比替人充壮丁挣钱更多的了。八奶说，所以你就逼我的男人？莲的另一只手也扶住了椿树，椿树上落下几片叶子，院子里的椿树让她想到脚下是她自己的院子，于是话里增加了一些硬气，你怎么能这样说，我能挡得住一个男人？八奶没有软下去，而是朝椿树走了几步，一片树叶落在了她的鞋尖上，她问莲，去找过他吗？莲说，没有，去哪里找？他已经死了。八奶忽然泪如雨下，一把拽住了对方的前襟，你怎么能这样说，寡妇真是心狠。莲想挣脱八奶，说话不得不伸长了脖子，她的脖子又细又长，还算秀气，嘴朝天上嘟着，说，他不回来，不是死了是怎样？兵荒马乱的，打仗死了那么多人。八奶拽着她的手又抖了抖，莲的脚踮起来，脸涨红了，八奶的另一只手揪住了她的头发，一只脚踩在她的脚上，可你拿什么证实？莲喘着气，头抵在椿树上，两坨屁股朝上鼓，几声咳嗽从细小的喉咙里发出来，说话声断断续续，我……我不用证实，你……你自个儿的男人，自个儿找去。

　　走在回家的路上，八奶想男人最后挣来的几亩薄地和粮食一半留给了她和儿子，临走前也是和她们母子守在一起。八奶坚信，这个男人还有良心，和那个女人在一起只是一时的鬼迷心窍。

八奶在地里搭起了窝棚，白天黑夜地守在地里，她相信男人如果从部队里逃出来，一定会来看看他用命换回来的土地。不断有挎枪的兵从东边的大路上走过，从东南的渡口坐船到对岸上去，也会听到零星的枪声。她不懂得战争是怎么回事，但知道兵也都有家，如果八爷从这里过，即使家不能回，也会跑到地里看看，哪怕只是在自己的地里站上一会儿。那时候是深秋，过了霜降，小麦苗从地里拱了出来，干冷的小风一阵又一阵地刮起，枯黄的树叶和草梗顺着风在地垄里出出溜溜地攒动。八奶用树枝和干草加固了草棚，晚上睡觉再用一捆干草堵在门口，把风挡在了门外，棚子里暖和一些了。八奶睡得很迟，她在地头的路上走来走去，不远处就是老运河，偶尔有船过去，抓鱼的鹰船从河上游一直往下游漂，舢板上的船主带着几只鱼鹰，鱼鹰听他的桨声钻进水里，在下游露出头时，嘴里叼着一条草鱼。八奶小时候就看鹰船，现在鹰船还从河上过。她和八爷十八岁成的亲，十年了，儿子已经八岁了。她和八爷看过鹰船，八爷扑通跳进水里，一直跟着鹰船过了马营桥才爬上岸，顺河滩跑回来，身上的水都还没有抖干，八爷手里抓着两条鱼，是鹰船上的人送给他的。那时候八奶有了身子，八爷让八奶炖鱼汤喝。八奶每天都想着离开她的八爷，想着八爷的好，想着这地可能和一个大活人的命有关，想着想着就又去了运河边，坐在河岸上发呆。她去算过卦，给八爷算，八爷的生辰八字她熟记着。算卦人姓魏，是个瞎子，在宋村。她从马营坐船到宋村，魏瞎子坐在

　　　　　　　　　　　　父亲的迷藏

院里的枣树下，枣树上的叶子掉光了，树皮厚厚的，翘着皮块。她坐在魏瞎子对面的一方石头上，对魏瞎子报了八爷的八字。魏瞎子的指头在嘴上沾了沾，仿佛要用指头翻动书页，其实他什么也看不见。魏瞎子说，我知道你要算什么。八奶不说了，等魏瞎子说。魏瞎子说，如果一春一秋回不来，怕就难了。八奶听出来了，如果一年不见人影，就凶多吉少了。八奶嗯了一声，他在哪儿？魏瞎子说，西南。远不远？魏瞎子说，不远，也不近。八奶说，那我等着！魏瞎子不说话了，听她的脚步快走出院子时，又迸出一句，红颜薄命。八奶扭过身，顿住脚，魏瞎子说，你是个美人胚子。八奶不知道这话是什么意思，她凭着信念，一直等着八爷，傍晚的时候去看河，就又想起老鹰船，又看见八爷的身子……

在地里守了一个秋天又一个春天，夏天来了，麦子到了收季。村里的几个男人过来帮忙，八奶给帮忙的男人做饭吃，也打些零酒，活干完了，她把男人早早地往家撵。男人说，八嫂子，夜里不害怕吗？八奶说，快滚。男人说，不用给你暖身子？八奶掂起木杈，男人们带着酒气悻悻地离开。

这年冬天，八奶搬回了村里，搬回了她的小土楼。八奶回到小楼的那天是初一，八奶在案上烧香，她对着燃起的香烛说，看来，我得出去找一找了，不找这个冤家，他是不会回来的。我要告诉他，那个疯女人随后就和另一个男人好上了。

二

我想不出那些鸽子是怎么形成庞大的鸽群的，它们为什么会集结着朝八奶的楼上飞？悠扬的鸽哨那样诱人，那么多鸽子是有一个鸽子王，还是八奶就是鸽子的王？这里面一定藏着什么秘密。八奶像一个神，夏天穿一套白色的衣裤，旧年的粗布，纯朴、干净、耐穿，犹如她衰老仍显姿色的皮肤，她站在楼上像一尊雕像，从来不管楼下遥望她的男人。她闻到了从村外飘来的庄稼的气息和土地的潮气，各种复杂的气味卷入了村西的老沧河，混杂着野兔、野狗、牲畜交媾和死亡的气息，往下游漂流，流过很多村庄，汇入更宽的河。她的目光越过村庄，她看见火车哐哐唧唧地奔跑和火车停下来的喘气，那是八爷花心开始的地方，也是八爷离开她的地方。她在那里等火车，想等到一个佝着腰回来的满头白发的老人，抓住她的手，拉着她回家。可是，很多年过去了，她的等待成为虚妄。之后，她每天登上楼顶，她的期望变成了一种固定的姿态。每天，看着楼顶的羽毛，她俯下身，捡起一支，走下楼梯，插入床头的陶罐。床头已经飘满了羽毛，成为羽毛的湖。

后来我常常遥望八奶的楼顶。

我真正听到八奶的故事已是成年，村里的男人聊起女人时对身边的我已经没有顾忌了。最初听他们聊到八奶是在地头的沟里，我和大人们一起等待浇地，躺在沟里避风，麦子在地里起伏，小北风刮着路上的干柴。这一水叫封冻水，为了防止小麦被更冷的温度冻着，所以要在地里积攒墒气。我刚毕业回到村里，弄不懂麦田管理的道道，懵懂地想既然要防止小麦受冻却还要浇那凉哗哗的水吗？我看着满地的麦苗，对大人的话表示怀疑。一个技术员教育我，水是增加地暖的，小麦不但不会挨冻，麦根还会得到保护。我半信半疑，后来我拿了一本技术员的书看，才算信服了。等待浇地的时间是无聊的，要从地的一头往另一头浇，一块地里有好几家，后边的人要提前守在地里。我在沟里听他们聊到了八奶，他们说起八奶的风流韵事，说到八奶寻找八爷，说到八奶的鸽子、八奶的鸽群。他们说到八奶的身体，八奶的奶子，说八奶经历过八个男人，我想这是他们凑数，为什么八奶恰恰会经历过八个男人，难道这也有一种巧合？他们说这八个男人都陪八奶出去寻过八爷，但八奶没有答应过任何男人，对每个陪他出去的男人几乎说着同样的话，活要见人，死要见尸，不然无法嫁给任何男人。八奶对帮她的男人的回报，就是陪他睡上一觉，那一夜之后，彻底了断，谁也别再纠缠。后来的这么多年八奶不再出去寻找，但每天都要爬上她的楼顶。

他们说到的男人我不感兴趣，况且这八个男人中一半不在老塘南街，只有四个是我们老塘南街的人。他们都太老了，我都对不上号。我不关心八奶的风流韵事，我只关心八奶和她的鸽群。我听到八奶的故事时她已经六十多岁了，八奶被村里人称为疯婆子，她每天拄着拐杖出现在村口，出现在她家的地头，最后固定在她家的楼顶。八奶上楼的身影更加固定，也更加孤独。有一天，我看见八奶的手里握着一枝白花和一卷草纸，村里又一个老头不在了，据说是八个人中的一个，她蹒跚地走过大街，朝着摆满花圈、响着唢呐的地方，走向一个人的灵堂，为一个老人燃上一卷纸钱。

我真正注意到八奶的鸽群就是从这时开始的。那段时光里，我在村子里彷徨，我找不到自己以后生活的方向，夜深的时候我会在村子里游荡。我站在八奶的楼下，鸽子在夜色里咕咕地低叫，羽毛从风中飘下，落在我的胸前。一天傍晚，那是八奶固定站在楼顶的时辰，我在一棵椿树下看见一个老人，他满脸胡茬，头发花白，头枕在树干上，目光静静地朝着楼顶，我甚至听见他吧唧着嘴，在低低地诉说。我不敢靠近他，怕惊动他，我选择了一个既能看见八奶又能观察这个老人的地方。八奶的小楼墙体斑驳，土坯裸露，裸露的土坯间隙里住着很多麻雀，和楼顶的鸽子遥相呼应。我听见了鸽子在楼顶的飞翔，八奶的白发在风中悠荡，大地和村庄的气息氤氲上升，围绕着小楼。我感到了岁月的流淌，黄昏越来越深，八奶的手边落满了鸽子。又一轮的守望和遥望即将谢幕，椿树边的老人艰难地站直了身子。

又一个黄昏，我将他从树边扶起来。那个夜晚我走进了他的胡同。

老人叫张大化。

打开一个老人的话匣需要耐心。我一走进胡同里的小屋，就已经感受到老人的孤寂。我观察过他的胡同，一个小院，瓦房上长满了瓦松，瓦缝里挤出苔藓。我看见了他挂在墙头的板胡，后来我听他拉过几次，地方戏的曲调从老胡同里悠悠地溢出，拐过狭窄的胡同，在村庄的缝隙里流动，不能说拉得多好，但那是一个老人的生活。那天晚上我把张大化送进院子，返身回到大街，我在一家小铺子里买了二斤猪头肉、一斤大肠、一份卤豆腐，又在小卖部里掂了一瓶我们当地产的白酒。我恭敬地把酒放在他每天吃饭的小木头桌上，张大化捋捋胡子，瞪着我孝敬的酒菜，他找来了几个碗，将菜放进碗里，用来喝酒的是两个小黑碗，有一定年代了。他目光辣辣地看着我，像《射雕英雄传》里的那个疯子，小子，你要陪我喝酒吗？我犹豫了一下，端起面前的一个黑碗，黑碗里映着一个乡下穷小子黧黑的脸颊，我说，听您老的。我第一次喝那么多白酒，每次朝两只小碗倒过酒，泛出的泡沫马上就消融了，白酒在黑碗里看不出具体的颜色，只能看见粗瓷的碗底。我听见咕嘟咕嘟的喝酒声，他不说话也不问我。一瓶酒快见底时，我起身再去买酒，他拽住我，喷着酒气，说，小子，你要爷给你讲啥？我站起来才知道自己喝多了，头晕目眩，一瓶酒差不多和他平分了。我原来最多喝过二两白酒，可见不同的场合人的承受力是不一样的。我晕晕乎乎地重新坐下，头倚在身后的一个破柜上。张大化还在自顾自地喝，吧唧吧唧地吞咽着猪头肉和猪大肠，我说，张爷，我想听您说一说八奶，给我说说八奶吧……

我晕晕乎乎地睡着了。醒来时我躺在一把老藤椅上，张大化坐在他的床边抽旱烟，那烟一窝一窝地在小屋里卷，绕着梁头，我以为我在雾里，我听见胡同里有风吹着树叶的声音，远处的公鸡开始打鸣。

　　张大化说，给你说一说那匹马吧。他满脸的胡须在夜色里抖动，皱纹带动他脸上的肌肉。他说，那时候我是队里的饲养员，喂着队里的几十头牲口，夜里头和牲口朝一个地儿撒尿。那一年，我喂饱了牲口就想来楼下站一会儿，想看看你八奶，你八奶这个骚货她很孤傲，对村里的男人爱答不理的，我们都叫她女魔头。有一天她终于找我了，哈哈，这个女人，站在我面前，像一个神仙，她看中了我喂的牲口。那时候牲口是最好的交通工具，也最自由，不像现在的车不加油就跑不动，牲口不那么娇气，路边的野草可以把它喂饱，沟里的水能让它解渴，吃了草喝了水照样扬蹄子奔跑。你八奶看中了我手中的这点权力，她知道我在楼下看她，这个狡猾的女人利用我对她的爱慕，把我拢住了。那是几十年前的事了。她对我说，张大化，我要出去找我的男人，活要见人，死要见尸。其实，我知道她是要去找你八爷的尸骨，只能这样了，早在打仗的时候就传来了你八爷被活埋的消息，活埋，你知道吗？你八爷到了部队，一天夜里从部队里逃跑了，可跑了半夜又跑回了原处，原来是山路把他迷住了，部队里点人数发现少了你八爷，正在找他，他自投罗网，为杀鸡儆猴，你八爷就被活埋了。这个消息是柳堡一个老乡带回来的，那个老乡多年前死去了。我对自己说不能当软蛋，就是犯错误甚至搭上一条小命也要跟你八奶出去，天天蹲在老塘南街也没意思，我头一扬就答应了。第二天凌晨我套上了队里的一匹枣红马，拉着你八奶出发了，还委托我哥替我喂几天牲口。

张大化掂起酒瓶喝掉了酒根，继续说，那一趟，我拉着这个女人跑了八天，哈哈，八天啊，小子。山里的路不好走，难走的路我下来牵着马的笼头，有些路是你八奶走过的，她到山里找过老八好几次，她只是不服，她还在找，山里头多见石头少见人，找一个人埋葬的地方哪有那么容易，战乱的时候有什么墓葬，早沤烂了。你八奶在山里打听，在山里喊着老八，老八，你倒是给我托梦啊，你好跟我回去。有一次我赶着马车，一群大鸟呼啦啦飞来，哎呀，那些野鸟把马惊着了，马在山路上奔跑，惊了缰了。我和你八奶都吓坏了，怎么也收不住马缰，我想这下完了，不过能和这个女人死在一块儿，也算是缘分了。好在马最终收住了，马车撞在一个石头上，拉不动了。马咴咴地叫，耸着耳朵，撅着尾巴，露出牙来。我对你八奶说，回吧，回去吧。你八奶说有一个方向还没去过，要再去那个地方找找。我又收拾了马车，盘着山路去了山的又一边，谁知又遇见了一群山鸟，不知道是不是原来的那些鸟，鸟也是穷疯了，呼啦啦朝我们飞过来，叫得瘆人。马又惊了，又疯狂地跑，跑着跑着跑到了一个山崖边，和对面的山路中间横着一个山口，我大声喊叫，闭上眼，心想这次真完了，要和老八一样葬在山里了。你猜怎么着，马飞起来了，整个身体朝天上飞，它浑身的骨头咯咯吱吱地响，它带着马车，我和你八奶紧紧抓住马车，拽住马的尾巴，马竟然飞过了山崖，哎呀，又一次有惊无险。你八奶真害怕了，就回来了。回到家，我的被子早被拿回家里了，饲养员我是干不成了。

张大化带我去了另一间小屋，屋子的另一头养着一头黑驴。张大化说，这头驴我一直喂着，如果你八奶需要，我随时跟她出去。

三

我这段时间不断出现在那个胡同，每次去，都掂一瓶白酒和一斤猪头肉、一盘猪大肠。我曾经给他买过一次鸡腿，他啃得吃力，鸡肉不断塞进牙缝，以后我就不再给他买鸡腿了，专买这种没有筋的猪头肉配酒。他吧唧吧唧吃得津津有味，喝完一碗白酒像喝完一碗黏稠的玉米粥，从那次我喝醉后他不再逼我喝了，叫我量力而行。张大化是一个善解人意的老人，他每次喝到半醺话匣子才会打开，才会滔滔不绝地讲，有的人就是这样，打开他的嘴需要一个闸刀。张大化说，八个人，那是他们胡诌，实际上跟她出去过的不过三四个吧，我之前有一个，我之后恐怕也就没有几个人了。你八奶这个人，说起来也是个情种，对你八爷忠诚，你八爷走的时候她还不到三十岁，几十年就这么熬着，熬成了一头白毛，让对她有心的人失望。张大化饮了一口酒，酒含在嘴里，咀嚼后才咽下。

父亲的迷藏

他好像触到了自己的痛处，又抬起小黑碗，你八奶这个人怎么说呢？让人失望，猜不透她的心思，几十年傻等，把自己几十年的好光景毁了。我之前的那个人陪你八奶去了塔岗车站，这老女人有一阵子天天跑到车站上等火车，坐在站台上，火车呼呼地从她的身边飞过，停下来的火车让她一次次绝望。那个人每天赶驴车去车站接她回来，一直到你八奶不再去站台等。还有一个人，陪她去的彰德，你八奶其实不是我们这里的人，她是你八爷从彰德带回来的。你八爷那时候跑火车、装车皮、押车皮，也倒腾点小生意，有一次在彰德的火车站，在铁路旁把你八奶带了回来，你八奶就成了咱老塘南街的人。你八奶去彰德站，那个人陪着你八奶，陪她坐在站台上，还不能坐那么近，隔着十几二十米的距离。张大化说，现在这两个男人都不在了……

那个女人呢？和八爷好过的那个女人。早不在了。张大化说。

四

真正走近八奶时，发现八奶真的漂亮，八十岁的人，风韵犹存。无情的岁月让她裹满了沧桑，许是几十年的孤独和遥望让她更有了这样的气韵。

我潜入了八奶的老屋。我是说我钻进了八奶的阁楼，这个行动我谋划了很久，大半年我都在花心思，我每天都在寻找潜入八奶阁楼的机会，寻思着潜入的方式。我像张大化一样在楼下找到了一个仰望的角度，我每天像一个看戏的人一样等待着主角的出场，我会看见一个老人从阁楼里拱出来，慢慢地出现在楼顶。我想说八奶的拐杖其实只是一种摆设，她上楼时从来不用拐杖，很简单地就打开了最上边的楼门，闭着眼就打开了一把老锁。楼门打开的瞬间阳光迅速地钻进阁楼，灰尘和阳光混成一个整体，像一个银色的滚球，阁楼在刹那间明亮起来，楼门的门搭还在当啷啷地响动，一串门环像吊在楼顶的项链。八奶迅速地穿过楼上的尘埃，穿过每天都在同一个时间等她的鸽群，咕咕的叫声淹没了她的脚踝，八奶像一个旗帜一样站到了一个固定的位置上，那里有一个豁口，恰好卡住八奶的胸脯。她的手边落上了大约七八只白鸽，八奶朝远处望去，穿过街道，穿过街道上的树，看见了村西的老沧河，看见了石板的老桥，水从老桥下慢慢地流过，河还是老样子，很多的黄昏八奶从村里一步一步走到沧河桥，从桥东走到桥西。有时候她会沿着桥西的路再往前走，走到双水村的村头，再失望地往回返，又是一个无望的日子。她高大的身影在淡薄的夕阳中渐渐缩小，她会在沧河桥等到天黑，在庄稼的影子中返回小楼，然后她看见了插在床头的羽毛和那几只陶罐，又是一天的结束。后来她不再去沧河桥了，每天固定地站在楼顶，站在能卡住她胸脯的豁口处。她的目光在夕阳中从沧河桥，从满地庄稼，从庄稼间的道路上收回，看到的是越来越破旧的村庄。她想起她看到的那些男人，男人遥望的目光，男人在楼下疯狂的叫喊。她的头发愈加地白了，她偶然从水缸里看到过自己的样子，像《白毛女》里的白发女人。她看到过张大化，她在楼上骂过，这个傻瓜。

我越发地对小楼充满了向往，我想上到楼顶去看那些鸽子，我每天看到的只是鸽子遥远的身影，只是它们在天空飞的样子，我想更近地看到鸽子，看到八奶的世界。我就是在这种欲望的驱使下开始寻找走上楼顶的方式，我终于在一个夜晚钻进了八奶的阁楼，那个阁楼上的窗户，恰好容下了我瘦小的身子。我挑的是一个漆黑的夜晚，那时候八奶大概已经睡了，一个老人不会睡得太晚。我撬开了阁楼的窗，我侧着身朝里边钻，我不敢弄出响动，我像一只老鼠一样，吸着肚子，一点一点地挤着身子，我终于挤进了阁楼，可我在踩上楼板时还是发出了响动，虽然我脱掉了鞋，只穿了棉袜，那种响动对我来说意外地惊心动魄，我在几分钟内惊魂未定，不敢再有任何的动作。我屏着气，从小门射进来一缕夜色，秋天的凉气也从小门里钻进来。我缩着身子，想象着我怎样才能钻上楼顶，看见夜晚里栖息的鸽子，看到八奶每天占领的那个世界。楼顶就像八奶的一个高地，我常常想她就是一个将军。

我把窗户轻轻地合上，谢天谢地，这一次没有发出任何响动。我格外地小心翼翼，我关上窗户时打开了带来的一只手电筒，为了防止手电掉下去，我在腰带上系了个绳子。在手电筒的照耀下我惊呆了，我原来想象的阁楼上的空旷被一种景象击碎，我看到了一个世界，在打开手电筒的瞬间我以为我误入了一个小树林，我的眼前影影绰绰，仿佛站着很多树或很多人。我又一次惊魂未定，我得喘口气，冷静一下，我在喘气冷静之后，终于看清了，那是几十件衣裳，有冬天的，有夏天的，挂在阁楼上几根悬挂着的竹竿上。我再细看时，发现都是男人的衣裳，色彩大都是白色、蓝色和黑色，分别代表了一年中的几个季节。在我又近前看时，我在手电筒的光柱中看到在靠近墙边的竹竿上搭着几十双粗布袜子，甚至还有十几个吸旱烟用的荷包。我惊讶了，我竭尽想象也从来没有想到是这些衣裳、这种场景。不用多问，这是一个女人为她的男人始终准备着的，可那个男人一直没有回来。

我忘记了要上楼的打算，我在衣裳中间留恋。

我一件一件看着那些衣裳，甚至借助手电的微光看着那些细密的针脚。后来我发现了墙角的老柜，我走近老柜，看见了上面的一把老锁，我好奇地想打开看看，踌躇着该怎样打开，老柜里应该还有我想象不到的秘密，又是一个世界。几十套衣服在我的身前身后，我像钻在小树林里，或者说是进入了服装间，或是一个染坊。我对着老柜想我的心思，阁楼好静，楼上鸽子的叫声始终没有传来。就在这时，一件事发生了，哗嗒，楼门开了，开门声很脆，猝不及防。我看见了一支蜡烛，一只手举着，那只手上长满皱纹，有两只鸽子飞在她的两边，烛光颤动了几下又迅速地亮起。

我看到了八奶。那一夜我是在八奶的老屋度过的，下楼时，我像一个引渡归来的犯人，内心充满了愧疚。我跪在八

　　　　　　　　　　　　父亲的迷藏

奶的面前，八奶不说话，蜡烛的光在夜色里闪动，八奶将蜡烛放在对着门的方桌上，她坐在桌子的左边，两只鸽子站在几只陶罐的两旁。

八奶一直沉默着，这么多年八奶成了一个沉默寡言的人，即使走在村里她也只是用拐棍发声，她去小卖部买东西，也是用拐棍指一指，然后无声地付钱。可你们知道面对一个沉默的人是多么煎熬吗？八奶让我站起来，她用拐棍指了指阁楼，又拐回来，指了指床头的陶罐和陶罐里苇絮一样的羽毛，她只说了简短的一句话：日子，都是日子！

天亮了，我仓皇地逃出八奶的老屋。

五

八奶死了，她最后死在楼顶，一根拐杖通知了全村。

八奶死前没有预兆，她在生命的最后一天还精神抖擞地攀到楼顶。那是一个春天，太阳将村庄照耀得格外明亮，又一季的柳絮在村庄里飞翔。八奶依然和她的鸽群守在一起，站在卡住她胸脯的那个豁口处，只是她的眼有些吃力，不再能看得那么遥远，她的眼前都是白色，白色的鸽子和白色的柳絮。下雪了吗？春天的一场大雪。她好像有一种预感，她最后对自己死亡的预告是在楼顶垂下了自己的拐杖，"嘭"的一声巨响，然后她以遥望的姿势死在了楼顶。在生命最后的一刻，她听到从楼下传来高喊她名字的声音，张大化接住了她的拐杖。

鸽群在楼上盘旋，疯狂地哀鸣。

她的儿子终于从远方回来了，带着他的儿女为八奶举行了葬礼。震撼老塘南街的是那群鸽子——八奶的鸽群。哭声漫起的瞬间，一群鸽子凌空而下，整个棺椁前边一片雪白，雪团似的鸽子轰轰隆隆越旋越快，几十只鸽子朝八奶的灵柩上撞，漆黑的棺椁沾上了白色的羽毛，棺椁顶上落满了死亡的鸽子。孝子们震惊了，抬棺手肩膀抖动，壮观的场面让他们想到了两个字——陪葬！棺椁再次搁上肩头，鸽子还在不断地飞翔，在灵柩前、在灵柩上旋转，还不时有鸽子撞死在灵柩上，鸽子的羽毛飞扬了一路，鸽子的血滴在棺顶，和棺椁的黑漆融为一体。一路上都有鸽子的陪伴，直到动土前的仪式进行完毕，最后一路飞来的十几只鸽子抱团落入墓穴，撞棺而死，墓穴里像落进了一窝大雪。而在墓穴即将封顶之时，八奶孙子手中抱着的陶罐霍然碎裂，几千根羽毛旋空而起，一根根落入花圈的缝隙，竖在八奶的墓前。

这天夜里，张大化死在了八奶的墓前。

　　　　　　　　　　　　　　　　　　　　父亲的迷藏

走失在莲花湖边

一

我清楚地记得，那头黑驴来到我家是在一个黄昏，它被父亲拽在手里，畏怯地扫视着陌生的环境，不停地打着响鼻。后来，父亲把病床上的母亲背出来，驮到了驴背上，在最后的一抹夕阳里父亲庄严地对母亲说，有了驴，我就能出去"拉脚"了。

"拉脚"是出去挣钱的意思。

父亲第一次出去是在一个雾天，雾气像水一样流淌，很快把父亲和驴车都裹住了，从雾气里传回的只有嗒嗒的蹄声，直到走到县城雾才小了。父亲站在县城的大街上有些茫然，他是来县城的屠宰场收骨头的，像村里那几个做收骨头生意的人一样，把收来的骨头卖到一个骨胶厂。可父亲是第一次来，他不知道屠宰场在什么地方。父亲牵着驴走到了马市街，不断出现的小胡同让他眼花缭乱。穿过人流，他寻思着到底该去哪个方向。云开雾散，阳光穿过县城的楼巷。最后他按照一个清洁工的指引，找到了一家屠宰场，怯懦地敲开了屠宰场的大门，父亲手上沾了一层发黏的东西，然后他闻见了浓重的粪尿味儿，看见一股血水正汩汩地往一口大池子里流，屠宰场里的几十棵椿树上都黏着厚厚的油污，浓重的腥气扑面而来使他想呕。他牵着驴，使劲地擤擤鼻子，驴打了几个响鼻，大概是排斥这种强烈的腥味。忽然，驴狂叫起来，父亲心疼地捂着胸口，大院里响起一片牛驴的叫声……

父亲把收来的骨头堆在厕所外边的一个角落里，用一大块塑料布盖着，等积攒到一定的数量再送到焦城的骨胶厂。每天傍晚，父亲回来后，我和妹妹都跑出去帮父亲先把黑驴卸下来，牲口槽里有我早已拌好的青草，青草散发着来自土地的香气。等待父亲回来的时间，我常常坐在驴屋的门槛上，听着嗒嗒的驴蹄声，或者从村口传来的那一阵咴儿呱咴儿呱的驴叫。

父亲"拉脚"逐渐步入正轨，每天晚上他在母亲的屋子和驴屋之间穿梭，和母亲算着收来的骨头，对母亲说，我得把驴喂好，它是来帮咱的，是咱家的贵客，你好好养病，有这头驴帮忙，咱今后的日子就好过了。

半月后的一个雪天，父亲没有回来，我和妹妹在路口的雪地里冻僵了，成了雪人。雪无声无息地越下越大，世界很快蒙上了一层皑皑白雪，看不见大地，看不见沟壑，树顽强地顶着纷纷扬扬的大雪。这个夜晚我们偎在母亲的床前，握着母亲的手，母亲的消瘦加上对父亲的担心让我们感到害怕，

　　　　　　　　　　　父亲的迷藏

母亲的指甲陷得越来越深，我给母亲做的汤面，她倚着床头吃了几口就再也吃不下去了。我踩着雪去村外，积雪深了，冰凉的雪钻进鞋筒里，脚下踏出的雪窝又被卷过来的雪盖住。母亲说去槐屯的桥上看看吧，我走了几步又被她叫住，母亲艰难地挥着手，说，离桥栏远些。我踩着雪往槐屯去，我看见的只有大雪，晃得我眼都花了。

风起来了，把一层一层的雪往沟里刮。

第二天，父亲还没有回来。

我们沿着雪地一直走，走得很远很远，仍看不到驴车的影子，我们又回到桥头等，我们等成了雪人还是不见父亲的影子，也听不到驴的叫声，世界很静，这种天，路上没有车。妹妹在雪地里喊，爹，爹……她问，咱爹咋还不回来？我拉着她冰凉冰凉的小手，踩着雪回家，雪在脚下咯吱咯吱地响，两个人的小脚印被一阵风吹乱了。我们得回家看看母亲，母亲还躺在床上。

第三天，我们全家都出动了，我去求了老塘南街做同样生意的人：老连叔、张山……他们散开找，周围的屠宰场都没有见到父亲。母亲从床上挺起来，扒着窗口朝窗外看，对围在我们家里的人说，这老二，难道要走在我的前头？

可是，父亲回来了，而且拉回来了半车骨头。父亲的落拓让我们心疼，他的半个脸肿着，一条腿跷着，走路一瘸一瘸的，穿在身上的皮袄划破了几个洞，露出了里面的棉絮，架子车歪歪趄趄，狼狈不堪。父亲像一个挂彩的伤兵，只是背上缺少一杆破枪。雪后的冷月破云而出，黑驴和父亲站在一起像一对残兵败将。

父亲说，那天，他实在是回不来了。

第一天，父亲一连跑了几个地方都没有收获，在他从第三个地方出来时雪卜来了，纷纷扬扬。他不想空手而回，他挥了一下鞭，黑驴拉着他往县城的另一个方向去了，后来父亲才知道驴把他拉到了牧城的北站区，离我们的县城很远很远。父亲终于找到了一家屠宰场，门终于开了，首先卷进门的是一层厚雪。屠宰场因为下雪停工，骨头倒有，都堆在房后的一个角落里，蒙着一层雪，地面结了冰碴，老板说，你怎么选了这么一个好天？

他说，摸到这儿了，大雪天我都不知道走到了哪儿。你不卖给我，我只有拉着一车雪回去了。老板指指骨头，说只有雪天你才能有这样好的运气，不怕冷你自个儿装去。骨头装好了天也暗下来了，哪里还看得见路，雪明得连灯光连树都是模糊的。父亲有些怵，路上是少得可怜的比驴快不了多少的汽车。黑驴拉着父亲小心翼翼的，车轱辘在雪地上往歪处滑，驴蹄子踩上去一声声闷响，踩的不是路是雪。不知道什么时候走上了一条岔道，父亲说迷茫中他看见了一座桥，桥西边是看不见流水的白沟，几根芦苇从沟边刺出来，父亲心里犯了怵。眼看着上了桥，父亲下意识地往车下跳，谁知道桥上有个窟窿他正好踩了进去，扑哧一声一条腿下去了一半儿，身子趔下去，脸扎在雪凌上生疼，他使劲地用胳膊往外架，叫了一声娘啊，下面可是一条深水沟啊。黑驴这才看见了，咴咴地喷着响鼻，低着头，蹶着蹄子。父亲觉得自己不行了，要是掉下去了大雪天连个尸首也不好找，老婆躺在床上没人照顾，两个孩子也别想再上学了。他闭上眼，架着胳膊努力地往上挣扎，他睁开眼，有些乞求地看着黑驴。

父亲说，其实，驴儿是我们的恩人啊。父亲开始叫黑驴驴儿。驴竟然叼住了他的衣襟，蹄子咚咚地扣地，身往后坐着，拼命地往外叼他，呼呼地喘着粗气，喉眼里哽哽地叫，他伸手拽住驴的笼头，驴低低头，猛力地往上挣，低低头又猛力地往上挣；有几次驴滑倒了，再起来挣，挣了几次，终于将他扯出来了。他躺在雪地上不想动，浑身疼，想着自己没有掉下去冻死。他躺着，听见黑驴把车往前拉，小心地避过他的身体，在车身挨着他的身体时它停了下来。他看出了它的意思，于是使出浑身力气扒住了车，跷了几次腿终于爬到了车厢里。黑驴把他拉到了一条大路上，不知道什么时候黑驴停在了一个小车马店前，他昏迷着。黑驴可怜地瞅着车马店的老板，不停地挠着蹄子，老板被驴感动了，把他送到了一家小医院，又给他买了碗热汤面。雪停了，他从医院顺着已经化雪的路回来了。

二

那些天父亲赢得了同情，总有人打听父亲的消息，甚至去街头翘望父亲的身影。有人拉我的手，拍我的膀子，安慰我说，别急，孩子，你爹马上就回来了。有人对我说，孩子，争口气吧，好好学，混出个人样来让你爹享享福。多少年过去后，当我伏在一座城市的案边来写这段生活时，我感谢父亲当年智慧地选择了一头毛驴和一个"拉脚"的门路，使一个家在困境中往前走着，母亲在床上多躺了两年，我们又多了两年有母亲的幸福。

父亲救了一头驴。父亲去了乌城，他又看见了马市街的清洁工，他站在大街上，想起他第一次来乌城，乌城的大街飘满落叶，弥漫着雾气，他茫然地问清洁工屠宰场在什么方向，清洁工指给他一条叫夏街的胡同。

父亲回忆那头驴好像认准了他可以救它。那是一头青驴，青色的驴身滚着汗水，已经被绑在桩子上了，屠夫把大锤掂在手里，锤上沾着血，锤把变成了血色。驴捣着蹄子，咏咏地喷着响鼻，响鼻里喷出的是一种绝望，一缕黏液从鼻腔里流出，尾巴宛如一根钢筋猛然直挺，腿根暴出粗大的青筋。父亲紧张地站着，仿佛自己受到了威胁，他更紧地攥着黑驴，生怕大锤砸到它的头上。父亲的腿开始颤抖，牙嗒嗒地打着梆子。父亲说，就是在这种紧张的气氛中他看到了青驴的眼睛，乞求哀怜的眼神让他的心滴血。驴的眼泪一颗颗渗过眼角，像一条河长流不止。那一刻，青驴忽然把一双眼可怜地朝向他，朝他乞求，咧着嘴，似乎认定了父亲就是救它的贵人。

父亲抓住了那把大锤。

那是父亲回来最早的一次，父亲的车上没有骨头，跟在车后的是那头青驴。两匹牲口后是溅起的烟尘，村里人都奇怪地看着父亲和父亲带回来的青驴。父亲坐在地上，给村里人讲着经过，母亲被我背出来坐在父亲的身后。我看见村里人坐着、蹲着都直直地看着父亲，听父亲讲。

　　可是，我们家养不起两头牲口，那天晚上父亲把两头驴喂到了一个槽上，他拌了草料，又使劲地拍拍青驴。驴仰着头没有贪吃，扑闪着眼看父亲，那神情像一个懂事的孩子。几天后父亲去找了田交易，然后有一天我们家来了几个人。青驴恢复了常态，咴咴的响鼻里充满了温柔。我看见这头青驴，如果父亲出现在它的身边，它总会歪过头看着父亲，在青驴心里，父亲已经成了它的亲人。父亲对田交易说，老田，这驴善，你找个好人家，要养着，不能送屠宰场，你比我懂，还是好牙口，我实在养不起才找你的！青驴是五天后被牵走的，那人看着像个善人。那一天傍晚，青驴被牵在新主人手里出了我家的栅门。突然，我们又听见了急骤的蹄子声，青驴抖开缰绳跑回了院子，久久地站着，看着父亲，咧着嘴，又咴咴地打着响鼻，神色庄重。父亲不知所以，搂住了青驴，捋着它的鬃毛，低着头说，对不起，我实在养不起你，我还会再去看你的！青驴点点头，突然跪下了双腿！父亲早已经泣不成声。

三

母亲还是走了。下了一场春雨，春寒料峭，雨凝成雪粒，又变成米粒样的细雪。殡母亲那天雨雪还在下，我们踩在泥泞里向坟地走，黑驴驮着来吊孝的亲戚，耷拉着头，耳朵下垂，尾巴拖地，淋得浑身湿透。按照风俗，父亲没去坟地，在门口无声地掉泪，后来，他倚着墙坐到了泥地上。一路的白衣拥着棺木，母亲的一生就这样结束了。

父亲把更多的时间用来伺候我们家的黑驴，我们家的驴倒是在这种环境中膘肥体壮起来了。几天后，父亲又赶着驴上路了，在乡间的道路上父亲任驴车不紧不慢地走着。那几天父亲一直都是这种不紧不慢的状态。

我的眼前经常出现我们家黑驴的一次逃逸，多年以后，我的本家叔回忆起来还禁不住捧腹大笑，嘎嘎嘎，你们家的黑驴。那年的春天，沧河清淤，毛驴被牵到了清淤工地上。黑驴被牵到河上后，父亲天天坐在门口等它完成任务后回来。

黑驴逃逸的壮举是在一天傍晚，在又拉上一车淤泥后它挣脱了缰绳，蔚蓝的天空飘满了蒲公英的翅膀，小麦地里飞旋着麻雀和一排彩色的蝴蝶。它忽然有了逃逸的念头，我想那一刻它可能是想我的父亲了，它突然扬起蹄子开始狂奔，那些开放的迎春，长高的米蒿，路边的狗尾巴草和车前草都被它抛到身后。它狂奔的四蹄让人望而却步，套在它脖子上灰白的护脖像一个神秘的怪物在夕阳下晃动。黑驴的后头是我的本家哥哥和一个远房叔叔，然后是整个队里的年轻人。它狂奔着，飞一样掠过河堤，身后是蹄子溅起的一路尘土，整个大堤上的驴都狂风暴雨般地叫起来，震耳欲聋，仿佛是在对我家的驴呐喊助威。黑驴逃进了乌城，跨过乌城的几条街道，迅速地把乌城跑了一遍。最初它在北城门停下过脚步，越过北城门就是它来过多次的城区和熟悉的街道。它回过头，我的哥哥和远房叔叔被它远远地抛在千米之外。溅起的烟尘还在弥漫，纷乱的草屑在风中舞蹈。哥哥和远房叔叔气喘吁吁，东倒西歪，奔跑起来他们根本就不是一头驴的对手，如果人和驴赛跑胜出的无疑是驴。

这是黑驴第二次逃离工地。第一次离开工地是在一个夜晚，守在家里的父亲忽然坐卧不宁，心里又堵又乱，他踱着步，觉得会有一件大事发生。他想看到母亲或者母亲的遗像，可是没有，每一次抬头后都是失望，他后悔没有留下母亲的遗像，后悔自己没有画像的技术。他曾经在我和妹妹之间巡视，说你们两个能不能有一个去学画画，把你妈画出来，你们谁有这样的能耐再刮我一层皮我都高兴。我们大眼瞪小眼地瞅着父亲，心里酝酿着当不当画家，直到今天我还在后悔当初没有听父亲的话去学画画当一个画家，哪怕学到能把母亲画出来的水平。没有母亲的遗像，父亲只有朝着母亲经常倚卧的床头使劲捂着胸口，等待大事临头。后来，老实巴交的父亲走出房间，仰头看着星星一颗一颗地发白，像正在成熟的杏儿。父亲看一眼闲下来的架子车，他喜欢赶着毛驴外出的日子，在家的日子让他发闷。父亲倚着栅栏门，胸口还在咚咚地跳，这样老的心脏这样跳一定会有事发生！要不就是会有亲人回到他的身边，要不就是谁有什么灾痛。父亲每一次都相信他的预感。父亲在迷蒙之中终于听到了踢踢踏踏的驴的蹄声，由远及近，像敲响的大鼓，父亲的心呼啦松了。父亲和黑驴相对着脸，驴静静地站着，像一个孩子，后来父亲抱住了黑驴。

我们家的黑驴在乌城狂奔，奔过北城门后看见的是一条传统的大街，这是乌城的老北街，路两旁的店铺冷冷清清，瓦房上结着苔藓，从院落里穿出来几棵桐树，桐树叶像乡村的大锣。黑驴往南看到了热闹的马市街，大街上人影晃动，叫卖声刺耳，它最后选择了往东；往东的路叫夏街，它和父亲第一次来乌城收骨头进就是这个胡同里的屠宰场。

我们家的黑驴看见了父亲，父亲正自己驾着车，弓着腰，满头大汗，车上装满了骨头，一头苍白的头发在夕阳中干燥而且凌乱。父亲抬起头，看见了驴，他仰起头叫了一声，驴儿。撵过来的人都愣在那儿。

四

父亲的凳下长满了荒草，荒草在秋风中摇曳，栅栏门外是两棵椿树，零落的椿牌儿吊在树上。父亲倚着西侧的椿树说，你们都不要管我，如果驴儿回来了我能听见。父亲每天都等到半夜，露水把他的胡子打湿，他头上冒出一层霜气。半夜里我悄悄地出来，默默地坐在父亲身边或者给他披件衣裳。父亲不说话，似睡非睡地面向大街，老塘南街静得能听见鸟儿的呼吸。一只狗在大街上遛食儿，看看我们又默然无声地离开，院子里传来一只鸡的呓语，咕咕几声后又沉入梦乡。父亲攥攥我的手，仰着头，用很小的声音说，儿啊，睡吧！大约过了十几分钟，又说，你去睡吧！又过了一个时辰，父亲说，儿，还没去睡？你还要上学。你放心，咱家驴儿会回来的，不用找它，它很懂事，它比你们还有智慧，它能在雪坑里救我，你说它多有智慧，对吧？

我不想让父亲丢开我的手。

父亲说，它在我们家太辛苦了，天天拉着我东奔西跑，它腿上的毛都磨得没有几根了。父亲不说了，父亲听到了一种声音，过了一会儿滑过去的是一辆摩托。

现在，我告诉你们这是我们家驴儿的又一次失踪，我们家的黑驴每年都会有一次失踪。它的第一次失踪是来我家的第二年秋天，我们不知道它是怎样挣脱缰绳的，又是怎样拱掉了那扇门，这至今是一个谜。父亲凌晨起来喂它的时候它不见了，那几天父亲说得最多的就是，它要是不回来了那可真是畜生，真没良心。后来的一天深夜它真的自己回来了，又回到我们家，安然无恙地和我们相处，好像它只是去旅游了几天。

父亲坐在椿树下等，像第一次等驴一样坐在门口的椿树下。我们瓦塘南街的很多人都劝我父亲，说，你要好好休息，回屋吧，你在屋里也能听到驴的声音。父亲说，你们不懂我的心情，我的心其实像刀绞一样。大家说，你的心像刀绞一样我们清楚，可这秋风刮起来也像刀子一样，你不要被刀子样的风攘出病来。有人劝父亲报案，说丢一头驴在老塘南街也算件大事，报了案说不定能抓住小偷，就连谁家丢过的东西也能带出来。父亲摇头，咱家还没有报过案，报案挺麻烦的，我哪里有钱请破案人吃饭啊，搞不好把一头驴吃进去了驴还没有找到。有人接过父亲的话，再不报案限定的时间就要过了。

父亲说你们不要打乱我，我有主见，我相信我的驴儿。

父亲闭上眼，细心听着路上的声音。

那时候，我的本家哥哥和我本家叔已走在了寻找黑驴的路上，他们先去了驴的"娘家"，根本没有驴的行踪。主家说你们来我们家找错了，驴不会再回到它原来的地方，这是驴的脾性，它怨主家把它卖了。本家哥和本家叔去了常屯，驴是父亲在常屯的庙会上买的，当时父亲在驴腿间穿梭，最后才看中这头黑驴。那天正逢常屯的庙会，两个人去了驴市，和父亲两年前买驴一样在驴腿间奔走，最后他们还是失望地离开了常屯。

不断听到送来的消息，乡村不缺这样的探子，传话比捎东西要快得多。说黑驴在一片稻田里走，有人看见它走在千亩稻田的一条沟边，像一个种田人在田里散步，待走过去想看个究竟，又不见了它的影子。那一天，常屯的一个亲戚过来，是我的一个本家姐，她告诉父亲，庙会那一天深夜，有人看见一头驴在拴牲口那片地方，独自来回游荡，天快亮的时候又跑得没了影踪。

父亲说，好，这说明驴要回来了，它离家越来越近了。

果然在第三天的黄昏，父亲从椿树下站了起来。父亲去了九湾河，父亲站在桥上，一阵风掠过河床，传来一阵河水的翻滚声，就是这时候父亲清楚地听见了蹄声，伴着河边的草地，河水一涡一涡从蹄子下掠过，又一波一波朝远处流远了。父亲睁开眼，看见一个黑影在河边站着，父亲沧桑地叫了一声——驴儿，驴儿响亮地打了几个响鼻，接着它嗒嗒地奔跑起来，河水哗哗地流动着。

黑驴的失踪一直是一个谜，它每次都安然无恙地回来更让我不解，也许是父亲后来的醒悟：它是要让父亲休息几天！也许吧，我宁愿相信是这样的理由。

五

我看见了一池莲花。应了父亲的话，我接过了父亲的鞭子，我赶着毛驴去送骨头，开始加入收骨头拉脚的行列。我跟着老连叔、瘸子张山往焦城的骨胶厂送，夜晚睡在路边的麦场里，驴也睡着了，只是偶尔喷几声鼻子。那一年我毕业了，没考上大学，几分之差名落孙山，我沮丧极了。我先是天天坐在房顶，望着村外的庄稼，看着风一缕缕打着旋儿绕过来绕过去，把鸟儿绕到天上，把白云绕成带颜色的云。雨下来了，我还在房顶上坐着，和雨斗着气，我觉得这样才能发泄我的心情。我不知道我该怎么办，我想复读，或者在冬天的时候报名参军，可我不敢对父亲说。就是这时候父亲把我从房上叫下来，说，你坐得再高也坐不出个名堂，坐树梢上也没用，你看得再多也是空的，天上不会往你怀里掉宝贝，最多掉几片树叶，或者鸟儿会拉到你的身上。我不想说话，我知道我的挣扎和奋斗还没有结束，我不服气，我咬住嘴唇。父亲说，不服气也不行，嘴唇咬破也不顶事，干什么都要实打实，孩子，原谅你爹。在父亲和我谈话教训我时，妹妹躲在门口隔一会儿伸过头来看我一眼，扑闪着大眼。父亲说，我说过了，给你鞭子。

我仰起头，搂着膝盖，摇摇头，咬着掉到嘴角的泪。

我看见了鞭，看见小鞭上的红缨子在微风中悠悠地飘。

父亲低下声音，我去收，你跟着你老连叔，替我去送。

我答应了。这合我的心意，我一直想替父亲，想去看看通向焦城的路，父亲和我们家的驴儿已经走了几年的路，我无数次在等待父亲回来的时间里想象的路。父亲说，别怨爹，路只好一点点地走，你比我强，还有人交给你一头驴，你爷什么也没给我留下。

就这样，我赶上了驴。

我看到了一湖莲花。我迷路了，和老连叔、瘸子张山分开了，我走到了另一条路上。是我们家的黑驴拉着我走到这条路上的，后来，我想到这是驴儿的预谋。我被大片的莲花迷住了，青翠欲滴的莲叶，亭亭玉立的莲花，把一个湖或者一个野坑撑得像一个仙境，太美了。那一抹镀金的夕阳恰好反衬在莲叶和莲花之间，湖水中泛起耀眼的金色，风掠过莲湖，在湖面上蹁跹，我听到鸟儿在莲叶间唱歌。驴儿停下来，惊呆了一样看着莲花，那梦一样的莲花，我记得莲花湖边开满了野菊、水仙，葱郁的草地似一块地毯，像一处宫殿，让我陶醉，我想不到驴儿也会那样忘情地凝望莲花。我忘情地走向莲花湖，我脑子里迸出的不仅是周敦颐的《爱莲说》，还有一个叫莲的同学。后来我还一直爱她，我一直把那场最初的萌动看成我的初恋，我给她写信，却收到她委婉的拒绝。我把她的拒绝归因于我的高考失利，如果我再次考试能成功，我会再给她写信或者直接去找她。我在走向莲花湖时浮想联翩，美好的事物让人展开的想象像孔雀开屏，我又默默地背了几首关于莲花的诗，我坐在莲花湖边，把什么都忘了，甚至驴儿。

　　我把黑驴弄丢了，就在那天。或者说我们家的黑驴又一次失踪了。月光下，我看见了它留下的蹄印，蹄印是它写下的几行给我的留言，我当时没有读懂。奇怪，那天我们家黑驴催我的叫声我根本没有听见。祸不单行，我高考失利了，听父亲的话，赶驴往焦城的骨胶厂送骨头，我看到了堆积如山的骨头，在我赶着毛驴的路上，那些骨头的腥味一阵阵钻入肺腑。回家的路上，我被莲花迷住了，我家的黑驴再一次失踪了。

我跑回家，看见老连叔、瘸子张山和我们老塘南街的邻居都已坐在我们家等我。看见我回来他们都吃惊地站起来，他们以为我和驴一块儿丢了。我在父亲面前痛哭失声，黑驴没有回家，我以为它是想念父亲了，才抛下我自己回来了，驴真的丢了。

　　第二天的月夜我又回到了莲花湖边，我打坐着，期待着莲花湖边的蹄声，我相信它会回来找我，它不会那样没有良心，走得那样决绝。

　　可是没有。此后的很长时间我一直都活动在那一带，我提着糨糊，不断地贴"寻驴启事"。我翻印了黑驴的照片，整天穿梭于那一带，打听着黑驴，我们始终没有得到消息。那一年，再一次坐到椿树下的父亲彻底地失望了，凳下的荒草窜出了凳缝，结了草籽。

　　我回到家，父亲还坐在椿树下，妹妹守在父亲的身边。我狼狈不堪地站在父亲面前，等夜越来越深时，我庄严又惭愧地对父亲说，黑驴可能真的丢了。我说，有一天晚上我跟踪黑驴，它竟然把我带到了我刚离开的学校，那是一天的黎明，等我再四处找时，怎么也见不到它了。我在学校周围找了三天，等了三天三夜，它再也没有出现，从此再也没有见到它。

　　父亲像恍然从梦中醒来一样，他踢翻了凳子，拽起凳下的一把荒草。忽然大喊，孩子，准备你的书包吧！这是驴儿要成全你啊——

　　我回到学校复读了。第二年，我拿到一张大学录取通知书，接到通知书的那天晚上父亲在门口的椿树下站了很久。
我又去了莲花湖，而后，我独自走在去焦城的路上，我要亲
自量量去焦城的距离……

　　还有，黑驴，你该回来了吧！我们一直都还在等你。

戛然而止

一

老婆打过来电话时，我正在阳台上。她往常高亢的声音忽然变得低沉，我给你说一件事，非常突然的一件事。我的心慌起来，我想到了年迈的父亲。老婆仿佛猜到了我的心思，说，老人很好。然后，她说，我们……我们的佑全叔不在了。我捂了一下胸口，的确是太意外了，我一瞬间短路了，我需要确认，我说，是……是佑全叔出事了吗？她说，是。

我看了看阳台上那盆即将灭绝的花，心口揪疼。我知道这和我的佑全叔有关，他太年轻。在这之前，我在想着怎样把它救过来，或许该将花搬到另外的地方去，离窗外的雾霾远些。佑全叔是我三爷的儿子，可我从来没有正式喊过他叔，我们年龄相仿，相处得像兄弟。他不在了，我得回家，为他守灵，不管年龄大小他都是我的长辈。

老婆还在电话里絮叨，佑全叔其实已经挣扎到急救室的门口了……老婆的声音弱下去了，嗓子像那盆旱得要死的花一样。我听出了她的悲伤，把电话挂了。回过头，儿子站在我的身后看着我，妈说了什么？我说，你的那个爷爷不在了。说完，眼泪落了下来。

二

苇子一直在给我打电话，佑全叔死后的那几天他一直在打。第一次他说到墓志，我一时没有缓过来。他接着说到一个名字——李光灿！我说哪一个李光灿？他说就是陈城的那个名人。我想起来了，他还有一个名字叫李时修，民国人物，陈城的第一中学就是他和几个同道创办的，已有一百多年的历史。苇子说，另一个重要人物叫王大明。我说你怎么知道？他说，墓志上有，学校的前身叫正辉书院。你怎么研究起墓志来了？你到底在干什么？他说，墓志是在一个老墓里发现的，李光灿的家坟。我好像明白了，或者是更加疑惑了。我放低了声音，因为这个电话是在夜里打来的，我看到几个幽灵穿过黑暗的夜空。我说，你……你们盗墓？他马上说，叔，别误会，我们是挖出来的。挖？那不还是盗吗？我看过那些盗墓的电影，月黑风高之夜，潜入墓地，还有南派三叔的《盗墓笔记》，我儿子特别爱看那种书，看完了还对我复述，最近他对我说，不再看这类书了，改看《大秦帝国》了。苇子说，我们在城郊，合伙办了一个小厂，掘地基时挖了出来。我还是怀疑，怎么那么巧让你们挖到了？苇子说，他的后代迁坟，没有挖干净，墓志是他们丢下的。

我说你往下说。绕来绕去，他终于说出来了，是想找一个地方换钱。我说，我不懂这些，文化圈倒是有几个熟人，可以帮你问问。他说，能找到李光灿的后人吗？那样最好。他接着说，我查了，他的一个后人现在在南方，是个老板。

三

这个叔叔朱佑全，比我小两岁或者三岁。在车上的时候我想象着他死去的样子，可无论我睁眼还是闭眼都还是那个活灵活现的佑全叔。他开了多年的大车，家里的小楼是他开车挣来的，两年前他买了一辆小车，实用的那种，每次出去权当他的交通工具。我回老塘南街，我们会一起聊天，喝一点小酒。

回老塘南街得转几次车：坐公交到车站，从车站到陈城，再从陈城坐城乡中巴到老塘南街。我和儿子，先坐公交车到了车站。暑天，太阳早早的就很毒，天格外苍白，好像整个地面都是地膜，人从地膜里长出来的。我看了一眼儿子，他站在一棵法桐下，一副没有睡醒的样子。暑假期间，他每天上午都在睡觉，他补习英语的时间在下午四点到六点，走之前我给他的补课老师打了电话，告诉她我们要回老家吊唁。如果不是暑假或者春节，孩子很少会回家，村里人对他已经陌生了。

一个多小时后，我们到了陈城。从陈城到老塘南街的班车有一辆正停在那里，整点才发车。我在车上待着烦，就下去转。儿子不下去，他被手机吸住了，头发绺儿粘在手机屏上，一路上都盯着手机。车上的另外几个孩子，也都是一副要把手机吃掉的样子。

我对陈城有些陌生了，自我去了旗城，与在陈城的朋友逐渐疏远了。此刻，我在大脑里迅速地过着曾在陈城的朋友，他们所在的单位，他们的住址。当我顶着毒日去厕所，把肚里的那泡尿撒出去后，这个欲望也随着肚子瘪了下去。我在厕所外面看看表，离整点发车还有半个多小时。我向候车大厅走去，候车厅冷冷清清的，没几个人。站在候车厅门口，我看见路边的树荫下停满了出租车和三轮车，我突发奇想——我要去那个医院的急救室，看看佑全叔离急救室的距离。

我打了一辆三轮。其实，县城的三轮车和出租车价格没多大差别。我只是好长时间没坐过三轮了，想再体验一下坐三轮的感觉。开三轮车的是一个半老的女人，她向我要5块钱，我问她到医院得多长时间，她回答说要七八分钟。我又一次看看表，我说快走，我要赶整点的车回家。她在发动车的同时问我，那你去那里干吗？几分钟能干什么？还什么东西吗？还是见情人一面？我说，去他妈的情人，也不还什么东西。那里住着你的熟人或者亲戚？我懒得回答，车子在咯咯噔噔地前行，路还是老样子，像跳皮筋。幸亏我刚才尿过了，不然准会颠出来。她说话大嗓门，我一会儿还把你送回来吗？我说可以，你记着我要赶整点的车。她说，那你得再加回来的钱。我没忘讨价。她大着嗓子，少给两块，八块钱行吧。我答应了，八块就八块。实际上，没用八分钟就到了。急救室在医院的大门口，大门一侧一溜的房间都是，我站在急救室门口，停车场外是一个十字路口，几条路通往陈城的几个方向，而通往急救室的路只有两条：获救或者死亡。我想着佑全叔的车到底停在哪一个地方？他是怎样被抬进去，又被宣布施救无效的？一辆120停在了门口，担架被抬下来，护士手里举着吊瓶……我进了急救室，看着幽暗胡同里的那些房间，我走向值班的柜台，问值班的护士，这里每天收多少病人。她没抬头，说，几十个。她问，你是家属吗？我支吾着，我说，我想问一下前几天在这里抢救过的一个人，他叫朱佑全……护士抬了抬头，你到底想问什么？我说，我……我想问，他到了这门口怎么还是……还是死了？护士在接一个电话，一只手在本子上记录着，接完她继续说，来这里的人情况都很危险。她的话让我害怕，我想了想，问她获救和死亡的比率，她手里又握住了话筒，没有回答。

儿子打电话过来，你在哪里？车要开了。我掂着手机，看见开三轮车的女人正朝我招手。门口一辆小车上刚抬下来一个人，我朝着小车步量，大概十五六步的距离。也就是说，可能就是在这个地方，佑全叔的生命戛然而止了。

　　　　　　　　　　　　　　父亲的迷藏

四

　　佑全叔家的大门上糊了白纸，大门口摆了十几个花圈，过道里摆满了桌凳，灵棚搭了起来。路过佑全叔家门口，我犹豫了一下，还是决定先回家，和父亲打过招呼再过来吊唁。父亲八十多了，他每天佝着腰，像一张弓，屋里屋外拖拉着脚步。走过佑全叔门口时我心里可难受了，马上要看到他的遗容了，好好的一个人……想想那些尔虞我诈、钩心斗角、明枪暗箭，有他妈的什么意思。父亲没在家，我推开门，三轮车也没在屋里。父亲老了之后，三轮车就成了他的腿，他去大街上买东西、找医生看病、和老伙计聊天，都是骑着三轮车去，比走路快。我把给他买的奶粉放在柜子上。老婆回家来为我们开门，她说，你马上到佑全叔那里去领你们的孝帽孝衣，就你们爷儿俩没领了。

　　进门看见的是一副水晶棺。这儿我来过多次，春节的时候我们的电视坏了，还在这里看的春节联欢晚会。可是，现在放了一副水晶棺，里边躺着佑全叔的遗体。我和孩子去了里屋，领了孝帽孝衣。我们穿上后，老婆低声说，看看咱叔吧！出了里屋，看见了婶子、他们的儿子朱斌和女儿朱燕。婶子没有说话，我看见了叔叔朱佑全，还是那样一副面容，长脸，宽鼻梁，厚嘴唇。只是，他闭上了眼睛。我的眼泪哗一下出来了，我的腿一软跪在了灵柩边，我听见婶子、朱燕、朱斌，包括我老婆在内的屋子里所有他的侄儿、侄女、侄媳妇都呜哇呜哇地哭起来。

父亲说他去看了佑全叔，还没有走到跟前就老泪纵横了。

那两天我一直守在孝堂里，和我一起守在孝堂里的是我的堂兄堂弟们，每一次为长辈守灵，陪孝的都是我们几个，朱民、朱光、朱伟、朱强、朱辉……灵堂里排成了两个阵势。没有客人时我们没事，在那里守着，不多说话，爱吸烟的会燃起一根烟。外边的天阴阴晴晴，好像在酝酿一场大雨，天热，又闷，灵堂放了一个吹风机式的风扇，吹得灵棚呼啦呼啦直响。

守在灵堂里我知晓了佑全叔生命最后的全过程：佑全叔连续出了两趟车，两趟车半个月。第二趟回来他对老板说，我得回家休息两天。老板答应了。佑全叔准备回家时，老板又喊住他，说你和汪师傅把车保养一下再走吧。佑全叔脱下衣服再换上工作服。车保养好了，他告别了老板。那个地方是和陈城接界的津县，回家要两个小时。佑全叔开上车给婶子打了个电话，说我准备回家了。那时候大约是下午三点多，婶子挂断了电话，想着叔叔半个多月没回家了，她往村口望了望，往南的那条路是佑全叔每次回家的必经之路，她计划再过一个多小时就去村口等佑全叔，反正在家也是无聊。两个孩子平常都在学校，女儿今年就该毕业了，已开始实习，前一段回来过，那一次她没有见到爸爸，他们父女只是在电话里说了几句话。婶子想象着佑全叔开车回来的情景，每次出车回来他身上的衣裳都会粘满油渍和汗腥，况且这会儿正是天热的时候。这样想着婶子打开衣柜，找出两身佑全叔的衣服。她又看了一眼床铺和床头的两个枕头，她想着他每次回来都心急火燎的样子，身子甚至有了发紧的感觉。佑全叔的电话就是这时候打过来的，佑全叔说，我这会儿突然觉得特别不舒服。婶子的心一沉，说你怎么不舒服？佑全叔说，心闷，出气粗，难受。婶子的心沉起来，她催促叔叔，快到医院去，你那里离县里的医院不是不远吗？你快去医院。佑全叔挂了电话，他开着车路过一个村庄，在十字路口遇见了曾经一起开车的司机。他把车停下来，喊那个司机。那司机看见他，叫了一声老朱，朱师傅。佑全叔胸闷得更加厉害，一块石头一样堵着，他说，你……你快带我到你们村的医生那里去，我……特别难受。那个司机赶忙带他找到了村里的医生。医生看了他的脸色，忙丢下他手头的另一个病人，他在佑全叔的心口听了听，催叔叔赶快往大医院去，说可能是心梗。叔叔已经不能开车了，只顾捂着胸口，他求那个司机马上送他去医院，说，你快……我觉得不能耽搁了，救我……救我，我会谢你。他手里握着电话，婶子的电话又打过来了，他说，你别说了，我难受……难受得很，正往医院去。那个司机有点怕，想找一个伴儿，他给一个人打电话，可接电话的人去不了。他只好去求自己的老婆，后来他开车经过自家门口，让老婆上了车。佑全叔越来越难受，接电话都没了力气。婶子不断打电话来，他勉强地举起手，说话声越来越弱，接最后一个电话时手已经酸软，断断续续地说，我……我没劲儿……接……接电话了……婶听到了手机落地的声音。

五

　　佑全叔的朋友和我们家族的亲戚都陆续地过来祭奠，我们陪孝，跪在地上，哭声此起彼伏。明天就是佑全叔殡葬的日子，这种氛围里我不想说话，手机一直在震，嘟嘟嘟，震得我肌肉疼。如果不是那几天还得等另外一个消息，我会关机。苇子一直在打。

　　祭奠的间隙接了他一个电话，我说我在老塘南街，在佑全叔的丧事上。他可能知道了佑全叔的事，沉默了几秒钟，哦了一声，说我回去见你吧。我说，没时间，明天就要殡葬了，我在守灵，我是孝子，不能离开。他说，夜里，我夜里回去，夜里没有客人了你不用守灵。我拒绝，我说这个时候我没心情，你那些东西，如果有价值迟早会换成钱的。他最后说，那好吧，你认识的人多，多帮着问问。街上又响起了鞭炮声，每一次来吊唁的亲戚朋友都会在街头先放一挂鞭炮，路上落满了炮屑。

　　弄不清楚苇子到底在干什么，他告诉我他又淘到了别的东西，发现了另一个墓志。这个孩子，包括他老婆，都风风火火、神神秘秘的。原来他们在村子里搞了个小作坊，为别人加工服装，后来服装厂不办了，又在什么地方养鸭子，鸭子嘎嘎地叫，得天天往一个大水塘里赶，后来也放弃了，现

　　　　　　　　　　　　　　父亲的迷藏

在他又和几个年轻人在陈城的边缘办了一个什么厂。他说那个墓就是在厂基下发现的。他们是不是真在盗墓？我想了想没有将疑问说出来，现代人的爱好五花八门，不能尽往坏事上想。

我给安萍打电话。安萍在陈城的文物局，也算举足轻重的人物了。我还在陈城的时候和安萍同是陈城的政协委员，我们在一个组，每年政协会上聚几天，年中有一两次的基层调研或行业调研。安萍答应帮我问，后来安萍回过一个电话，说她问好了要看实物，或者通过微信发图片给她。

我和苇子的关系，怎么说呢，他父亲是我初中的班主任，因为在一个村里，每次回来我都去见见我的老师。按说苇子应该叫我哥，可因为我的一个侄儿认了我的老师做干爹，他就喊我叔了。这次回来太紧急，还没来得及去见我的老师，如果晚上有时间，我倒是想和老师见一面。我想着下午和夜里的程序，殡葬的前一天特别忙，守灵的人是离不开的，络绎不绝的吊唁者都要到灵堂来，我们得规规矩矩地陪着。晚上呢，晚上要去路祭，去老坟地上请祖先，十字路口迎祖先。仪式结束要在九点以后了。

我见到了老师，在晚上的祭奠后。我把身上的孝衣脱下来回家了，老婆没有回来，还在陪婶子说话。那天晚上我们喝着茶，聊天，聊到了苇子，我问他苇子到底干啥呢？他说这孩子，这几年一直折腾，好好的服装厂不干了，又去养鸭，养鸭挣了几个小钱，又去办什么厂。老师摇摇头，说年轻人

瞎折腾，越折腾越穷，他也管不了。我和他说到苇子给我打
电话的事。老师停顿了一会儿，喝了口茶，说这件事他不清楚，
他也难得见苇子一面，不过他知道苇子收集过毛主席像章、老
粮票什么的。我犹豫了一下，问老师，苇子这事儿我帮不帮？
他想了想，咂咂嘴，说，我不知道。过了几秒钟，又咂咂嘴，说，
能帮就帮帮他吧。老师走后我加了苇子的微信，让他把图片
发过来。

六

　　我看见了左轮。其实回来当天我就见到左轮了，他趔着
一条腿，在丧事上忙来忙去。他和佑全叔是好朋友，以前当
过车老板，红火过，他现在的老婆就是当车老板时换的，佑
全叔曾经给左轮开过几年大车。但直到婶子把我和朱民几个
叫过去，我才知道左轮这几天一直在忙活的事。我们进去时
看见左轮在吸烟，我们的家长，佑全叔的大哥贵全叔庄重地
坐在沙发上，嘴角的一颗黑痣格外醒目。我叫了一声贵全叔，
贵全叔指了指他旁边的位置让我坐下。我坐下后婶子开始说
话，婶子说那个老板一直联系不上，出事后他接过两次电话，
再打就打不通了。婶子一副颓丧的样子。左轮说，第二次是
他联系的，他告诉老板最好过来，人不在了也再见一面，朱
佑全毕竟是从他那儿回家的，毕竟是连续出了两趟车才出的
事。老板开始答应要过来，后来再也联系不上了。

　　　　　　　　　　　　　　　　　　　　　父亲的迷藏

婶子说，找律师问了，对方不能说没有责任，人是半途上出的事，没有回到家里。婶子说让人查了，按照现在的工伤条例，人在回家的途中属于工伤范围。虽然开的私家车，道理是一样的。

左轮说他知道那老板的家，他说，不然，我们现在就组织人到他家里去，全穿着孝衣去。他瞥了一眼水晶棺，说，把佑全也拉到他们家里。

气氛一下子凝重了。

我看了一眼婶子，问，婶子你的态度呢？

婶子看了看我们低下了头，她哽咽起来，我……我能说什么呢？人已经不在了，毕竟没有死在出车途中，是在回家路上出了事，如果老板通情达理，给个说法，过来有个表示，也就算了。婶子说着，眼泪啪嗒啪嗒地掉，头低得更低了，头发凌乱着，我忽然看见她的额前有了很多白发，再细看，耳根的头发也白了，满头的黑发好像正在刷刷地变白……

这是殡葬前一天的下午，如果傍晚老板再不露面，那怕是不会来了。

左轮站起来，踮着一条腿续了一根烟，不疼的那只脚落在地上，格外响。左轮还是主张过去，把尸体拉到他们家，老板太不懂人情世故了，怎么可以连面也不露，这不是当老板的姿态。我看看朱民、朱光、朱伟，朱民说，不行就按左轮说的做。贵全叔不说话，我们就等着贵全叔表态，他如果点火，火马上就会熊熊烧起来，几个兄弟身上都冒着火呢。

贵全叔左手抓着右手，看一眼婶子，看一眼左轮，说，不要拿佑全去说事，明天按时殡葬，入土为安，按风水先生瞧好的时辰。贵全叔站起身，说，如果殡葬前还不见他的人，殡过了我们都穿着孝衣，披麻戴孝地到他们家，弄他个人仰马翻，鸡犬不宁。然后他又说了一些细节，说了说可能出现的情况和应对的办法。

事情就这样敲定了。我们又回到灵棚下，左轮撺到灵棚，还在怂恿我们当天过去，逼老板露面。正说着，贵全叔出现在灵棚前，他喊住了左轮，说就这样吧，我们顺顺利利地把人殡葬了，葬完了人，闹多大的事咱也不怕了。

那天下午我们一直盼着老板能过来，左轮又拨了几次电话都没有通。不断有吊唁的人过来，灵棚前，喊着一鞠躬，二鞠躬，三鞠躬……一遍又一遍地喊，喊的人的嗓子都哑了。灵棚里，朱斌一直哭着爹，眼泪和鼻涕混在一起。女孝子守在棺材旁，有女客来，房间里会骤然爆起一阵阵哭声，哭到最后的，每次都是佑全叔的女儿朱燕。

事实上，我们没有去路祭，祭奠的仪式改到了家里。傍晚的时候下雨了，雨下得又猛又大，正是雨季，天说下就下。这种鬼天气又潮又热，裹在身上的孝衣捂得人难受，好在灵棚下有一个大风扇。雨来得猛，灵棚被风刮歪了，电风扇停止了转动，哗哗的大雨将灵棚下的草纸都冲跑了。下水道挤不进那么多雨。我们都端盆子、拎水桶往外舀水。人多，院子里很快就整理好了。晚上本来要路祭的，但是路上淌满了白花花的水，家长们商量着简办，没法走了，迎祖、请祖的事儿都改在了家里。去祖坟上的人定好了，朱民和朱伟，我们家族里有白事，每次去祖坟上都少不了朱民。朱民和朱伟准备好了香，天潮，怕不好打火，多拿了两个打火机。他们开着机动三轮，天黑前朝着村外的祖坟去了。

　　老板始终没有露面，看来没有指望了，明天真的得穿着孝衣到他们家去闹一场了，不闹不行，得给他点颜色看，现在的老板都他娘的为富不仁，非把事儿弄大他才能低头。晚饭是大锅面，每个人都踩着下过雨的院子，去大锅里捞面吃，一时间全是哧溜哧溜的吃面声。孝子们继续守在灵棚里，等待着婶子的娘家人过来。电灯亮了，夜色里的丧事更加凝重。街上响起了鞭炮声，鞭炮声响着响着就到了门前，婶子的娘家人来了。我们跪下来陪孝，呜呜呜的哭声此起彼伏，哭姐夫的，哭姑夫的，哭姑爷的，哭一阵，又被搀起来。我偷偷地瞟了他们一眼，泪是真的，一道道在脸上挂着。女客在屋子里哭，夜晚的哭声尖厉而凄凉，像撕裂黑夜的利器。这种事情上，女人的哭声总是哀伤而又真诚。我听见婶子在她娘家人面前号啕大哭。哭声慢慢落下，哭到最后的是婶子和她的女儿。灵棚下，一直在哭的是叔叔的儿子朱斌。我们不劝，我们让他哭。

　　苇子又打来电话，你明天回旗城吗？能不能在陈城停一停？

七

最后的悲痛即将到来之前，我们听见了预示起灵的炮声，砰——炮飞上了天，变成碎屑落到地面。砰——第二声。接着会有第三声，炮声中间有一定的间隔。我是在第一声炮响后，看到贵全叔的，他站在大门口，指挥着放了第一声炮，木然的脸上没有表情，但我看到泪水滚下了他的眼角。我走到贵全叔跟前，我说，才十一点钟，现在就起灵吗？他没有抬头，说，风水先生说午后一点以前下葬，反正咱们早一点吧。我说，这么早，十二点就可以下葬了。贵全叔说，本来可以晚一点，但还要去找老板，所以提前一点。

一大晌都没见左轮了，他昨天在礼账桌上，和另一个人记礼账，他说他的字不好，让另一个记录，他收礼钱。这天上午他坐的位置上换了一个人，是佑全叔的另一个朋友。我问灵堂里的人知不知道他去哪里了，几个弟兄都摇摇头。

第三声炮响过了。贵全叔在院子里大喊，刽手们（抬棺的人）准备——孝子们帮把手——院子里乱了，哭声骤起，纸扎哗哗啦啦响。婶子的哭声爆出来，她拦住了棺，手在棺材上啪啪地拍打，棺材咚咚地响着。哎呀，我可怎么办啊，天塌了啊，你抛下我们不管了呀，我们孤儿寡母的咋过啊，你好狠心啊，哎呀呀，我也不活了啊……婶子的头朝棺材上撞过去，一下，两下，血流出来了，棺材前一片殷红。婶子的头发一瞬间白完了，披散着，像一窝雪……几个侄儿侄媳妇

父亲的迷藏

将她搀到了旁边，她还在哭，她娘家的兄弟姐妹们哇哇哭着跑过来，她妹妹搂着她，叫着姐，姐，不哭，不哭，不哭啊……叫姑姑的、叫姑奶的、叫妹妹的都围过来。最后婶子被抬到了另一间屋子里。

抬棺的人把绳子、杠子伸到了棺材上，他们喊着口号，黑漆漆的棺材抬出了屋门，前后都是白花花的孝子和潮水一样的哭声。棺材出了大门，孝子们跪在棺材前哇啦哇啦地哭，佑全叔的儿子朱斌手里握着老盆，在棺椁绑定，准备起动前，啪——摔在一块早已备好的石头上，地上散满了瓦砾，老盆里的纸灰飞起来。他手里握着的纸幡在热风中拂动。男孝子走在棺材前，夏天的太阳好热，但我们只记得悲伤和哭泣，雨积在路上，我们穿着鞋往雨水里蹚，鞋子和裤腿都湿了。我抬头看了一眼，朱斌的泪水和鼻涕淌到了前襟上，我的弟兄们都在哭，贵全叔也在哭，哭着他年轻的兄弟。我也一直在哭，那种场合再硬的心肠都会融化，况且佑全叔和我是兄弟一样的叔侄。后边的女孝子哭得更厉害，我老婆的哭声我听得出来，她这几天一直在和我回忆佑全叔的为人，说他随和、大方。我儿子跟在我旁边，他不时地拉我一把，拽我往水浅的地方走，路边站满了人，很多人都在掉泪。十字路口有一次祭奠，我们跪在泥水里陪孝，客人们、村里的街坊邻居、佑全叔生前的同学朋友，都要在十字路口尽一尽亲戚之情、朋友之礼。我们在泥水里跪了半个小时，哭声不绝，身后观看的人群里不断有人抽着鼻子。

出了村，我听见，我的那个弟弟，佑全叔的儿子朱斌一直在哭诉，爹呀，你咋就不管我了呀，爹呀，你咋说走就走了啊，以后都不管我们了啊……后边女孝子的哭声如泣如诉地传来，佑全叔的女儿朱燕也在哭诉……

棺柩进了坟地，玉米一人多高，棒子都能烧着吃了，地里提前割出了一条路，刚下过雨，地里湿黏，拉棺柩的四轮车走得艰难，突突突冒着黑烟，我们的人在两边推着……

进地前，我看见几辆车已经停在了路边，准备拉着我们到老板家去。

左轮就是这时候出现的。佑全叔的棺材已在墓穴里摆正，马上就要覆土了，哭声更加凄厉，我们看见，左轮和佑全叔的另外两个朋友拽着一个人匆匆地向地里走来，远远地听见左轮喊，停一停——停一停——停一停——我们停住哭声，看见左轮他们押着那个人朝坟地走来，左轮的腿一瘸一拐的，不断地搡着那个人……

八

没有想到会是这样，我是说苇子。

有些事我是后来听说的，苇子去见安萍，安萍和他约了一个地方，苇子走近安萍时突然犹豫了，脚步怯起来，想转身离开。安萍叫住了他，和他打招呼，说，你是苇子吗？朱马的亲戚。那天苇子把本来想说的话憋住了，没有多说，或

　　　　　　　　父亲的迷藏

许他有了预感，他心绪不安，东西也没有拿出来，他改变主意了。后来，苇子就消失了。

我接到老师的电话，他告诉我，苇子被抓起来了。我一惊。老师说，那些东西是从一个团伙手里弄过来的，一个盗墓的团伙，专盗各地名人和富人后代的墓地，苇子是和他们一块儿被抓的。而发现重大线索的正是我找的安萍。我不知道该说什么，我很惭愧。我对老师说，我……我……对不起老师。老师说，这不怨你，他做了错事，该！后来我知道了更多的细节，见过安萍后，苇子把手头的东西移到了老塘南街。他把东西装在箱子里，埋在了佑全叔的墓地。我想他这样做，也许是那几天，他和我联系时冒出的想法。

我收到安萍的短信：对不起，没想到事情会是这样！

可我还是想见苇子。他不是挖出来的东西吗？怎么会牵扯上盗墓或者盗窃，现在好多的事情真真假假让人疑惑，也许有什么猫腻或者隐情。总之，我还是想见一见苇子，如果可能，或许我会为他找一个律师。

卜者之卜

一

傍晚时分，马达终于站到了罗布的对面。

罗布有些惊异，他没有想到，一天忐忑的预感，等到的会是马达。他拧亮台灯，相比外边的光线，房间里要暗得多，朦胧的案子上，横着一个硬皮笔记本和一支黑色外壳的钢笔，靠近案子的是一个小书架，紧挨书架是一盆枝繁叶茂的绿萝，绿萝的藤缠到了书架上。罗布做了卜卦的生意后，每天除了卜卦，就是在院子里养花。在锦城，他一直和一个花工待在一起，告别锦城前，花工送给他的礼物就是一些适合他回家养的花种。

他努力地让自己镇定下来。

算什么？他问马达。

马达有些吞吐，给……给她算。

罗布的肩抖动几下，手摸到笔记本上，他用两根手指夹

　　　　　　　　　　　　　父亲的迷藏

住了黑色的钢笔。这是他每次卜卦前都会做的事，随时准备记录对方报出来的信息，包括生辰八字、占卜的目的。简易的书架上有几本卦书，必要时他会抽出一本来，翻动书页，念念有声，像一个盲人。这可能和他少年时接触的卦人有关，那时候，母亲偶尔会和村里的婶子大娘一起去找宋村的魏瞎子。魏瞎子盘腿坐在草编的墩子上，身边放着溅上了灰尘的木箱，腿上搭着裙褛，粗糙的手指一根一根翘动，不时地问着对方，以验证他储存在大脑里的记忆——有关命相的数据。每一次想起魏瞎子，罗布就会想起离世的母亲。

等着对方往下说，对方却沉默了。罗布合上眼，手在笔记本和钢笔上摸索，这让马达猜疑罗布的眼是不是瞎了，瞎了之后才干上了这行。可罗布的眼睁开了，眼珠转动得正常。他舒出一口气，说，我以为，你的眼出了问题。

没问题。他脱口而出。

罗布没有想到，自己整整一天的预感会是这个人——张小麦的丈夫马达。

你……你给谁算？他顿了顿，又问。

我老婆，张小麦。

马达在说出小麦两个字时声音低下来。罗布眼前浮起来的是一个多年未见的女人的面孔，他不容自己想下去，得继续问对方，将对方置于卜者和占卜的气场中，先发制人，那样双方都会进入心无二用的状态，这样的卦才灵，才能算好，才能征服对方，让对方相信自己转行的成功。他翻开笔记本，拧开笔帽，笔尖在台灯下晃出一股冷光，笔帽落到案子上，弹动几下，轻微的响声像硬币落地。他做好了记录的准备。

叫什么名字？

张小麦！

年龄？

……

生辰？

……

说仔细点。

我知道的就是这些。

她没有给你说过她出生的时辰吗？白天还是晚上，大约几点？

马达回忆着，好像……好像是刚刚吃过晚饭的时候……

嗯，那就是戌时了。

钢笔在纸页上划动，像风刮动河滩的沙子。

他在笔记本上画着图案，呈阶梯状，一页纸瞬间被画得密密麻麻。他没问什么病，凡是到这种地方来占卜的病大概是看过好多地方了，最后把占卜当成了寄托。如果是医院能解决的病还算什么？他的心隐隐地揪起来，有一刻，他停下来，暗暗地祈祷。

笔停下，他仰起头，面前是一个女人的面容：长脸，下巴颏有一颗黑痣，马尾辫晃动着，像一团墨柳。每次给未谋面的女人算卦他都要进入这种虚幻、冥想或者臆想的状态，像是在通过电脑获得对方的信息，甚至从鼻脸、口腔获得对方的气息。他臆想中有种颤抖，有一股冰凉，怎么，张小麦竟到了这样的程度？这个人怎么会找到这里，他到底有什么目的？他强迫自己从臆想和猜测的恍惚中出来，甚至想到回避、推托，不，是强迫自己进入卜者的臆想或者猜测中，让心往占卜的对象上拧。这一次他显得格外认真，在一阵揣度之后，他重新拧亮了台灯，唰唰唰，在笔记本上记下什么。马达坐在对面，看着整个过程，他憋闷得想抽烟，往兜里掏了掏，忍住了。罗布不说话，转过身，从书架上抽出一本很厚的书，翻到大半本处，又在笔记本上记录，像在计算一个难解的数学题。他的眉头皱着，像一湾陡转的河流。

笔帽咔嗒扣上。他抖了抖画满的一页纸，意思是让对方浏览一下，说，逢凶化吉，会好起来的，不要急，打过春，哦，今年打春就在年前，打过春会越来越好。你听清了吗？

马达站起来，就这些吗？

你不是问病吗？会好起来的。他说，同时出了一口气。

马达掏钱。他按住了。这个时候，他下意识地朝外看了看，天黑了吧，卦费免了，你属于今天的免卦人。有这规矩？马达也是下意识地问出了这句。有！我有！每天的最后一卦我不收费。其实，这也是今天的第一卦。为这一卦他等了一天，险些成了一个空日子。

马达不好意思地站起来，他掀开门帘，天真的黑了，冬天的夜来得早，好像一刹那天就黑了。凉气往身上扎，风比来时大了，树梢发出响声，树叶在地上刺刺啦啦地滑动。出门前他站在罗布面前，吞吞吐吐，你……你的眼是出毛病了吗？

他笑笑，不是眼有毛病的人才能算卦，他的手下意识地做了个模仿魏瞎子的动作。走吧，如果不再算另外的卦。

不算！

另外的卦钱我是要收的。

不算！

走吧，如果没有要再说的话。

没有！我就是要你知道……

走吧！他知道对方的言外之意。

二

十年前，就是因为马达，他离开了老塘南街。

打马达是因为张小麦。他和张小麦谈了几年，可张小麦在家人的逼迫下要和马达结婚，而且很快，用现在的说法叫闪婚。他用一个晚上，给张小麦写了一封信，写完信，他头抵着窗户，眼泪哗哗的像一场雨。捎信人说，张小麦竟然让马达看了，马达点了一根烟，在信上戳出无数个窟窿，将千疮百孔的信烧成了灰烬。他的心发冷，闭着眼想象着他费尽心思写的信变成一点一点纸灰在空中飘。他恨马达，凭什么要夺走张小麦，不就是他家开了个面粉加工厂，父亲是村里

　　　　　　　　　　　　　　　父亲的迷藏

的支书吗？他想着要教训马达，让他知道用烟头戳信的后果。

机会是在老塘北街的庙会上，捎信人告诉罗布，马达带着张小麦，在麦场里骑马。罗布往老塘北街跑，有人把罗布要报复的消息，告诉了罗布的好朋友吕腾，吕腾赶到时，事情已经发生：罗布手里掂着一根棍子，将正在马上照相的马达抡了下来，接着趁马达在地上扑腾，一脚踹了过去。马达挣扎着，罗布再一脚下去，马达捂住了裆，嗷嗷地叫。吕腾止住了要再踹下去的罗布。张小麦拉住了马达，愤怒地看着罗布，说，你就等着公安抓你吧。罗布恨透了势利的张小麦，挺挺胸，我敢打就不怕什么公安。

吕腾发动了摩托车。嘟嘟嘟，摩托像一只怪鸟，横冲直撞地穿过人群。他将罗布安置在陈城的一个朋友家，第三天夜里，吕腾将他送上了火车，让他先出去躲一躲。罗布这一走几年没有回来，在几个城市之间流浪，后来他去了锦城，在锦城做过很多工种，花工是其中的一个。

家里的消息都是吕腾转给他的，第一天夜里说马达不疼了，但小肚子那儿一直发酸，好像尿尿的家伙挺不起来了，如果真挺不起来事儿可就大了。这种情况下吕腾才劝罗布离开的，吕腾说，有些事缓一缓会有另外的结果，时间能解决一切问题。离开的那天夜里，吕腾和陈城的朋友在车站前的小酒店为他饯行，罗布不情愿地和吕腾喝酒，说，我就这样走了，是不是像一个逃犯？吕腾说，你如果不想做逃犯就去投案自首。他们报案了吗？吕腾说，不管他们报没报案，你都是三十六计走为上计，否则，抓起来挨罚又出钱。你把人打成那样，不拿医疗费能行吗？罗布想了想，不报案只有私了，那就得出医疗费。吕腾说，走了再说。

以后的事，都由吕腾处理。罗布的脚太狠，把马达那儿踢出了毛病，据说更主要的是马达犯了心病，越是有心理障碍越挺不起来，医生建议他尽快结婚，这种病只有在床上才能找到最好的缓解机会。张小麦就是那一年和马达办了婚礼。张小麦有些不情愿，担心他那儿真坏了。马达把她带到医院，医生对她说，马达那儿其实根本没有坏，在医院用仪器试过，充血后没有问题。医生交代她要配合好马达，甚至要主动调治马达，恢复马达的信心，让马达的心理疾病好起来。张小麦绷着脸，看着男医生，说，大夫，你不会骗我吧？医生用钢笔捣着桌面，说，他那地方没出根本的问题，不是心病是什么？一年后张小麦怀孕了，挺起了大肚子，她的同学问她怎么把马达调治好的？张小麦说，我没治，有一天他自己忽然好了，好起来格外强势，像一个饿坏的人特别贪吃。

关于报案的事，吕腾告诉他，张小麦的功劳不小。马达的父亲第二天就报了案，张小麦听说后去劝马达，那时候马达被他父亲送到了医院，正在接受仪器检查和心理咨询。张小麦对马达说，报什么案，不就是挨了另一个男人几脚吗？可你有了我张小麦，这就是你最大的胜利。张小麦知道罗布已经跑了，她对马达说，要不我把罗布找回来，你踢罗布几脚，我还跟罗布好？马达揉着肚子，弯着腰，说，张小麦，你是不是还不死心，我都被整成这样了，还要背叛我？张小麦求着马达，既然医生说没问题，那为什么非要抓罗布，真要做一辈子的仇人吗？把罗布判了，我和你能过得清静吗？

马达给父亲打了电话，告诉他张小麦的意思，也对父亲说了医生的诊断。张小麦说，你不撤案，我不和你成婚，你想让谁协助你就去找谁。张小麦为罗布打抱不平，说，我其实和罗布谈得早，嫁给你是我家人的意思，你得想明白马达！

案子搁下来了。至于赔偿款，是吕腾找人谈判了几次说好的。

在外边，起初罗布一直过着居无定所的日子，有一种负案在逃的恍惚感。他不想回来了，下决心在外边混，赔了马达的钱再说。他后来去了锦城，在锦城他认识了花工，他和花工在一座楼里租房。经花工介绍，他和花工一起去一个植物园，每天干着浇花、剪花枝、栽花、移花的工作。晚上，他和花工去路边卖花，帮着花工将花搬到车子上，找一个地方再一盆盆放在路边。那些花在夜里开放着，招徕着路上的行人，有人看中了某盆比较大的花，花工细声地对他说，小老弟，你帮人家送过去。他跟在买主的屁股后头，将花搁到主人的门口，甚至放到阳台上。搁好后主人还问罗布，你看这样搁合适吗？他审视着，或者假装审视，说合适，再合适不过了。有时也会把花挪一挪，挪到一个有阳光又透风的地方。花工不吝啬，哪天晚上花卖多了，除了给工钱外，还会请他吃一次夜宵。他把自己的经历告诉了花工，花工同情地看着他，说如果这样，即使我给你的再多些，你一下子也还不清那几万块钱的赔偿金，不如你也弄个摊子吧，和我一起去卖花，我们保持距离，谁也不影响谁。他在锦城的第一笔钱就是这样慢慢攒下来的。他也做过其他的生意，打过其他的工，但最终还是回到了花工身边，算下来还是卖花来得稳妥。

每次回家前，总要和吕腾联系，回到家，先见到的是吕腾。他无数次合计过，将来回到陈城，回到老塘镇，回到老塘南街，如果做生意，选择的合伙人一定是吕腾。还完马达赔偿金那天，吕腾把他拉到陈城的一家小酒馆，这让他想起坐火车离开陈城的情景，他和吕腾碰酒，说，吕腾，你是真哥们儿，谢谢你。吕腾沙着嗓子，怎么样，心里轻松多了吧？他点点头，他妈的，那小子的孩子竟然都几岁了。吕腾说，马达要是真残了，你赔得起吗？罗布说，我帮他生孩子不就得了。想得美，吕腾说。

然后入了正题，吕腾问他，怎么样，打算回来吗？

罗布停了停，想起他朝夕相处的花工，还有花工给他介绍的女人，他们在一块儿过了几年了，女人的肚子里已经有了自己的种。他摇摇头，再说吧，我不能因为还了他马达的赔偿金就回来。吕腾说，我懂。

三

他自己也没有想过，自己会以卜者的身份回到老塘南街，走上这个原本陌生的道儿，每天坐在房间里期待着占卜者。在

　　　　　　　　　　　父亲的迷藏

锦城流浪了十年后，他回来是想再做些生意的，想有一个体面的转身。可是，任何事情都由不得自己。起初他是要引进一个童鞋厂的项目的，从投资商，到经销商，做了很多的工作，最终在老塘南街，在老塘镇，在陈城，地皮的事儿一直办不下去。村里原来的一座老厂的转让费高得吓人，加上其他环节的障碍，投资商打了退堂鼓。童鞋厂投资的事儿失败后，他又回到了锦城，一待又是几年。再回到老塘南街，他摇身一变，成了一个卜者。关于他成为卜者，有很多的传说，比如他是怎样遇到了一个出家师父的，还有他皈依佛门，跟着师父学了卜卦，后来又由佛入道，一直学习《易经》之类……都是些充满蹊跷和诡秘的传说。又说花工本来是个会卜卦的人，罗布在跟着他养花卖花时，花工将他的看家本事教给了罗布。

他成为村子里有史以来第一个卜卦者。

开始卜卦，他要价很高。也许是一种炒作，收得最高的一次是2000块。那是他刚开始卜卦不久，问卦者走进房间，他就知道该怎样收费了，否则，对方不信你的话，反而会嘲弄你、低看你。那个人吸着烟，烟插在一个歪嘴的小烟斗里，翘动的嘴唇上是一溜齐整的小胡子，内里的气势没有收敛，不像那些普通的问卦者故意隐去自己的锋芒或装得若无其事。为这样的人算卦考验的是卜者的智慧，那种表面的气势里其实藏着畏怯、侥幸、窥探，也许还有好奇，不然他也不会来这地方。两者较量的是一种心劲，而且，如果你想要价高，不能仓促，短兵相接，在时间上熬，才能占有优势。所以在卜卦前，他对妻子说，你告诉在外边等待的人，老板的这一卦时间长，没耐心等的，下午或改日再来。那一卦，前前后后持续了一个多小时，他和老板一直处于一种较量的状态，他强迫自己镇静，慢慢征服对方。他成功了。对方爱面子，没有讨价还价。最后他盯住了对方的烟斗，烟斗已经潮润。他说，这应该是有高人指点，你已经握了几年了……

那一天，一个叫劳金的人进门后，他就知道是一个有钱人，但不能打他的算盘，此人身上带着戾气，可能会被缠上。帘子是呼呼啦啦地被掀开的，一阵风被劳金带进来，由于他长得高，进门时弯着腰。他说，你给我算算，我的官运会不会顺？你，要高升？不是，想当官。当多大的官？不大，村里的官，你算算，会不会顺。

他稳稳地坐着，台灯亮起来，外边的天有些阴，房间里很暗。他听着他的生辰八字，抬起头，看看他的外相：膀头往下驼一点，鼻头尖，鼻梁骨凹下去，再看……他站起来，路过他的身旁，闻着了浓重的烟酒气，看到了他的耳垂……他走回来，看见对方的额头冒出了细密的汗珠。他忽然心头生出一种感觉，或许是一种卜者应该避讳的感觉。他对面前的人说话很直接，戒了吧，你没什么官运，硬要去走，不会顺当，会出岔头事儿。对方不服，说，你再好好看看，你看我这个头。我……看清了，我刚才起来干什么？我绕着你转干什么？就是想给你看出希望的。可是……打消念头吧！罗布说。

不要说得恁绝，我不在乎钱，你能不能，看得细一点，有些东西是藏在暗处的，慢慢地往外冒。他说得不错，一个人的相貌是会变的，命运是有变数的。但是，今天，我没有看到什么，或许你再等等。我不能等，机会是不等人的。他无言。劳金临走时撂下一句，我会再来。

院子里，几朵花在冷风中败了，街上传来小车的发动声。

第二次，先来的是劳金的一个兄弟。来人是一个说客，掀帘子的动作比劳金文气，脸上堆着笑，恭敬地叫着罗师傅。罗布看出来他不是占卦的，不一样，占卦的人都静，或者装着，屏着气，不像这个人嬉皮笑脸。你不是占卦的，罗布说。嘿，您果然高手，这点都看出来了？说吧。来人就说了，说劳金还会来的，想托他改一改卦运。又说，何必呢，他愿意出钱，你给他个安慰，也是个激励，眼下正是他改变命运的关头，他在争一个村主任。说得那么邪乎，不就是为了点利益吗？这种人多了，听说高速路从村里过，要征村里的地……他摇摇头，说，卦里有的我怎么改？来人说，罗师傅，何必呢，我再给你另加一份钱，他再来，你送几句好话。

不！还是要看卦里是什么情况。罗布说。

你们的话你以为我没有领教过，你们要是敢把黑豆都说成黑的，卦摊早被砸了，人都是愿意被恭维的。

罗布不说话了，他听见外边刮起风来，呜呜地响，房顶上有树枝落下。移到房间里的花越来越多了。

死心眼儿。来人骂骂咧咧地走了。

卜者之卜 201

几天后，帘子又呼呼啦啦地被掀开了，劳金果然来了，他修剪了头发，刮了脸。他先是屏息静气地站着，看着罗布，然后在罗布对面坐下，对罗布说，还认识我吗？认识！罗布说。再给我算算吧！劳金看着罗布。不用算，几天的时间，不会有啥变化。我再给你报一遍八字，劳金说。不用，我心里记着，我本子上也随时可以翻到。罗布始终坐在椅子上，只是拧开了台灯。劳金说，我的生辰应该提前才对。罗布说，那改变不了命相。劳金到底没有忍住，他妈的，难道你们都他娘的串通好了，那个魏老瞎子也这样说……

　　果然出事了，半路上杀出个程咬金，一个女人，带着个孩子，到劳村来找劳金。这个结果是后来有人告诉他的。

四

　　他去看吕腾，那时候，他还没有从锦城回来，确切地说是还在犹豫。他万万没想到吕腾会进去。真是阴差阳错，原本该进去的是自己，自己逃脱了，吕腾没有。吕腾所在的监狱叫旗城第二监狱，在旗城北郊棠村的西边，孤零零的院落，四周是空旷的野地。幸亏当年马达的蛋子没有真的废掉。

　　吕腾一直在做生意，经营着一种品牌的漆，同时和别人合伙，在老塘镇办了一个铝合金门窗厂。据说吕腾是栽在了一个女人的手里，那个女人长期从他这里进漆，和很多工地都保持联系，周旋在许多老板之间。渐渐地，吕腾发现原来

　　　　　　　　　　　　　　　　　父亲的迷藏

直接从他这里进漆的老板都成了那女人的客户。这没有引起吕腾的愤怒，问题出在那女人从他这里欠下的几十万块钱的漆钱，一直拖延着不还。吕腾感到纳闷，他暗中注意她的动向，那个女人的行踪很快被他掌握了，原来她自己在悄悄地进漆，那些漆囤积在一个地下仓库里，她没那么多钱，周转用的是欠他的钱。他没有说什么，一个女人想做生意他可以理解，生意人都不容易。他很冷静地要她还钱，他找到她储存漆的地下室里，没想到，那女人耍无赖，她撕开衣裳，对他倒打一耙，在他的脸上抓出了血印。他没想到她会这样无赖，用出了早已过时的招儿。吕腾被激怒了，他真的打了她，他出手太狠，那女人晕倒在地，一天后才在医院里醒来，他就这样进去了。

吕腾对罗布说，真是防不胜防，你还好吧？还好。他问吕腾，在里边咋样，适应吗？不适应又能咋样？没事，判得不重，很快就会出去。罗布说，我去看过你的门面，嫂子经营得挺好。吕腾说，那些老板还是讲交情的，还去我们那儿进货，有业务就好。你呢，想回来了吗？他说，我再想想。也许，等你出来那年，我会回来。不用，你自己的事儿自己决定。不，如果我回来做事，还是想和你合作，你才是我最相信的人。吕腾笑笑，我都这样了，你还说信任我。罗布说，这不代表一个人的品质，进来的人也要看他是怎样进来的，我信你。时间快到了，吕腾说，等我出去那天，你找一家小酒馆为我接风。没问题。他想起了他和吕腾在小酒馆喝酒的场景。

五

　　童鞋厂失败后，他又遇到一个玩具商。玩具商的生意正如日中天，现在是玩具的社会，电视上每天都在播放和玩具有关的电视剧，好像在倡导全民玩游戏。玩具商想在内地办几家玩具厂，做连锁企业。罗布跃跃欲试，他不相信引进一个项目会这样难，现在各地对项目都趋之若鹜。他回到陈城，跑镇里，跑有关的局委和招商的单位，那一年吕腾已经进去了，他感到孤单。起初镇里和村里是感兴趣的，他好像看到了希望，好像一个玩具厂马上就会建立起来，他可以回到老塘南街，和玩具商派来的人一起管理一家玩具厂。可办厂批地的事越来越让人泄气，结果是又泡汤了。后来才知道，县里和镇里根本不相信他会引来什么投资，接见他只是应付，他才明白，这是一个看身份的社会。而玩具商也一石三鸟，同时在和其他地方谈判，最终玩具厂落在了另一个县。玩具商邀他过去，给他较高的待遇，他拒绝了，又回了锦城。

　　再回来，罗布成了神秘的卜者。在他回去的两年里，经历的事让他心有余悸，也许是那些遭际逼他做一个静心的人。他的孩子夭折了，得的是一种急病，甚至都没来得及诊断出啥病，像中了什么毒一样很快就离开了这个世界。另一件事，是花工在卖花的路上出了车祸，他赶过去时花工已倒在血泊中。这么多年他已把花工看成自己的亲人了，他抱着花工，联系着花工的家人，为花工的事跑前跑后。然后，他停下了卖

　　　　　　　　　　　　　　　　　　　　　父亲的迷藏

花，没有花工做伴太孤单了。他整天浇灌着花工丢下的那些花，和那些花说着话，他心灰意冷，守在房间里，在房间里看书。也有人说，他整天和一个老道在一起，弄清了很多不懂的东西，他能成为一个卜者，是受了老道的真传。

他接待过一个从陈城来占卜的女人。女人穿一身连衣裙，裙子的颜色是清一色的玉白。她亭亭玉立地站着，他示意她坐下来。在她走进胡同前，他就听见了小车停在胡同口的响声，刚下过一场雨，胡同的地面阴潮，曾经泥泞的胡同在下雨前刚用炉渣垫过，炉渣上铺了一层粗沙，黄泥被炉渣和粗沙覆盖在下边，路好多了。女人沉静地坐下来，他从女人的坐姿和面容中看到了沧桑，夏天的光线照进房间，他将窗帘拉紧了，他不喜欢太亮的光线，他情愿一年四季都用那盏台灯，好似台灯可以调动他的思维。拉过窗帘后，他重新坐下，像每次一样，手摸着笔记本和黑色的钢笔，将钢笔拧开，掀开笔记本空白的一页，面对着来人，说吧。

女人重新坐定，说，你给我算算最近的运势，他看看女人，叹了口气，气吹动了笔记本上掀动的一页，纸上还空空如也。他说，你心不净，你身上有枷锁。

枷锁，什么意思？

有一种负担没有从你身上卸去。

能具体解释下吗？

你可能和别人合伙做过生意，或者合伙做过什么事，你在做事上动了手脚，伤害了对方，这事成了你的心结，你的皱纹和面相都在证明。

女人的身子抖了一下，脱口而出，那怎么办？

没有办法！他说，从卦上看，已经形成事实了。

女人沉默了，她重新坐下来，说，你彻底给我算一下。他打开笔记本，记录前吹动了一下书页，仿佛书页上染上了尘埃。说吧。罗布看着对方。接下来，是沙沙地记录。记完了，女人沉默地坐着，他则在笔记本上摞加着文字和数字连成的形状，嘴里念念有词。然后，他看着那些写出来的形状，对女人说着她命运的走向，而女人在听他的叙述时还在想着她今天过来的真正目的，刚才罗布说她身上有枷锁，如果说枷锁，这个枷锁就是吕腾，她就是把吕腾送进监狱的那个女人。在她和吕腾的事情发生之后，她藏在地下仓库的油漆并没有顺畅地销走，而是几乎原封不动地搁在了那儿，老板们也在有意无意地疏远她。她才知道什么是真正的对手，什么是买卖的道。心眼儿太多太狠了，是要遭报应的。

罗布还在不紧不慢地说着，她烦躁起来，打断罗布，直截了当，能陪我去看看吕腾吗？

她说，你说的枷锁，对我来说就是吕腾，我和吕腾合伙做过油漆生意，因为我，吕腾进了局子。你说得对，我身上有阴影，阴影是我自找的，自从吕腾进去，我一个好觉也没有睡过，我像一个魔鬼。其实，我今天不是来算卦的，我知道你和吕腾的关系，我是来求你和我一起去见吕腾的，我去过，他不肯见我……

六

马达又一次走进胡同已是春天了，花香在院子里弥漫。刚送走一个客人，罗布正在整理笔记，这是他的习惯，每接待一个客人，他都会在笔记本上记录下用掉的时间，客人的来历，自己的估算，甚至记上客人的长相，大约的身高。看到马达，他继续低头整理，直到掀开新的一页，手捏住钢笔，才问马达，你要算吗？

马达吞吐着，说，这次……这次……还是她让来，不过，这一次是让我请你过去。罗布抬了一下头，眉头耸动，马达继续说，她……她想请你亲自为她算一卦。

不是算过了吗？

不，上一次是我代她算，这一次是请你过去……

他突然有种不祥的预感，一阵悸动，他站起来，看着窗外，说，我半路出家，不过是找口饭吃，你，另请高明吧。

不！马达说，她吩咐了，就找你！马达的声音提高了几倍，又降下，不是她让我来求你，我是不会来的！

马达，你告诉我，她到底怎么了？你是个男人，怎么可以相信算命，那不过都是古人总结的一些规律，要相信科学，找医院，找医生……他看着面前唯唯诺诺的男人，想再一次踢过去。

马达的泪掉下来，罗布，你以为我没有尽男人的努力，没给她看病吗？为她治病已经花完了多年的积蓄，这一次也是刚从医院里出来。

马达低下头，额上暴出汗珠，泪水和汗珠一起流，手和身子都在轻微颤抖，整张脸像一片湿地。罗布坐下来，看着眼前的马达，拿起笔记本，朝前翻，找到张小麦的那一页。他看着上边的记录，两个月，时间隔了一个春节，一个"年"。他记得当时自己对马达说，打了春就好了，现在已经是春天了，院子里的花在次第绽放。他的心颤了一下，越来越沉入卜者的行当，他有时会感到命运的残酷，一个卜者的虚弱和力不从心。你能做什么？在某种情况下，一个卜者其实就是在重复古人的经验，嚼古人留下的剩饭，不过是一个另类的心理医生，察言观色，给对方一种心理的暗示或者疏导。独自守在房间里的时候，他会蓦然感到自己的颓废、无聊，甚至百无聊赖，像一个工具，每天在重复着废话和雷同的细节，打开笔记本、合上笔记本的动作千篇一律，那些画在笔记本上的标记、图标、算式，都是不同数字和画图的复制。他时常感到一种虚幻的飞翔，自己的翅膀总是徘徊在同一片天空，在一间房子、一片狭窄的院子里飞，每送走一个客人，他都会突然感到一种羞耻，一种孤独，一种慵懒。他想到了花工，多好的一个人，却走得如此仓促，以那样的方式。他想起自己的儿子，那么小就夭折了，这究竟是怎样的宿命？就是在那些日子里他开始对人的命运痴迷，想通过古人找到命运的秘籍，或者改变命运的方式。他每天枯坐，阅读大量的书籍，可是，他在阅读中陷入混乱，痛心疾首。有一天他对自己记下的大量日记和心得表示怀疑，他独

　　　　　　　　　　　　　　　　　　　父亲的迷藏

自喝酒，酩酊大醉，妻子守在他的身边，将他整理的日记一本本收好。和别人不同的是，在看那些卜术的书时，他同时阅读了几本关于心理学的书籍，去拜访过几个著名的心理医生。

马达还在等待他的答复。他从墙上摘下黄色的布兜，将笔记本、钢笔、书架上抽出的一本书装进去。他说你再等等。他掀开了帘子，春天的阳光照进房间，花香也跟着进来。放下帘子他去了院里的花棚，又有几朵花开了，有几种花正等着从棚子里移出来，见见真正的春天的阳光。

做完这些，他转过身，对马达做了个走的手势。

走进院子，他闻到了中药的味道，他有了拒绝的想法。他往后看了看，大门关上了，黄昏的岚气正在弥漫，墙外的杨树上飞过几只麻雀。他一路想象着她的模样，真正到了门口，却脚步滞重、迟疑，对自己的到来产生了疑惑。

这是一座农村时兴的那种小楼，楼下两个套间，正面墙上是一个画着山水的玻璃画，客厅摆着沙发、茶几，没有久病人家的凌乱。马达走进一个房间，他隐约听见了马达和女人的对话。接着马达推开屋门，轻声说，进来吧。

罗布掂着他的布包，一步，两步，三步……罗布看到一个坐在沙发上的人，沙发放在离床边不远的地方，一支檀香刚点起来，漾出一种香气。张小麦还是瓜子脸，薄薄的嘴唇，带着笑意的酒窝。只是，张小麦的眼睛没有了锐气，混浊、无力，酒窝显得消瘦、干瘪，酒窝边的纹路凌乱、明显。门轻轻掩上，马达出去了。罗布听见张小麦轻轻说，坐吧。张

卜者之卜

小麦的身边是一把藤椅。他坐下来，张小麦说，你终于来了，我以为你不好请。

那个"请"字让他的心一沉。你……你不要这样说。张小麦说，是……是我让马达去请你的。罗布说，你不要这样说，好吗？不……不请，你会来吗？他想说，我……我想着来……来的，自从知道了你的病……他没有说出来。

张小麦仿佛看出了他的心思，说，我和马达说好了的，他不会打扰我们，我想自己单独算一卦。小麦。他叫出了小麦的名字。小麦，你不要相信这些，你应该去医院，去找医生，相信科学。我今天来，不是来给你占卦的，我来……我来是想和你见一面，我……算吧，我告诉你我的生辰八字。张小麦打断了他，声音冷静，倚在沙发上努力镇静着。算吧，罗布，给我好好算一卦，也许是最后一次了，算算我哪一天会死。

他从椅子上弹起来。张小麦早有准备，将一张纸递过来，上边写着她的生辰，她弯腰咳嗽了几声，低声地喘息着，算吧，罗布，算算我还有多少日子。罗布坚决地摇摇头，将她的那张纸折叠起来。张小麦说，你不算吗？

不，你去找医生，会好起来的。

好……好起来？我知道我好不起来了，你学会了算卦，你知道什么叫命。你的事我也听说了，你可能就是想知道自己的命才算卦的吧？

他说，我没有为自己算过，我就是想找一份事儿干。

你过得并不好，和我有关。

不！

其实，我就是想最后见你一次，有些话想对你说说……

他简直听不下去了。小麦，你会好的，不……不要这样说……

张小麦喘了口气，这么多年，我们一直没再见过，如果没有当年的那匹马，没有那个马场就好了，也许，我们的命会不一样！你不会去外边流浪……

不，小麦，别说那些了。

小麦说，你听我说，如果不是你踢了他那个地方，也许……也许……我还是你的……张小麦的目光低着，看看他，又别过去……

你……你说什么？

本来……事情本来还可能改变，但你踢了他，不好改了……

罗布的眼泪下来了。他甚至想放声哭，他捂住脸，眼泪还是穿过了指缝。很久，他看见小麦向他伸出了一只手，他抓住，放在自己的手心，抽泣着，小麦，谢谢，谢谢你……

七

一个黄昏，罗布心血来潮，想为自己算上一卦。于是，罗布走出了开满鲜花的院子，走出了老塘南街。这个秋天，他听到了很多关于生死的消息，张小麦是一个月前走的。我们的卜者决定采取步行的方式，找一个地方给自己占上一卦，他想遍了周围的卜者，最后选定的是两个人：一个是年老的魏瞎子，一个是年老的山里女人。他一直记着魏瞎子的模样，魏瞎子喜欢在稀疏的头发上戴一顶帽子，他看不见也要用帽子遮住头顶。听见有人来，总是先打一声招呼，叫着大哥、大嫂、大姐或婶子、大娘。他能听出对方的年龄，这是经验，在这个世界上很多人都是依赖着经验生活。记得那年他找魏瞎子算卦时，魏瞎子曾对他说，小兄弟，你可能属于晚婚，而且得子要晚。想起这话，他就想起在锦城夭折的儿子，好在老婆的肚子又凸了起来。

他站在村外的十字路口，明显的四道方向，分别指向四个路端，最后他放弃了去找老女人的打算，进山需要一天的路程，他不想气喘吁吁地去找一个人占卜。他想了想，起步朝着宋村的方向走。太阳还在西半边挂着，秋天的夕阳虚脱了一样鼓胀，进入秋季后炎热淡去了，凉气慢慢下来了。路边的秋田都收过了，大地辽远，又一季的小麦苗在低微处拂动，麦垄间跑着细细的尘土，路边的草再一次老了，草根又粗又硬，草叶发黄，熟透的野花长出了白色的胡须，柳絮一样在尘土间飞翔。秋天，是成熟又衰老的季节。

去宋村要越过两条河，过两座桥。他跨上了第一座桥，今年的雨水一直多，入秋后又下了几场大雨，河水充沛，浑浊的河面漂着发黄的树叶。一个月前，有人给他送来消息，张小麦走了。在张小麦殡葬的前夜，他走近了那个叫城堡的

　　　　　　　　　　　　　　父亲的迷藏

村庄，听见了呜哇呜哇的响器声。他没有进村，在村外找到了挖出的新土，他在提前掘好的墓坑前坐了很久，然后一直在玉米地坐到第二天的黄昏，月亮升上来时，他走向张小麦的墓地，听着花圈上的纸花呼啦作响，露水打湿了他的衣裳。他神情麻木，什么话也说不出来，总是想着和张小麦的最后一面，最后他们抱在一起，他听见了张小麦的啜泣。天将明时，他最后朝坟头鞠了一躬，说，张小麦，太早了，你才三十六岁。

他又去看了一次吕腾，告诉他张小麦的死讯。吕腾听着，许久才说，这个张小麦真是活得太累了。临别时他问吕腾，你还有多长时间才能出来？吕腾想了想说，不到两年。罗布说，我给你算一卦吧，看你能不能提前。吕腾说，如果没有话说，你就走吧。罗布说，没有你我好无聊。吕腾说，别再乌龟一样缩着了，那样你更无聊。你应该出去，哪怕继续流浪。

他告诉吕腾，他想种花，他想等吕腾出来后，两人合伙在老塘南街建一个花圃，把他家的几亩地全种上花，这个世道变了，乡村到处都是洋气的房子，需要花儿点缀，将来的乡村才是最大的花卉市场。你愿意和我合作吗？他问吕腾。吕腾不说话，嗅了嗅，空气中仿佛有花的清香，吕腾没说自己的意见，只是说，你想好了？你说呢？罗布又问了一句。吕腾还是没有回答，罗布继续说，我不想和任何人合作，只想等你。等你！你知道吗？

他就这样回忆着走向了宋村，走向了那个已经八十岁的魏瞎子，鬼使神差，他特别想再听一听他少年时的卜者再给他算上一卦。他想起那个关于魏瞎子的传说：有一天一个少年盲者走到了宋村，他在宋村的大街上哇哇大哭，再也不想走了，没有眼走得多么困难啊。人们看见这个孩子身上沾满了泥水，伤痕累累。有人拉起他，将他送到了一个私塾先生那里，先生将苦读过的卦书传给他，他成了一个卜者。如今，这个卜者魏瞎子已经八旬了。魏瞎子身边的女人，是他四十多岁在路上遇到的，那一天，这个寡妇在路边哭。他站着，听得好伤心，就握着棍子陪寡妇哭。后来这个女人成了他的拐杖，他将卜卦的钱都给了寡妇上学的儿子。他对寡妇说，我挣再多的钱又有何用，有人花我的钱才有意义。那个孩子一直上到了大学，他经常回到宋村。不知道还有没有那个女人，或者那女人是不是还在宋村？

夜幕降临后，他走过了第二条河，桥在他脚下动，整条河黑黢黢的，柳树枝、野草、发黄的树叶在河里浮，他想象着，如果一个人驾一叶扁舟孤独地走在黄昏的水里会是怎样……再往前就是宋村了。罗布站在桥上，朝他此行的目的地宋村看去，他看见一片灯火，接着听见了呜哇呜哇的响器声。又是一个人的离去、一个生命的结束。一只夜鸟从头顶掠过，他突然有一种疑惑、一种预感，这个宋村里的亡者会不会就是魏瞎子？那么，他此行将成虚空。他慌乱起来，在夜色里，匆匆撇下河上的桥朝宋村快步走去……

父亲的迷藏

一

父亲又一次失踪了。这一次，我们在河滩里找到了父亲，父亲藏在一个沙窝里，身子下铺着干草，像一个小动物，窝曲着身子，他带在身边的那只扁水壶，落上了一层细沙。

我们想把父亲抬出去，可他饿得不行了，软得一塌糊涂，黄昏的潮气让父亲显得更重。我们抓住他的腿，他的上身软下去；托住了他的上身，他的腿又耷拉下来。原来一个人软下去，又不配合，是这样不好对付。沙窝又矮又小，我们害怕沙窝塌下来，央求父亲挺一挺身子，我们好把他挪出去。父亲的腿越发地弯，说话勉强可以听见，他眯着眼央求我们，先……先给我……拿……拿一根黄瓜……什么？父亲的意识还算清晰，先……给我……拿……拿一根……黄瓜……妹妹说，父亲要一根黄瓜。我和哥对望着，抓着父亲的手慢慢松开，想着是先把父亲抬出去，还是先去给他找一根黄瓜。地里的黄瓜还没有结，父亲种在院子里的黄瓜才刚透出几片叶子，超市里或许有，一根黄瓜可能是一斤肉的价钱。

可父亲想吃，这不算什么。妹妹说，我去买吧。妹妹的话刚落地，我和哥哥异口同声，我去买！我们都惊着了，看来，在对待父亲的事情上我们还是有共同语言的，虽说在对父亲的赡养上我们常有分歧，比如让父亲在一个地方住下去还是轮流着住，哥总不表态。父亲年龄越来越大，饭已经做不动了，直到去年，父亲终于开始轮流着吃，我提议父亲一个月搬一次家，可哥听嫂子的话，坚持半个月搬一次。父亲来回轮流着，初一、十五就得蹒跚着到另一家去。父亲弓着腰，骑着三轮车，蜗牛一样挪动。父亲说，你们别烦我，不饿着就行，我再活五年。那样的话父亲就可以活过八十岁，父亲是想活过八十岁大关，村里活过八十岁的没有几个人。父亲说再活五年，他像制定了自己的五年计划，那是他活着的目标。父亲说，如果我让你们费神了，可以早点离开。父亲没有再轮下去，没有半月回去再半月回来，父亲长期住到了我们家。连续搬过几次家后，再次要搬时父亲求我，我不搬行吗？我就长期住在你们这儿。父亲的床铺和衣物凌乱着，每次搬家用的柳条筐放在床边，如果我不同意，他就得把东西往筐里装，再搬到三轮车上，往哥家挪。父亲年龄越来越大，三轮车成了他的代步工具，父亲乞求地看着我，像一个无助的孩子，行吗？你和小朵商量商量。我的媳妇叫计小朵。从此，父亲住在了我们家，吃着两家的饭，每月的下半月，哥哥往我们家

　　　　　　　　　　　　　　父亲的迷藏

给父亲送饭，每天饭点，父亲将碗准备好，坐在门口的台阶上，手里握着筷子，等着哥的到来。父亲每天的形象就那样定格了。我和老婆商量好了，每次等饭送来了，我们再吃，我们不能先呼呼啦啦地吃饭，让父亲看着，即使吃也要吃得小心翼翼。

哥看着我，好像疑惑到底谁去买那一根黄瓜。

还是得让爹回家！哥说。

哥说得对，父亲不能待在沙窝里，这漫天野地的，怎么能让一个老人在这儿住下去？

我钻出沙窝，沙窝顶上长满了野蒿，我绕着沙窝转了几圈，仔细看了看沙窝的厚度，沙窝的顶挺厚，没看到裂缝，也许它塌不下来，但塌下来就是灭顶之灾。我拔掉了几根野蒿，身边的空间宽起来。我坐在沙砾堆上，河滩上的野蒿仿佛小森林，有一种望不到边的苍凉，这条河就是这样越来越没有了原来的眉目的。

我隐约看见了一片反光，我朝反光的地方走，走了约摸二十分钟，在一片河滩的低洼处，一片野树旁边，荒草簇拥下有一潭清水。我用手去水里试，有些凉，我手上没有染上什么颜色，也没有挂上杂质。我再次弯下腰，掬一捧水喝，甜津津的，有一种清冽的感觉。我拨开眼前的芦苇，找着暗泉和浸过来的水源，十几米开外水被蜂拥而起的沙砾堵住了去处。我给妹妹打电话，让她把父亲的扁水壶拿过来，先灌水让父亲喝，这期间我又喝过几次水，没有出现肚子疼。灌了水，我和妹妹往回走。太阳越来越低，沙砾间堆满了阳光，野蒿的缝隙泛着黄，细叶儿一点一点地翘着，细沙从脚下旋过，岸上的麦苗望不到边，西河桥那边有一片老槐林，沿河滩一直往西走，能走到沧河的发源地。

二

父亲在河滩上住下去了。我们不想违拗父亲，从父亲开始和我们捉迷藏，我们就遵从了父亲的意愿，如果他像个孩子，我们愿意和他这样一直藏下去，只要他心里高兴，只要他觉得有意思，只要他别真的从这个世界上失踪，甚至消失。可是，我们真的怕父亲失踪，我们不想落一个找不到父亲的名声。父亲每一次和我们捉迷藏，我都想和父亲好好谈谈，可每次我刚拉开了话头，就会被父亲挡回去。父亲是不想告诉我们，或许这就是一个老人的率性而为，他想找到他生活的意思，猎奇抑或刺激。父亲在河滩住下了，他吃了黄瓜还是不愿意回村里。没办法，我们曾想过强制地把他抬回去，在他睡着的时候把他拉回家。看父亲的警惕性太高，他布满沟壑的眼睛，一次次粉碎了我们的阴谋。

我们天天为父亲送饭。多数时候，父亲就躺在沙窝里，他的身旁，是那个扁水壶，乌龟一样，壶嘴往外溢着水，被子上还会有断断续续的沙粒。父亲躺着，像一只甲壳虫或者蝙蝠，他身子弹动时像是在试展羽翼，我们出现在他的眼前时他会睁开眼，像一只鸟儿闪开长长的睫毛。父亲的胡子养了起来，和他的身体、他的脸色呈现出一种陌生的气息，好像他和这个家、和这个村子，已格格不入，他在河滩建起着自己的天地。沙窝上的野蒿在风中飘摇，缝隙中的青色越来越重，他用沙砾垒起一个方形的小桌，让我们将带去的饭菜放在沙砾垒的桌子上，说，回家的时候把这沙砾桌子也搬回去。我们赶紧问他啥时候回家。他不回答，目光朝向那个水潭，突然问，能不能做一只小船？

做一只小船？

父亲说，如果水再多起来了，可以把船放到水里，去水里找那几只野鸭、几只水鸟。父亲在从沙窝频繁走向水潭的过程中发现了野鸭，老沧河干涸后很少见到这样的水鸟了。在水潭里发现的野鸭让他兴奋，那些野鸭大概有十几只，守在这片僻静的水里，在野草和芦苇的间隙钻来钻去，像浮在水里的小船。这一片水似乎没有干过，像原来的河道拐出了一个水湾，大概是当年掘沙的队伍在这里掘得太深了，掘出了泉眼，或者是暗流的水渗到了这里。父亲越来越喜欢水潭，父亲称它为湖，他每天蹒跚地走在从沙窝到水潭的河道上，层层叠叠的沙砾堆，像一座座坟墓，老沧河的河道像一片乱葬的坟岗。一开始，鸭子看见他就躲进芦苇和水草的深处，有几只扑棱着翅膀飞得更远。父亲在水潭边等着天空上再亮起翅膀，他相信飞走的水鸟还会回来，他看得出这儿已经是它们栖息的地方了。有一次，他等到了半夜，苍凉的河滩上，夜风吹动着细沙，水潭里的芦草黑黑的在摇动，父亲在一堆沙砾上睡着了，他在半睡中念叨，回来吧，我不是来伤害你们的。

父亲一直等听到了鸟的翅膀声才拖着身子回沙窝里，这一回他差一点找不到自己的窝了，他迷过几回路，那么多沙窝，长得太相似了。后来父亲和几只野鸭成了朋友，野鸭不再害怕他这个老头儿。他让我们为野鸭带食物来，包括米面和从别处买来的小鱼。

可他要做一只什么样的小船呢？

我和哥哥妹妹合计着，首先是要不要答应父亲的要求？其次是给父亲做一只什么样的船？我们见过鱼鹰船，从我们村东的卫河上过，船主撑着长形的小舢板，划着手里的桨，两只鱼鹰分别站在两边的舢板上，船主的手势一出来，鱼鹰就潜进河水，河水清澈得看得见鹰的羽毛。潜入水里的鱼鹰，会相继地从小船的前方浮出水面，嘴里叼着大小不一的鱼，将鱼交给主人后，它们会再一次潜入水中。那些鱼鹰也好多年都不见了。做一只什么样的船呢？我们担心父亲的安全，没有我们的陪伴，他要是翻到水里了怎么办？那样他就会走到生命的尽头了，我们不用天天送饭，只需要最后的一场葬礼。那样的结局毕竟不好，我们会落得不好的名声。

做船的事儿一直拖着。

父亲开始在河滩上开荒，我们都不知道开荒的工具是什么时候拿过来的。父亲身上有越来越多的谜，他不但用身体和我们捉着迷藏，还在行为上和我们捉着迷藏。他在沙窝的附近掘荒，把沙窝上的土一锨锨铲平，把掘出来的土用一个小篮子扛到平整出来的沙滩上，土越来越厚，厚到可以长庄稼和蔬菜。父亲在河滩上种的是油菜，油菜花在第二年春天开了，黄灿灿的，像沙窝间飞来了一群黄色的蝴蝶，好多小昆虫在花朵上飞。"五一"过后，油菜花枯萎了，花梗上结出了细细的油菜棒子，油菜棒子里藏着米粒一样的油菜籽儿。

夏天来了，隔几天又是打雷又是下雨，父亲不能再待在河滩上了，万一涨了大水怎么办？沙窝被冲塌了怎么办？难道我们真的把沙窝当成父亲的墓地？我们一边给沙窝做帐篷，一边劝说父亲，我们商量着一定要把父亲劝回家，我们还动用了所有的亲戚，可是父亲都听不进去。我们又一次想到了抬，抬也要把他抬回家，最终我们又一次放弃了这样的方式。他爱上了这个八面透风的地方，真是不可救药了。父亲又提出了做船的事，说水那边的鸭子又多了几只，母鸭们把蛋孵在湖对岸的小树林里，靠近水边的是柳树，矮矮壮壮的，经旱又经涝地生长。看起来父亲真打算长期地住下去了，他在做长远的打算。没有办法，他开始在潭水的边上筑堤，我们知道他的意思，那样能挡住水不外流，让水可以多储一些。父亲对那一潭水用心良苦，他爱上了水里的野鸭子，维护着野鸭，扛土的篮子用坏了，他又编了一只。要打一个堤很难，父亲每天都极有耐心地掘着沙土，他把掘出的沙土一点点朝他筑堤的地方移，他要在堤坝上也种上油菜，让油菜花在坝上开。他要看到坝内的水越积越深，可以留下更多的野鸭。我过来的时候也帮父亲，干活的时候父亲很少说话，他只是隔一会儿就朝水深处张望，看着芦苇的晃动，父亲指给我看，我看见了小船一样摇出深处的几只鸭子。

哥出去打工了，他走之前来和我商量，向我说着家里的情况，说如果爹一直这样，我们怎么办？难道我们都被爹绑架？哥说他已经耽搁几个月了。我没有看哥的脸色，他的脸色一定很庄重、很沉，我看见河滩在黄昏里延伸，一直延伸，伸到无穷的边沿。

我预知过我最后的孤独，也想过离开，可我知道我不能走，得有一个人留下。哥临走时说，安骆，我打工挣了钱多给父亲一些。不用，我对哥说，河滩上挺好，每天给父亲送饭，和父亲在河滩上坐坐，在河滩上走走，还能看到水里的鸭子。哥哥出去打工后，妹妹的婆婆住院了，很麻烦的病，妹妹去医院陪护了，偶尔回家她也会拐到河滩上。我知道，我得旷日持久地陪着父亲了。

三

我想起父亲前几次的失踪。第一次，父亲藏在了李由家的秸秆垛里，就是从那一次，他开始和我们捉迷藏捉上瘾了。他在秸秆垛里挖了个洞，进去后再把洞垛好，心安理得地在垛里藏着，在垛里睡觉。我们至今也弄不懂这个老人的心思，他为什么忽然想到了躲藏？为什么会想到藏起来，和我们玩这样失踪的游戏？为什么在我们寻找他从他的身旁经过时屏息静气？我们曾经猜想他是在某个地方睡着了，忘记了他是游戏中的对象，或者他像一个孩子，为我们走过他的身旁却没发现他的踪迹而暗自得意。他第一次失踪我们怎么也想不到他会躲在人家的秸秆垛里，我们问遍了村里所有和他有来往的老人，走遍了他喜欢去的地方，给附近的亲戚家打遍了电话，甚至去了沟边、井边、河边。第二天的夜晚，那时候是冬天，李由给他家的羊圈铺草，搜草时发现了那个洞，他停下手，听到了隐隐的呼噜声，父亲在垛里睡着了，香甜地打着呼噜。李由告诉我们他轻轻地朝里扒，本来是想看到一头猪或一只狗，却看到了我的父亲。父亲在秸秆垛里蜷曲着，侧着身，张着嘴，正打出高高低低的呼噜，他头上拱满了碎草。李由找到我们，我们在垛里唤醒父亲，哄孩子一样哄父亲回家，先扶起他的身体，再牵他走出垛洞。那一夜他在家里的床上睡得更香，鼾声如雷，睡觉前他吃下去两碗鸡蛋面条，他的吃相像一个孩子，面条声跟他的呼噜声一样富有节奏。

第二次，父亲藏在了一座机井房里，机井房很偏，已多年不用了。这次他从李由家的垛上扛了一捆秸秆过去，裹了件我们家早年的皮袄。他在机井房里又是睡了两天，好像他躲到一个地方是为了体验另一种睡觉的感觉，躺在田野里他感到舒服。那个机井房离我们家的老坟不远，老坟里埋着我的爷爷奶奶和我的母亲。之后他告诉我们，他本来是想独自去看我爷爷奶奶和我母亲，他在坟地上转了几个来回，看到机井房时特别想在那里睡上一觉。那时已是夜晚了，他想了想回到了村里，天冷了，他拿了件皮袄，把皮袄裹在身上后他再次出门。他看见了通向李由家的那个胡同，想起了在垛里睡觉的温暖，他没有犹豫，找到李由家的秸秆垛，他扒开的洞已经被堵上了，他拉下了一捆秸秆，在黑色的夜幕里搂着一捆秸秆朝村外走。一路上一个人也没有见到，只有越刮越有气势的风，他身上的秸秆被风吹着，哗哗啦啦像流动的河水。他到了机井房将秸秆扔到地上，裹着皮袄躺在了秸秆上，身子一蜷，困意蒙眬地在秸秆里睡着了。不知道风是什么时候停的，第二天傍晚父亲还没有醒来，帮助我们找到他的是几只野狗，那几只野狗在田地里狂窜，它们走到机井房时，不停地狂叫。我们顺着狗的叫声朝父亲走去。

我一直想和父亲谈谈，听听父亲为什么和我们捉起迷藏，为什么一次又一次躲起来，让我们寻找。可我知道父亲从来不和我们做这样的交流，他想独自去做的事情不和我们商量，我的这个想法几次涌起又自己打断。

第三次找到父亲时，我终于问了。

那一次，父亲躲到了奶奶的老楼里。奶奶住过的那个小土楼在另一处院子里，平常没有人住，三叔从外地回来会在里边住几天，或谁家有红白喜事会给那个小楼安排几个客人。父亲这次失踪是春节后，因为前两次都没有在老房子里找到，这一次我们把小楼忽略了。第二天半夜，我们掂着手电筒从几条街道里回来，打算再一次去李由家的秸秆垛里看看时，手电筒一晃看见小楼上站着一个影子。我捅捅哥哥，让哥哥妹妹朝楼顶上看，果然一个人影在楼墙边站着，像一只鸟。我们不知道他为什么没有惊动楼顶上的鸽子，楼顶上有一群鸽子，每一次上到楼顶都能看见飘满的羽毛和厚厚的鸽子屎。哥哥说是父亲，怎么办？我们喊他，还是绕过去，悄悄地进屋？我们选择了绕过去，街门锁着，我跳过墙，把街门打开，当我们走进院子，发现屋门也紧紧地锁着，这一次不同，他不但和我们捉迷藏，还把我们关在门外。我们商量着怎样才能钻进小楼，如果能钻进小楼我们就能上到楼顶，把父亲扶下楼，搀回家，再给做两碗荷包蛋吃，他肯定像前两次一样饿坏了。我们寻找着方法，二层上有一个小窗，我小时候钻过，我不知道我现在的身体是不是还能钻过去。我们悄悄地找来了梯子，不敢再亮手灯，怕惊着父亲，他要是从楼上跳下来了怎么办？看见父亲在楼顶时我们讨论过这个话题，妹妹担心地说，父亲不会是想跳楼吧？我觉得不会，他像在做什么试验，或者在回忆什么，也许是想试验我们的耐心。可是，那扇小窗关得太严，打不开，上楼的希望被彻底打破了。最后我们上到了另一座房子上，距离父亲很近，但够不着他，我们决定喊，喊他下来，开始喊的声音一定要小，不能吓着了父亲。这种事情妹妹最合适，妹妹将头朝向小楼，在妹妹朝向楼顶时我们都扬颈朝向天空，我们看到了一轮清淡的月亮，四周的星星那样畏缩。妹妹喊，爹——声音细长，在夜半的村庄像一只猫在叫。爹——妹妹又喊了一声。爹——妹妹喊出第三声时哭了，喊声里先是夹进了哭腔，接着是嘤嘤的哭声，妹妹一哭我们都哭了，我们在哭声里哑着嗓子喊我们的父亲。后来我们的哭声越来越大，势不可挡，像群猫的叫声，我们想不出怎样才能说到父亲的心里去，我们只能一起在房顶上哭，用哭声把父亲从楼上引下来……

就是这一次，我问父亲为什么要这样藏？他像没有听见，不回答我的问题。

四

父亲把更多的时间用在了湖边，筑坝或者到湖的对岸去，去接近水鸟。父亲一定要让那个堤坝开满金色的油菜花，他不声不响，但我们可以猜到他的心思。父亲来到河滩后再也没有失踪过，最多是在我们送饭的时候他不在沙窝了。每当这时，我们就去湖边找父亲，和父亲一起看湖里的水，一起倾听芦苇的声音，一起看湖里的水鸟。哥哥和妹妹撤离后，父亲更加沉默，我和父亲更多的是默默地坐在水边。

就连饭父亲也不让送了。他开始在河滩里做饭，他在另一个沙洞里垒起了锅灶，沙洞里有他捡来的野菜，那些米面他让我从家里带过来。我远远地看着河滩上飘起的轻烟，想着父亲究竟要在河滩上待多长时间，从他的行动上还看不出他对河滩的厌烦，原来他和我们捉迷藏是要找一个他愿意生活的地方。每天，他在河滩上走，挥动双手，双腿也在双手的带动下拉开，他脚下的沙尘拧成一个个细缕，他走向他开

　　　　　　　　　　　　　　父亲的迷藏

的荒地、他向往的湖边，我听见他哼着小曲，像小鸟的鸣叫。我藏在槐林里惊诧不已，我没有想到我会离父亲越来越远，我将在这个世界里更加茫然。那时候我对父亲的观察已经算是一种偷窥了，父亲对我的到来置之不理，我更多的是藏匿在槐林或野蒿丛中，像一只孤独的虫子。

　　我在槐树林里悄悄搭起了一个小棚，我远远地看着父亲，我知道了父亲的动向，甚至我会爬上一棵长满枝杈的槐树，在树上瞭望父亲。树上藏着很多麻雀，我往树上爬时它们抖出来像一阵大风一样朝别的树上飞。我想起野鸭，想起那片湖水，父亲是不是又坐在水边看野鸭？那些麻雀会不会去和野鸭们会合？一天晚上我悄悄走近沙窝，走到父亲的身边，在沙窝旁边坐着，我突然听到了鸟的叫声，嘎——啾——我在夜色里寻找着鸟的叫声，河滩的夜色那样重，格外苍凉，接着又传来几声鸟鸣，像鸭叫声又像乌鸦的叫声，嘎——嘎——呱——呱——我愈加迷惑，鸟在哪里？我望着浓黑的河滩，我像一滴墨水在夜色里融化，一点一点地融化成一粒细沙。我望着水潭的方向，太远了，不像是从那儿传来的。我继续坐下去，捂着胸口，等待着又一声鸟叫好让我找到鸟的方向。我对河滩越来越熟悉，越来越适应，不再像最初那样对河滩的印象只有恐怖，在夜色里我也能辨别出更多的植物和声音的来处。嘎——声音再次传来，同时我听见了沙窝的响动，沙窝被一种力量顶着，被驮起来，整个沙窝像是在河滩上蠕动，像是要从水里浮起来。我感觉沙窝像一个怪物，我坐在沙窝上不敢动也不敢发声，我随着移动的沙窝走，我的身前或者身下是一个巨大的怪影，整个世界在夜色里发生了迁移，我成了一粒细沙，我一定是在跟着沙窝移动、移动……不知什么时候，沙窝的前面是一片水域，我随沙窝移到了湖边，我沉在梦里，看不见沙滩，只看见沙窝前的水域，在沉重的夜色里，沙窝展开了羽翼，羽翼下伸出了爪子，那么多爪子，朝水里抓，抠向水底，正把水域的天空撑开一个口子……我又听见了鸟的叫声，我醒来时，我正睡在父亲的沙窝上，我迷迷糊糊，我什么时候睡在了这里？那夜半的叫声又去了哪里？

我开始为父亲做船。

我把家里的一根木头拉到了锯木场，让锯木场把木头变成木板，我告诉锯木场的师傅，我是要做船。师傅疑惑，我说你不用疑惑，真的是做船。他好像知道我父亲住在河滩上，他说，就那一潭水，你真的要给你爹做船？我说水不小，是一个湖！父亲是这样说的，那是我父亲的湖！我说，你少管闲事，把木头锯成板就是。他摇摇头，和我一起抬着木头到他的锯那儿，他从墙上摘下盒尺，在木头上量，用粗笨的铅笔在木头上打记号，一边说，我只管锯木头我不管加工。他说他从来没做过船，说我是他遇到的第一个来加工木头做船的人。他说你父亲真是个怪人，这么大年龄了捉什么迷藏。他说话时摇着头，秃顶的头葫芦一样颤抖，他身上都是木头的味道，手上的味道更浓，我看见他手上的汗毛中间夹着许多小昆虫一样或者蛆一样的木屑，汗水把那些木屑吸在了他的手上。他找出机油朝电机里加了几滴，机油又一滴一滴渗在地上，沾在土上，电机下边的土地是黑蓝色的，亮亮的，几只苍蝇和白色的蝴蝶还有更多的小昆虫粘在机油上，那儿成了它们的坟场。他伸开粘满木屑的手推开了墙上的闸刀，机器轰鸣，地面出现微小的地震，我的两只脚在突突突的锯旁边一直站不稳当，电锯像是要把我晃出尿来，机器油从油眼里喷出来，射在几棵树上，我的脸上也被射上了很多小黑点儿。木头放到了锯槽里，他两只手推着，突突突突，锯条插进了木头，我看见了锯的锋利，锯的许多牙齿张牙舞爪的，木头被那些牙齿咬成薄板，锯掉了一扇板又锯掉一扇。突突的声音震动了几次，我看不见我带来的木头了，我只看见赤裸裸露出了鲜肉的木板。我和师傅告别，我从他那里找到了一些钉子、胶水，我要自己在家里做一只父亲向我们要了几次的小船。我发誓要把这只船做成！没有办法，木匠死活不接做船的活儿。那一段时间我闭着大门，在家里琢磨怎样完成一只小船，我在网上搜索船的模样，想着我小时候见过的驶在河床上的船，那只抓鱼的鹰船。

船终于做好了。我把船拉到了河滩上，父亲看见船的时候身体撑了起来，他张开双臂靠近船的动作像一只大鸟，让我想起我在河滩的夜晚听到的鸟叫声。后来的一个夜晚我又有过相同的经历，每次都像从梦呓中醒来。我们把船挪到了湖里，搁在湖边，父亲把船向水里推，那瘦瘦的船可以容下父亲瘦瘦的身体。船搁在浅水里，父亲急不可待地爬上小船，我看见父亲趴在船上就像我少年时看到的一只鱼鹰。父亲筑好堤坝后，湖里的水更多了。看着船，我隐隐地有种预感，我更加孤独的时候即将到来。我说不清楚。我扭过头朝着沙窝的方向，沙窝上的油菜花又开了，但荒地上的野蒿长得更加疯狂。再看湖水，湖里的芦苇、野草，层层叠叠，愈加旺盛。父亲坐在我给他做好的船里，他像一个舵手，看着湖水，望着湖对面的小树林，他从船舱里摸出我做的船桨使劲朝湖的深处划。

可是，这只拖进水里的船不成功，漏水，父亲摇了不远，水就慢慢地朝船舱里渗，防水的问题我没有解决好，还有我选择的木头也不对。我和父亲把船拖在浅水里，我又接着在家里做第二只船。这次用了更长的时间，第二只船做好已经快到秋天了，水里的芦苇长得更高了，河岸上到处是玉米和高粱的青纱帐，望不到边，父亲种在坝上的高粱也结了小小的红穗。第二只船拖下水，成功了，没有出现第一次的问题。我可以成为一个造船师了。船下水的瞬间，我恍惚中听到了一声怪鸟的叫声，接着我看到很多鸟儿飞了过来，那些鸟仿佛是来庆贺的。父亲撑着船在湖里绕了一圈，我看见最后他驶向了对面的小树林。

我没有等到父亲回来。

我站在水边，看见第二只船越来越深地向湖水里移，父亲的包裹扔在了第一只船上。我喊着父亲，他没有应声，隐约中我只听见了一只鸟的叫声，像是对我的回应。我绕着湖，绕着堤坝寻找父亲，一直喊着，我的嗓子迅速地沧桑、嘶哑。我没有找到父亲，我只看见第二只船停在一个拐弯的地方，静静地像在和我对视，和我作最后的告别，我只在第二只横在水里的船上看见一只黑鸟，奇怪的黑鸟。湖水亮亮的，那是一个夏天的傍晚，湖水里只留下一抹红红的霞光。我不知道那是不是一只鸟，或者是我又一次失踪的父亲。

父亲被我看丢了。我说过，我会更加孤独。我跑过去，去抱那只鸟，船却越陷越深，越驶越远，接着船上的鸟慢慢飞了起来，它在天空划着弧线，俯视着我，扇动的翅膀似在向我挥手。我只能望着那只鸟，眼巴巴看它越飞越高，越飞越远。

父亲又一次失踪了。

花　瓶

1

　　出了门，忽然觉得嘴里硌进了一颗雪粒儿。雪粒儿在牙床上翻来滚去，后来慢慢地软下来，化成水汽往喉咙的深处润，一股针尖样的暖流蒸腾着喉的深处。天还暗着，罩着身影的是满天枯黄的小星。曼小顾醒过来，嘿，已经是春天了，节气一截儿一截儿往夏天蹦，哪来的雪粒儿？土都扬着伞往裤脚上沾，头顶已经降过两场雨，河滩的草芽儿已从石缝里挤出来，沙窝顶上的鸟儿都成群了。曼小顾真正醒过来了，他嘴里嚼着的是一粒砂糖，一直窝在嘴里不舍得嚼的一粒糖。是女人今天特意往鸡蛋水里搁的那种，是从女人指头缝里一粒一粒漏出来的白砂糖。砂糖往碗里漏的时候碗里的水星星点点迸出来，水面上击出了一溜一溜的小麻坑。

　　他起来的时候女人也跟着起来了。他有些蒙，有些心疼，女人是轻易不这样跟着起来的。每天筛沙起得早，他不想让

　　　　　　　　　　　　　父亲的迷藏

女人也跟着早起，早上的寒气袭人，女人的皮肤嫩，禁不住寒气，女人的小胳膊小腿是禁不住冻的，寒气是不讲道理的，各人有各人的运气，筛沙是筛沙人的命，不能连累了女人，这个女人在他看来天生就是应该疼在屋里的。女人的身体还是往被窝外拱，像春天的蚕拱动着蛹壳，女人的两坨臀部往被窝外挪，股沟两边的肉白雪一样晃得他迷迷离离的，让他心动。他喊：哎，你干啥，你不用起来！睡你的，听话，听话呀！他想着每次他起来的时候女人都在被窝里蠕动着，眼在灯光里慢慢地睁开，水井一样的眼珠子转动着看他，有时伸出玉白的手臂打一个哈欠，他走的时候再转着眼珠子送他，有时她挤着眼假寐，鼻孔里呼出如兰的细气。他喜欢她假寐的样子，喜欢她轻轻的鼻息拂动额前的刘海，他喜欢每次出门的时候轻轻地回过头看她一眼。女人还是往外拱，他伸出手，哎，你干吗呀，你不用，你睡你的。他的心一涌一涌地想去触那两坨白肉，那是昨夜刚摸过的地方，光滑得像雨后的苔藓。女人夜里的投入让他的心现在还酥酥的。

你不用起来，不用起来嘛！

他站在炉子旁，反复地说着这句话。炉子里的火苗舔着他的手，他手心里有一层痒，屋子里漾上了一层热气，他看着屋顶，一圈热气正在屋顶的格子间爬，慢慢地扩散开来漫成一片，像一片躲进屋里的灰云。

女人还是起来了。

你不用起来嘛。他的声音里掺进些懊恼。

女人柔柔地朝他笑，笑牵动了一张长脸，长头发在笑中甩了甩，带着笑意的小嘴唇往左边撇去。女人的两个长耳垂从头发间露出来，女人蹲下去两手在床下的罐里摸，摸出一阵呼啦啦的响，女人的两坨臀圆圆的，床底下放着一个黑陶罐，是从沙坑里挖出来的，罐里是女人攒下的鸡蛋。

也是一个清晨，儿子被尿憋醒，很威风地掏出小鸟儿往罐里尿，罐里发出乱石击水的声音，哗啦啦地很脆，儿子尿尿的样子很野。女人看见时去拽儿子，两眼瞪着儿子的小鸟儿，你这鸡鸡咋能乱"强奸"鸡蛋呢？鸡蛋要是生出个小娃娃咋办？女人说着就去打儿子的屁股，儿子的小手还拽着小鸟儿，没尿完的尿小雨似的沥沥啦啦地往屋里的地上滴。

曼小顾对着儿子笑，眼瞅着儿子的小鸟儿小虫叼食一样地抖。

女人真的气了，气得身上抖起来。她忽然对着曼小顾，曼小顾，你是木头呀？你就不会阻止儿子，子不教，父之过呀！女人说话有一股呛味。曼小顾不想吵架，小顾身上的火气都让沙滩里的沙子掏空了。她蹲下把鸡蛋往罐外拿，罐子的口太细，勉强能伸进一只手。然后再把罐里的尿一滴滴倒出来，提罐的手小心翼翼的。鸡蛋冒着一小缕一小缕的热气。

你的眼呢？女人火气还未消。

曼小顾站起来。

女人不知哪儿来的无名火，火气咕嘟咕嘟地往外窜。女人说：你凶啥？你站起来凶个啥？

曼小顾站着，愣愣地瞅着她，这个叫穗的女人。曼小顾真的没有觉得自己凶。

你凶个啥？女人没完没了了。

曼小顾的火气终于上来了，终于把那句话憋出来了，憋出来后他才感觉是枪走了火。曼小顾说：是谁的儿子还不知道呢！

这话说出来曼小顾才感觉这个火真是走过了。

这一走火，女人的泪水哗就出来了，女人"哇"的一声爆出来。一场大雨骤然而至，像一直在等待一个决口的机会。哇哇……那个清晨，曼小顾的家里溢满了哇哇的哭声，闷闷的。曼小顾知道雨过天晴需要一个漫长的过程，他在女人的哭声里背起筛子、拿着铁锹出门了。风从筛眼里刮过来，把筛眼上的细沙吹进他的脖子。曼小顾一仰脸躺在沙窝里，沙窝很深，他只露出一双腿，直到不断升高的太阳把他照醒他才支了筛。

女人是从沙场捡回来的。

是一个秋日，野菊花在沙滩上裂着花瓣，远处有火车的爬动声。曼小顾窝在沙滩里打盹，晌午了，他刚吃了带来的干粮：两个烙饼和一碟咸菜，喝了半壶水，他懒懒地看了会儿太阳，听着沙窝里沙粒的蠕动，听小旋风在沙窝间一涡儿一涡儿的串门，眼终于拗不过太阳迷迷糊糊地睡着了。他从女人怯怯的疲乏的叫声中醒来，风把一瓣蔷薇刮过来，送来野蔷薇的香气。大哥，我走不出去了，大哥……

女人那天披散着头发，额骨和鼻梁从长发间拱出来，浅粉色的风衣被秋天的阳光笼罩着，女人的脚站在两枝野花的茎上，女人的胸有些高，把风衣的一个扣子憋开了。曼小顾的身边是几张被风掀动的老人头，是他刚卖沙子得的钱。他把女人领到了家里，女人后来就这样随了他，女人在一天晚上告诉他她叫穗儿。

儿子是在七个月后生的。生下儿子那天，穗儿说：医生说是早产。

曼小顾捋捋她额前的头发，再看看还没有人样的婴儿。说：是我儿呀，是咱的儿呀，你看这蛋儿、这小鸟都随我呀。

穗儿笑。穗儿说：你咋专瞧那地方呢？

小顾说：是和我一样啊。

穗儿捂着嘴笑。

可他还是把这句话甩出来了。

那句话甩出来后两个人十来天没再说一句话，半个月没往一疙瘩挤，弄得曼小顾没精打采的。后来还是曼小顾投降了，曼小顾趴到穗儿的身上，手揉住了穗儿的两个小山，生过儿子的两个小山还是鼓鼓的，像不会瘪气的气球。趴上去的时候曼小顾有一种久违的感觉，软绵绵的身体把他打蒙了，打得他没了骨头。任凭女人怎样打他他也不会下来了。穗儿，我真是没肝没肺，我真是胡说，都怨我嘴上没个把门的，你看我和儿子里里外外，大小部件都一模一样。他掀开被窝，让女人比自己和儿子的身体……

曼小顾是想着女人走上河滩的，他想着昨天晚上的女人，想着女人手缝里漏出的金子一样晶亮的糖粒。

2

这里靠近一条沙河。村西几里外的沧河滩是山洪冲积而成的一片老河滩。老河滩像一片乱葬坟，星罗棋布的小土丘像栽在滩地上的蘑菇。靠力气挣钱的庄稼人凭力气在河滩上掘沙子，河滩上掘出一窝一窝的坑儿，掘出一个个凸起的小土丘，土丘上滚动着青石蛋，远远地看上去很扎眼。星星从曼小顾的筛眼里抖着碎银一样的光，他已经在河滩里挖了十年了，已经在河滩上掘起了几十上百个大沙窝儿。

要是能挖出一个花瓶就好了，或者挖出一件什么古董。那一天穗儿问他：挖了十年就没挖出古董？没有，净是沙子和石头蛋儿，最大的石头蛋儿跟驴蛋差不多。

没有挖出个花瓶？

花瓶？

对！

沙窝里怎么能挖出花瓶？

其他人也没挖出过吗？

没有。

女人有些失望地瞅着房梁。又自言自语地说，古董都是从地下挖出来的。

可是这是一条沙滩，都是过去冲积过来淤到地下的沙子。

女人不再说话。

花瓶？女人怎么会惦起花瓶呢？

他不知道女人，不知道穗儿一直在想一个花瓶，一直在找一个花瓶。

3

三年了，穗儿已经三年没有来过河滩了。儿子已经长成大孩子了。她不想去那个河滩，她心里一直想回避她那一天的狼狈，她的仓皇和仓促。但她知道她心里是有事的，她一直想找到一个花瓶，她清楚地记得老板的话，他说他在市场上错过了一个花瓶，一个看上去很笨的花瓶，那个花瓶很有价值，老板托人打听过，可那个花瓶的主人从那一天失望地离开市场后就再也没有出现过。如果能找到那个花瓶，她就会完成一个夙愿。四年前穗儿是从那个 D 城跑到河滩的。那一天她懵懂地坐上车，车把她拉出 D 城，她在河滩的那个地方凭着内心的一种感觉下了车，后来她看见了那些小坟丘，她在沙滩里迷了。就在那一天她遇到了曼小顾。穗儿在 D 城生活了三年，她在 D 城一个大款家做保姆。如果不是那个年轻的油漆匠她会再继续做下去。她是在一天下楼时遭遇那个油漆匠的，现在她把和油漆匠的相识叫作遭遇，因为那个油漆匠她才有了后来的变故。那个油漆匠忽然问她：你是青塘人吗？穗儿因为这句话停下了，当然她已经知道他肯定也是青塘人了。青塘！青塘在什么地方她一时间竟然恍惚了。她不知道这油漆匠什么时候来的 D 城，她已经在 D 城待了三年了，还是被这个青塘的同乡一下子认出来了，或者说是听出来了。油漆匠穿着一身牛仔服，牛仔服上沾着斑斑点点的油漆，黄色的斑点像开在五月的油菜花。这让她一下子就亲近起来，让她的心暖洋洋的，她回过头，油漆匠的头发在春天的风中扇动，像燕儿的羽毛。她知道在 D 城这种油漆匠很多，像青塘土堰的油菜花，像跑在青塘的野狗。他们每天骑着车穿着牛仔衣，吊着漆桶，去漆那些刚盖起来的楼，漆马路上的栏杆……她就这样和这个油漆匠认识了。油漆匠是青塘的，只不过他们的村子隔得远，青塘很大，大得像一个小县，是他们县最大的一个镇。她告诉他她就在那座漂亮的小楼里。后来她去过那个油漆匠租住的地方，那个小院里住着几个青塘的老乡，还有一个女的，穿着牛仔服，戴着套袖，是他们的厨子，只在最忙的时候才去刷漆。那个油漆匠是他们那个团伙中最年轻的，也是最利落的，甩在额前的头发使他的样子显得文气又聪慧。待在一起时这些油漆匠打扑克、唱歌，都仰着头，想一句唱一句，那些歌被他们唱得无头无尾的。他们合租的地方有一套音响，劣质的，但他们已经满足了。

她竟然喜欢上了那个地方，隔三岔五地就想往那个地方去。他们住的地方，墙上被刷上了各种野花的图案，还有野狗、野鸡，都是那个油漆匠的杰作。有一天她在那个十字路口等那个油漆匠，直到看到那个油漆匠刮在额前的头发。她挡住他，她说：我们主人家要油漆楼栏杆，还有两个墙面。她说：我向他们推荐了你，说你是青塘在 D 城最好的漆手。

故事就是那以后发生的，她和他的关系，还有那个花瓶的碎裂。他们的情感也借势进展得很快，那个种子就是在那几天种下的，那个花瓶是在种下种子后的一天碎裂的。砰——花瓶粉身碎骨，声音又脆又长，主人家的狗忽然在楼梯上疯狂地蹿起来，在客厅口汪汪地叫，叫声里透出一种哀腔。穗儿的心一下子碎了，穗儿知道花瓶的价值，她几乎每天都要抚摸那个花瓶，用一种特别的布擦拭花瓶，主人几乎每天都要端详一阵，花瓶是主人很崇拜的一个人物送的。她知道主人多么爱惜这个花瓶，那个搁花瓶的柜子柜门轻易是不打开的。

花瓶碎裂的刹那穗儿的心碎了一地，穗儿知道自己当不成这家的保姆了，还有油漆匠半个月的工钱也要不成了，甚至他们在 D 城也没法待了……穗儿就是在那一天决定和油漆匠私奔的。

油漆匠很犟，她没有想到油漆匠会拒绝离开。

可我们是要离开 D 城的。

不……不就是一个花瓶吗？

你不知道这花瓶的价值。

我能赔！

是另一件事让油漆匠离开 D 城的。

油漆匠很犟地等到了主人，他从主人的讯问中知道在 D 城同样的花瓶另一家还有一个。这是一对特别烧制的花瓶。

油漆匠是和同伙去偷那一个花瓶时被擒住的，他还生了其他的贪欲。咬住油漆匠的是一条大狗，接着来的是闪着警灯的小车。穗儿在又一次流下眼泪时想到了主人曾经的惋惜，他惋惜过的一个花瓶，一个在市场上失之交臂的花瓶。她去找他，他惋惜了一阵花瓶，一副为富不仁的腔调。他最后说：想让我放他一马，想让我帮你们，除非你给我找到那个老花瓶。穗儿是几天后走上河滩的。

4

曼小顾的沙子卖得快，整个河滩数他的沙子卖得快，卖得快是因为他的沙子成色好。挖沙子也是需要技巧的，这技巧是曼小顾花了十年的工夫修炼出来的。尤其最近，曼小顾掏准了一个沙子窝，那沙子像亮亮的水晶，沙子卖得更好了，曼小顾简直没有歇口气的工夫。那个买沙人喷着烟雾，说：老板就相中了你的沙子，就让买你的沙子，你他娘的沙子里含金了？曼小顾在外边打过工，干过和沙泥砌砖墙的活儿，他知道好沙子和赖沙子干出来的活儿是不一样的，就像新棉花和旧棉花做出来的棉衣和被子，不但看着有区别内里更是不同。曼小顾说：我得歇歇了，我得有个礼拜天，我的腰都快直不起来了。买沙人急了，你这是要架子呀！你这是刁难我呀！你一个卖沙子的也闹腾着涨价呀！我给你出的价比别人低吗？你满河滩里问问，我是不是对得起你！你以为我真的买不着沙子了呀？曼小顾不急，他停下装沙子的锹，说：你出的价比天高我也得有个休息日吧！买沙人说：你要什么休息日！曼小顾，你不能这样。你不信就跟我去工地上走走，看看我们需要多少沙子，你的沙子根本不够用，一整个工地呀！不过你的沙子是定点用的，是用到重要关节上的，曼小顾，你的沙子要说好也真是好，你他妈的有运气，你的沙子简直就像他妈的沙子里的精子。那个人捧起一捧，沙子呼呼啦啦地从他的指缝里流出来，落在沙滩上撞出重重的回音。曼小顾知道自己的沙子好，自己总有掘到好沙子的运气，镰头一掘他就知道又撞着好沙了，是有节奏有回音的沙。曼小顾很兴奋，这么多年他学会听沙子的叫声了，曼小顾一听沙子这样动听的声音就要好好地笑一阵。可关键是曼小顾想在家吃顿安生饭，他有半年没在家好好吃一顿午饭了，没有在中午和穗儿做过，好像在中午加一次只是蜜月里的往事。他想知道穗儿在家都干些啥。那天的晚上回到家，儿子断断续续地说她一天都不在家。他盯着穗儿，穗儿说：小顾，我没有干啥，我就是在院子里待烦了，出去绕着村转圈儿，我身后跟着咱家的狗。后来，我搭车去了趟城里，我在城里还是转圈儿，我只是转圈儿，一分钱都没花。穗儿忽然看着他说：曼小顾，你是不是怕有一天我不回来了，哎呀，小顾，要是有一天我真不回来了……曼小顾捂住了她的嘴。曼小顾相信穗儿的话，小顾跟穗儿逛过街，就是大街小巷地转，盯城里的花，盯城里的狗，感受城里一穴一穴的风。小顾跟着穗儿在心里叹，穗儿还真像城里人呀，看她那走路的样子，仰头撅屁股的姿势。他不知道穗儿在他的跟前又开始回忆了，她的眼泡里漫上了一层泪，眼前的路和楼之间弥漫着碍眼的雾，在雾气里有一只神秘的花瓶，她伸出手，可是花瓶消失了。其实她背着他一直都在找花瓶，可一点儿也没有花瓶的消息。曼小顾说：不是，穗儿，我就是觉得丢下孩子不放心！穗儿说：儿子我托人管着呢。

5

　　一个大雾天，曼小顾还是往沙场里走，还是每天来掘沙、卖沙，把抛出的沙子码成方方正正的堆儿。雾漫着，小顾蹲着不想动，雾障得眼连沙子的粗细都看不清，沙滩上的草都恍恍惚惚的。那些买沙的车还是在雾中往河滩上拱，防雾灯像一截快燃尽的小蜡烛。这样的天不是好兆头，风把雾刮得一绺一绺的，像一层层鬼气。这样的天真让人憋气，表哥福贵就是在这样的天里出事的。果然听见了嗵的一声闷响，一辆亮着小蜡烛的车栽下去了，接着是一个女人很尖厉地叫了一声。曼小顾跑过去，太阳呼啦一下漫开了，一片鲜红展在眼前，是皮三的老婆，皮三的老婆是来等买沙车进沙窝的，曼小顾声嘶力竭地喊：皮三嫂啊……

　　曼小顾歇了三天，还是扛着筛子出门了，晨光从筛眼儿里往身后钻。曼小顾的沙坑还在那里等他，这是挖沙人的规矩，谁掘的窝就是谁的。

穗儿已经出去三天了。

穗儿是那个早晨来河滩的。

穗儿在河滩里待了一个时辰曼小顾才看见她。那一天的早晨没有那么大的雾，穗儿穿了一件绛紫色的风衣，脖子里飘着一条金黄色的纱巾。穗儿说：曼小顾，我来数数你挖了多少个沙窝了，你是不是把钱给了别的女人了。其实穗儿来河滩是因为听曼小顾说：那个来自 D 城的买沙人的口音怎么跟你的口音那么像啊？穗儿一下子就想起了 D 城，想起了青塘，想起了那一伙油漆匠的窝。其实，那年来河滩后穗儿每年都去一个地方，那个地方在 D 城的一个小区旁边，可那个地方已经物是人非了，那些油漆匠像长着翅膀的鸟儿早就不知飞到哪棵枝上去了。而且那个人已经出来了，她却找不到他的影踪。她的心就是这样慢慢冷的。

穗儿在早晨的河滩上望着远方，远方就是一条南来北往的大路，就是她当年下车的那一条路。她看见石头缝里挤出了灿灿的小油菜花，花茎很细，花苞瘦小。终于听见了汽车的声音，那个买沙人来了，开的是一辆小东风。一接话茬，果然听出了青塘的乡音。她对买沙人说：大哥，搭你的车去一趟 D 城，省个路费。买沙人说：小事情嘛，这样一来我路上也不寂闷了。

一上路穗儿就打听那个油漆匠，青塘人都知道油漆匠的事。买沙人说：都怨那只狗，不然那花瓶都抱出来了。她没跟买沙人说更多的事。可是买沙人忽然有些烦躁，忽然不想说了，直到走到半路买沙人才又终于又接上了中断的话题。他妈的，不说了。买沙人说：他妈的，那个人早不做油漆匠了，他发了横财，我们谁也见不到他了，谁也不愿意去见他了，那个人，嘿，那个人的日子现在算快活了……开车人的话时断时续，前边有一只狗，他把喇叭拍得刺耳。

穗儿在一个急刹车的当儿听见了花瓶碎裂的声音。

穗儿再见到曼小顾是在 D 城的一家医院，那天的早晨下了一场雾，雾里洇上了厚厚的潮气，水声零零落落打在草叶、沙丘上。曼小顾在这个雨天被沙埋了。曼小顾在雾渐渐退去时看见一只古花瓶，那种青蓝色的古花瓶，是曼小顾淘出那个"陶罐"后又掘出的一件。沙窝就是这时候趴下来的，雾把沙窝压趴了。幸亏曼小顾被发现得及时。穗儿弯着腰，曼小顾眯着眼，蒙胧的记忆里是雾中的花瓶。曼小顾看见了儿子，穗儿牵着儿子的手。曼小顾忽然笑了，侧过头盯着儿子的裆，盯着儿子小鸟儿的地方，伸出手抓住了穗儿的一只手。曼小顾说：其实，我知道你在找一个花瓶，其实，儿子提醒过你，床头下的那个就是……就是那只……

穗儿的泪吧嗒掉下来了，很沉，她使劲地摇头，一只手抓着儿子，一只手抓着曼小顾。

蜻　蜓

一

从拘留室到提审室，马小驮走得很慢，走得很从容。马小驮闭着眼，像走向一片茂密的玉米地，一步步，好像在敲打着一个井的穴位。他的耳朵里是打井机呼噜呼噜的作业声，脚下似乎流淌着隐隐的水声。审讯的时候，他还是一直闭着眼，根本没听审讯人员的提问。终于张开干燥的嘴唇时，他说："你们在说什么？我没听见，我只听见打井机的声音，呼噜呼噜的。"审讯人员拍了下桌子："对，就是和井、和女人有关，你说，你是不是找过人家的闺女，那个傻闺女？"

马小驮仰着头，很迷惘的样子。

因为马小驮井打得好，瓦塘人叫马小驮水仙儿。马小驮小胳膊小腿，头发像霜打过的树叶儿一样卷曲着，嘴小得像老太婆，但嘴唇厚，眼大得像两个鹅蛋。这一带是一马平川的大平原，几百里甭想见一个土丘，更甭提山，见石头只能

　　　　　　　　　　　　　　　父亲的迷藏

去一条流动的沧河，能见到的也只是那种小卵石。这样的地盘上种庄稼就是大事儿，打井是比种庄稼小不了多少的大事儿。每一次测井穴，马小驮会认真得入魔似的：他先独自站在地头看风向，远距离打量土地，闭上眼，听着脚下的水流声。然后，他会绕着地走几个来回，弯下腰抓一把土，走几步再揪一把草，把土和草放在鼻子前闻了又闻，搁在耳朵上使劲地听。他甚至把一撮土或一个土坷垃撂到嘴里嚼，像嚼一粒花生米。马小驮终于顿住了脚，他的短腿定下来时，主家就知道马小驮找准穴位了，马小驮的一只脚已经踩在了井窟窿上。

打井前的一道程序雷打不动。井架扎好的当天晚上，夜深人静时，马小驮会从行李中掏出一个铜色的小香炉，把一炷香燃起来，空阔的原野闪出几盏星光；他虔诚地跪下，嘴里念念有词。在马小驮的念叨中，地下水顺着铜色的香炉徐徐地漫上来，地下河翻腾出哗哗的水声。有了这样的感觉，他知道就十拿九稳了！一次在大丘庄，头一天的夜里，大雨大风一个劲儿地不停，香一直烧不成。第二天，一轮火炭从东方挂出来，井架下积了一洼水，水扭着蛇身顺着地上的针眼儿往地下浸。伙计老四要开闸，马小驮跺了跺脚："不行。"老四说："好穴位，水积了一个洼，又顺着洼儿往下走哩。"马小驮说："不行！"等到夜里马小驮又捧出了那个小铜炉，铜炉里冒出小火星，香燃得很好，马小驮这才松了一口气。

瓦塘镇有十二个行政村，十六个自然村，带塘字的就有八个：瓦塘、刘塘、左塘、尚塘、老塘等。表哥的家在老塘，马小驮是在表哥家认识瓜英的，老塘村的人叫瓜英傻妮儿。每一次看见瓜英，瓜英都是愣痴痴地站着，更多的时候瓜英闭着嘴，手托下颌眯着眼睡觉或者看天，她的身体倚着院里的那棵大椿树，椿树上的小花瓣雪粒儿一样沥沥拉拉地往下掉，把瓜英身上落得星星点点的。瓜英把花瓣捏下来，在腿叉里整齐地撮成一个小堆儿。每次去老塘，马小驮都看见瓜英倚在椿树下，她的腿叉里总放着从树上落下的东西，身上收拾得挺干净。表哥说："这个傻孩子，倒是懂得收拾自己。"马小驮摇头，他不相信瓜英像表哥说的那样傻。

后来马小驮和老四有了自己的打井机。马小驮去表哥家的次数少了，但每次去都能看见瓜英在椿树下待着，马小驮似乎从那双眼睛里看出了一层清纯，他趴在墙头上看着瓜英想心事……

二

第二次提审马小驮时，马小驮说到了小香炉："那个小香炉，我已经带在身边二十年了。"他梗梗脖子，接着说："我信这个小香炉，小香炉是二十年前打一眼深井时带出来的，它窝在泥里，那窝泥散开，小香炉把我的眼打蒙了。它丝毫没有损伤，它的铜色刀尖一样锃亮，从那天开始，我在每打一眼新井时都烧香。我是拜土地、土地爷，没有土地就没有

　　　　　　　　　　　　父亲的迷藏

我这营生，这一马平川的大平原得打多少井啊。"提审人试图从他漫无边际的谈话中发现蛛丝马迹，就任他不着边际地往下说。"我相信运气，我打井的运气不错，几乎没有打过一眼废井。"马小驮又细又短的脖子朝天花板仰着，一双大耳朵灌着从窗口透进来的风，夏天就要来临，风里卷进了一丝燥气。马小驮不知道他们的企图，还在回忆："小香炉真的给我带来了运气，我真的想不起来什么时候打过废井。土地其实是会说话的，我能从一炷香的火色，知道一口井能打到啥样的程度，打多深能成，我能看见水的流向，水的流向和风向、天向是一脉相承的。"提审的人员听得有点入迷，但很失望，他们简直想对他动刑了，提醒道："马小驮，你别东扯葫芦西扯瓢的，说你和女人的事。我们有证据，我们有证据才抓你的！你他妈的别往外撇，坦白从宽抗拒从严！马小驮，你不要绕弯子。"

马小驮沉默了，他闭着眼，不说一句话。提审人说："你这个熊样倒像个小香炉。"

马小驮不想说女人，好像他感兴趣的就只有打井了。马小驮曾经有过的女人是外地人，大脸大屁股，锁骨高得像一座山，马小驮趴上去时像一只蛤蟆。女人是尚塘村的一个交易员捎过来的。马小驮出了五千块钱，五千块钱就过了一年多。交易员说，他去内蒙古贩马，半路上碰见了那个女人，女人站在路边的一棵树下，楚楚可怜。马小驮带她回家时，女人的大脸被阳光照得像一个金盆，凌乱的头发像一垛草。女人个大，头发的稍尖儿正好落在马小驮的膀头，他的头尖儿和她的双乳一般高。女人和马小驮过了一年多后，一个刮着燥气的夜晚，女人披散着头发，咬着嘴唇，两只蒲扇大手搂着两个膝盖，眼里射出一种燥气。女人说："马小驮，也许我该给你生个孩子。"她说着，拽出了挂在床头的包，把那些药片和塑料膜扔了一地。"马小驮，你怎么连我的包都不动？你他娘的，咋不把避孕药换成安眠药？你的心眼儿都用在打井上了，老娘这口井你能不能用心打啊？"马小驮摇摇头，说："我相信运气！"女人说："马小驮，你来吧！"女人睁着放电的眼，铺展开身子，整个床都被她铺严了，雪一样的身体弄得马小驮心慌意乱的。女人说："马小驮，从现在起，你攒着劲给我种孩子。"马小驮上了，但上完了，马小驮摇摇头。马小驮说："我不一定有这运气，我没听见深处流动的水声，我的井机好像捣不到一潭水。"马小驮相信他是打井机，而在他排山倒海时没有听到山洪狂泄的暴发声，没有听到涓涓流动的泉水声，没有感受到地下的水汽。生孩子和打井一样需要相融，这是谁也逃脱不了的自然规律。果然，几天后女人就不是马小驮的女人了。那一天，村子里晃进一个瘦瘦的男人，贼一样的眼骨碌碌转，走在村巷里像乱嗅的狗。傍晚的时候，男人带着几个公家人进了马小驮的家……

黄昏降临，马小驮被一层孤独覆盖了。他爬上房顶，警灯还在村外的路上闪。从此，他变成了地里的一棵草，很少回家了。

水仙儿几乎成了风餐露宿的野人。

三

那一年，马小驮在左岸村一气打了十眼井。和郭秋燕发生那样的事时，他已经在左岸村打了六眼井了。为郭秋燕家打的那眼井是几年来最费力气的，差一点儿让"水仙儿"岔了眼。郭秋燕家的地在村庄的东北角，左岸村的第五眼井快打好时，马小驮跟着郭秋燕往她家的地里去。路边的葛巴草、抓地秧把土皮都铺严了，郭秋燕对马小驮说："就这片蒲扇田，你就看着打一眼井吧！"

在这片田里，马小驮第一次碰见一双火辣辣的眼睛。郭秋燕核桃大的眼瞪着马小驮，瞪着这个名闻一方的"水仙儿"，脚下拧出了一个坑，兔子一样的奶颤起来。马小驮有点撑不住了，他闭上眼，闻着掠过两扇耳朵的风，风燥燥的，没有一撮潮气。马小驮催郭秋燕："你走吧，井打不成，不要你一分钱！"郭秋燕说："你是井仙儿，哪有打不成的井。"马小驮伸手，从郭秋燕的手里接过一盒烟。这是瓦塘的礼节，每次看井穴，都会给马小驮揣上一盒烟。

郭秋燕说："马小驮，你就不怕自己旱得冒烟了？"

在给东北旮旯搬运井架时，小奔马的轮胎瘪了，井架支下的夜里哗哗啦啦又落下一场白汤雨。马小驮钻在帐篷里，铜香炉贴身捂在肋骨上，老天爷一直没有给马小驮一个烧香的机会，白汤雨啪啪地在田里砸着坑。后来马小驮侷侷地杵在井架前，他仰着头，想从雨浪中找出一丝蓝光。在他彻底失望的时候，他第一次破例，在雨柱里把香烧了。他对着香炉，头点在雨水里，他不想错过农历十九的黄道吉日。

井打到第五天，马小驮对老四吼："停！"马小驮挥挥手说："挪！"老四不想挪，挪一次井穴得大动干戈，得花一天多的时间，皮和骨头都会撕扯出一道缝儿。马小驮一屁股坐到操纵机前，哗啦，井头一个猛子扎下去。马小驮说："老四，你瞎着眼听听。"井头正咬在十几米深处的蜡浆层，正和石层咯嘣咯嘣地打着架。

莫非老天要败我这水仙？

没有。挪过位置后井打得顺利起来。

一天夜里马小驮忽然想起郭秋燕的那句话："马小驮，你就不怕自己旱得冒烟了？"马小驮握着井机的手停下来。夜深了，野地里剩下他孤零零的一个人。老四回家了，满世界都是他自己，周围高高低低的土地黑黝黝地把他包围着。好像是那句话把他的孤独点燃的，他的身上火烧火燎的，水仙儿也不能泼灭自己身上的火。马小驮停下井机，无边的旷野马上静了，远处的鸟声大起来。马小驮吸着烟，摸到了帐篷边的谷妞子草，谷妞子的毛穗扎着他的手，毛茸茸、暖洋洋的。马小驮的泪落下来了，落在地上扑嗒扑嗒砸出星星点点的坑。马小驮的眼模糊了，他竟然看见了一个女人的身影。郭秋燕在这个深夜把他箍住了。

"马小驮，你身上真的冒烟了。马小驮，俺心里服你啊！"
马小驮听见露水在身下扑簌簌地响。

四

在尚塘村打了八眼井后，马小驮把井架搬到了老塘。

这年秋天的蜻蜓格外多。来老塘的第一天午后，他就去了表哥家。他叩开表哥家的街门时，又看见了和表哥家一墙之隔的老椿树。他对表哥说："我来老塘打井了，恐怕得打两个月，要把一个秋天都打过去了。"表哥说："老表，你这井仙儿的活儿一辈子也干不完，平平展展的地都被你戳出一个个的窟窿了。"

其实他是来看瓜英的，来看那棵老椿树，椿树上吊着的椿牌儿。瓜英依然坐在椿树下，椿树下放着一个草编的圆凳子，瓜英坐在凳子上往头顶望，瓜英长高了，长宽了，头发留得更黑更长，<u>丝丝缕缕</u>垂到了臀部。他和表哥说了一会儿话，就想去看痴痴的瓜英，后来他趴到那半截院墙上，院墙上有他曾经趴过的痕迹，还留着他身上的味儿。他禁不住地叫了一声："瓜英！"

瓜英听见喊声扭过脸，她脸上很干净，眉毛弯弯的，睫毛长长的，身上是一件浅红的秋衣。瓜英站起来，脸上漫上一层笑，"你来了？"马小驮的心陡然地快了几个节拍。

走出表哥家，马小驮擎着一枝椿牌儿，就是这椿牌儿后来成了他被拘审的证据。椿牌儿含了籽，籽儿往外拱出一个个小奶头。椿牌儿是瓜英笑着递给他的，接过椿牌儿时他竟然郑重地对瓜英说："瓜英，我来老塘打井了，井架支在村东的黑塘地里，恐怕要打两个月，要打好几眼井哩。"

表哥喊他："你跟瓜英有什么可说的？"

马小驮不情愿地扭过身，说："我跟瓜英怎么就不能说说话了？"

"你跟她有什么可说的？"

马小驮还是驳："人家是你的邻居哩。"

表哥说："瓜英家又不打井。"

马小驮的脸有些往下沉，把一种神色坠得厚重："你怎么知道人家不打井？"

表哥说："她家地里的井天天往外冒水，咕咕嘟嘟的，管都管不住，你问问瓜英，再不信你去她家地里看看。"表哥看见他手里抓着一枝椿牌儿，说："你怎么抓了一把椿枝儿？"

马小驮说："是瓜英给我的。"

表哥说："扔了，她家又不打井！"

马小驮梗了梗脖子，往隔壁的椿树上看一眼："我不扔！"

那一天傍晚，蜻蜓像晚饭花一样在夕阳中开放，五颜六色，把天弄得炫目，草坪上、玉米叶儿上都飞起了蜻蜓，都闪动起蜻蜓的身影。瓜英好像是蜻蜓转生的，瓜英喜欢蜻蜓，喜欢有蜻蜓的时光，一到秋天她的腰就像蜻蜓一样灵活，她的衣裳也有了蜻蜓的颜色。马小驮回井架时看见瓜英正坐在一块玉米地的地头，眼里有活泼的笑意。马小驭喜欢玉米疯长的日子，玉米拔节的声音像一个孩子在往一片青叶上撒尿。在一望无际的青纱里他不再孤独，对着黑黝黝的青纱他从来没有害怕的感觉。

瓜英穿一件深绿色的短裙子，和裙子搭配的是一件粉色碎花的半截袖。瓜英望着蜻蜓，两手在稠密的蜻蜓间扒拉着，夕阳正从她的长发上一点点沉下去，青纱被低下去的暮色笼罩了。马小驭呆呆地看着，这样的女孩怎么能说她傻呢？她简直就是一个美女。马小驭像崇拜一个落凡的神女一样慢慢地踱过去，他不由自主地抚摸起瓜英的头发，那头发柔软光滑得和正常的女人没有一点区别。而后他摸到了瓜英的脖子，还有她的耳垂、她的下颌，他的眼已迷蒙得看不清瓜英了，他听见了瓜英的呼吸，不恐慌不紧张不喜不恼的呼吸，他听见蜻蜓在这个美好的黄昏盘旋在他和瓜英的周围，他甚至听见了蜻蜓的鼓励。马小驭胸中的岩浆喷发了，夕阳的余光已完全散去。他伏下身，像蜻蜓的细语，但很清晰，他对瓜英说："瓜英，我要抱你了，你不要动，你不要叫，你要是叫我就不敢抱你了。"瓜英还在瞅着蜻蜓，瓜英的手小心翼翼地捏着一只蜻蜓的翅膀。天上已经布满了橘色的小星星。他把瓜英抱了起来，玉米秆回应出清水一样流动的低吟。后来在他的回味里，瓜英竟然搂住了他的脖子……

第三次或者第四次，是瓜英自己踩进了那片花生地。

月光柔柔地照在青纱上，四周的玉米围着的是一块花生地，花生的藤蔓上开着淡黄的小花。马小驮满怀期待地躺在花生地里，他在等待着瓜英。上一次送瓜英离开时他对瓜英说，我们下一次见面还在花生地。他现在担心瓜英能不能摸过来，担心她是不是记住了他的话。他四仰八叉地躺着，看着月光，看着一轮半圆的月亮在天上挂着，听见花生地里脆脆的、亮亮的蛐蛐声。打井机在远处咔嗒咔嗒地响，老四还在开着打井机，打井机的轰隆声在旷野里显得又浑厚又遥远。他听见了玉米叶的扑棱声，听见了熟悉的脚步声，那双脚有些怯怯地踩进了花生地。他呼地坐了起来，马小驮的双眼湿润了。终于，他张开双臂，奔向瓜英，"你好啊，我的瓜英！"他把瓜英抱住了，沐浴在月光中的瓜英楚楚动人。然后他慢慢把瓜英放下去，瓜英的整个身子像一块玉，在月光下透着一层明亮的洁净，他听见瓜英在他的身下传出小虫一样动人的唧唧声。他想倾吐了，他的声音颤抖得有些可怜："瓜英，我不能丢开你了……"

也是那个夜晚，在瓜英的身影渐渐远去时，他看见了郭秋燕。

五

第三次提审马小驮时，马小驮忽然开口了。马小驮看见了蜻蜓，在满眼绿色的大院里竟然看见了一只蜻蜓。马小驮的脚步停下来，公安不知道马小驮为什么愣愣地看着草坪，还以为是马小驮的职业病。马小驮在这个春天，在看见那只蜻蜓的一刹那，所有的记忆蓦然复活了——他看见一个短腿卷发的男人走在瓦塘的田野上，他的短腿在哪儿站定，哪儿就该有一口井；大片的庄稼、大片的青纱、大片的鸟声、大片的白云、大片的蜻蜓都聚到了眼前，像赶会一样涌过来；他的眼前是一千里、一万里广袤的田野；小鸟铺展着通向天堂、通向地狱、通向另一个世界的道路……这些景象都在他的记忆里绕着圆圈，像一只记忆的螺旋。马小驮闭着眼，圆圈的内容清晰可辨。那个秋天的夜晚他和郭秋燕断了，从榆树后出来的郭秋燕骂他傻瓜，揪住了他的卷毛，把他摔进了路边的小沟。沟里的水没有把他泡醒，他执拗地对郭秋燕说："我已经对瓜英掏心了。"郭秋燕把他打井的窝棚砸了。老四扯住郭秋燕时，马小驮一脚踹开了老四。

公安没有想到，马小驮开口是从蜻蜓开始的："你们见过瓦塘的蜻蜓吗？一到秋天，那些红蜻蜓、绿蜻蜓、白蜻蜓、青蜻蜓、灰蜻蜓、粉蜻蜓……那么多的蜻蜓绕过我的井架时我就有了好运气。"公安静静地听着马小驮的叙述，"什么好运气？你都进来了！"后来马小驮幸福地闭上眼睛，似乎跑在大片的蜻蜓中，听着蜻蜓的唱歌，然后他徐徐地，终于说到了瓜英："你们以为瓜英傻吗？不！她只是不爱说话，她多么喜欢蜻蜓，你们看她捧住蜻蜓时天真的样子，真是个孩子。你们不知道瓜英有多么漂亮，你们细细地看她的身架，看她的腰窝、她的胸、她的屁股、她的鼻骨、她的小嘴、她又细又白的脖子……她的穿着比一般的人还要干净，你们看她身上脏吗？你们看她的头发多黑多干净，瓦塘和老塘的姑娘谁能留恁长的头发？长得都过了大腿。你们没有注意到她的指甲吗？她的指甲常年都涂着红红的指甲花，她家的院子里种满了那种花儿，红红的，像红蜻蜓的翅膀，那些红都被她染到了指甲上。"

公安被他的叙述打动了，"你怎么知道她一年四季都染指甲，用那种也叫凤仙花的指甲花？还是说说那一天吧，那一天的白天和晚上。"

几天前，马小驮固执地朝老塘走，越过表哥的家门径直进了瓜英家。春风中喇叭花开了，老椿树该结新一茬的椿牌了。在椿树下，他抓住了瓜英的手，手柔柔的。瓜英伸出白净的手抓住了一枝椿枝儿，椿叶儿泛着香气，椿牌儿刚结成扁扁的雏形。接过椿枝时，他忍不住把瓜英抱住了。他多么想念蜻蜓，要是春天也有大片的蜻蜓多好啊。然而，就是在这天晚上，老塘村的人听见了瓜英嘶哑的喊声，喊声拉得很长，像被激怒的一只鸟儿。在瓜英的喊声中，一个身影仓皇地逃走了。留下把柄的马小驮被请了进来。

马小驮再往窗外看时，只看见了一片青草，没有再看见那只飞在青草上的蜻蜓，刚才的蜻蜓好像是一种幻觉。他忽然什么也说不下去了，什么也想不起来了。闭上眼时他想起秋天的玉米地，一望无际，玉米深处的花生地圈住了满天的月色。他不想说了，又一次闭上眼睛时他说了一句："我应该去给别人看井穴了，那些打井的声音多好听啊！"

谁也没有想到会是这样的结局。

公安把瓜英带到了拘留所，公安让瓜英去见正在接受提审的马小驮，马小驮的脸上长满了硬草，卷曲的长发被剃成了草芽。公安想让瓜英指认马小驮，这样案子很快就能结了。瓜英和马小驮瞅见对方时却"呀"的一声愣住了，瓜英的身子好像打了个战，然后向马小驮扑去。公安以为，这下案子要水落石出了，瓜英扑过去是要报复强暴她的人。可是瓜英却使劲地掰着手铐，脚在地上使着劲，脑门上的汗密密麻麻地淌出来，泪水和汗水混在一起，落在冰冷的手铐上。她扭过头，非常清晰地对公安说："恁……恁给他打开，给……给他打开，我不让他的手绑着，我要他给我捉蜻蜓，我要他的手，我要……我要给他椿牌儿……"

瓜英拉着公安的手往街上跑，几个公安紧追在后边，后来瓜英把他们带到了老塘村北的一个沙河滩上，他们看到了河滩上住着的一个人……

还来得及

1

老夏频繁地往街上跑是从一张报纸开始的。那张报纸不知道是从哪儿得来的，关键是报纸上有一篇关于见义勇为的报道：一个中年人在湖边摆了一个钉鞋的摊儿，因为见义勇为，儿子高考差几分被破格录取了，学费也得到了捐助。老夏把报纸藏起来，隔几天拿出来看看，整篇文字都被他嚼熟了。老夏动了心：儿子也要高考了，自己为什么就不能干出点见义勇为的事儿呢？

老夏手上有一块表，一条皮表带黄不拉叽的，不知道用了多长时间了，表带子是从旧货店里买的。老夏相信这种表，一看这表就知道有年代了，那年代的表质量挺好的。当年厂里的黄大眼当了劳模从北京得奖带回来的就是这样的一块表，黄大眼一直不舍得戴，用红布包着藏着，隔一段时间拿出来炫耀一下，在太阳下晾晾，还老是看着表掉眼泪。老夏眼气死了，

　　　　　　　　　　　　　　　　父亲的迷藏

对老婆说："咱也当劳模，也领这样的手表戴在手腕上。我他妈的绝对不像他黄大眼，他太小气，表捂在柜子里都长毛了，我就要天天戴着。"老婆说："你别做梦，你得不了奖，没那个福气，得奖的人一种是太憨，天天死心塌地地干；一种是精明，脑袋活，会捣鼓技术发明什么的，你有吗？"真让老婆说中了，直到老婆死了，他的奖都没得成，后来厂子也停了。这块破表，实话说是为了儿子买的，儿子是高三的学生，马上就要高考了，他得掌握时间，儿子什么时候放学、几点吃饭，他得给儿子安排好。这个表现在就是他的指挥，什么时候让他回去他就得回去，儿子的事儿不能耽搁。

　　他穿一件儿子淘汰的T恤上街了，专门往人多的地方挤，有时候会突然跑起来，长胳膊一前一后，摇摆得有些笨拙。他跑的时候觉得那地方出了问题，要不怎么会忽然围了一圈子人呢？老夏有时像一个侦探，弯着腰，聚精会神地扎进一个商场。有一次，他走进一家电器店，盯着柜台内一个身段高挑的姑娘，姑娘的前胸让老夏盯得蹦起来，眉往下低，睫毛上挂满了怒气。老夏挺了挺身，尽量压低着嗓音："姑娘，这商场有小偷吗？""什么？""有小偷吗？"姑娘看着眼前的大个子，看着他搁在玻璃板上的长胳膊，他的手上起了一层榆树皮似的皱纹，问："你是从公安上退下来的吗？""公安？"老夏摇摇头。"那，你有病吗？"一副逼退老夏的气势。老夏走出商场，仰了仰头，又猛地转身，伸出一条长臂："你听过那个故事吗？一个下岗工人在湖边见义勇为……"可是，姑娘已经不耐烦地忙去了，空落落的柜台前只剩下老夏。

老夏的目光一直关注着和他家对面的那座小楼。小楼的气派让他家的老房子相形见绌。老夏不在乎，老夏在乎的是两家房子的距离正好可以形成一种最佳的观察角度，小楼里椿树叶儿的震动都能进入他的视线。小楼离他家大概有三四十米，开门声和关门声都会让老夏敏感。雨天，小楼上的雨点格外白，一缕缕的雨雾比地面上重。小楼里住着一个女人，女人的男人几年前死于一场暴病，女人现在的公司是她男人丢下的。女人常和公司的业务员去外地，那座小楼经常空着。女人很会打扮，脸上的沧桑被脂粉掩盖着，男人死后她没有瘦下来，身体还一如既往地丰腴。老夏对女人的印象不错，老婆在时，两个女人家长里短地聊过，老婆还喜欢往小楼里跑，老婆住医院时那个女人还去看过。

看过报纸后，老夏的注意力往对面投去。阳光洒在严光街上，光阴在严光街上流动。老夏坐在院子里，听着踩过街道的脚步声，如果对面有声音，老夏能断定小楼是开门还是锁门，女人是出门还是回来。送女人的车，每次离开严光街会摁两声透亮清脆的笛声。有一次，儿子忽然看着老夏："爸，你又盯着人家干吗？"老夏扭过头，儿子瘦长的脸上没什么表情，是一本正经地在问。老夏把两只手落在儿子的肩上，嘎嘎地笑两声，说："好好学习吧，儿子！爸就是瞎看。"儿子说："爸，别老看人家的小楼！"老夏叹口气，笑一笑。老夏说："没什么，如果真有什么，有一天你会明白的。"

　　　　　　　　　　　　　　　　　父亲的迷藏

日子平淡得让老夏有点急了。有一天老夏踱到了他下岗的南岗机械厂，在厂区的周围踱步：老厂荒了，以前从来没有过的野蒿疯长着，老鼠从草窝中钻出来，在阳光下晒暖儿。这让老夏黯然神伤，紧张忙碌的日子真的远了，没有了丁点的影踪，这地方，怕是一辈子都回不来了。老夏捂住胸口，老厂像他生活中的亲人，让他有了一种永失亲人的感伤。

　　看到老厂的破败老夏吊着一张长脸，他穿着儿子的棕色T恤，风往衣襟里灌。严光街正享受着晚霞的照耀，椿树上落着几只灰色的斑鸠和白色的鸽子，严光街和其他街道不同的就是长着旺盛的椿树。就是在这样一个傍晚，老夏看见女人站在小楼的大门前，似在开门又似在等待着什么。老夏进街门时，听见了脚步声，鞋跟拖在地上，一声跟着一声。她过来了，盘起来的头发在晚霞中像一个小山，额前的刘海随着脚步抖动。她站在两扇街门的中间，老夏从不知所措到向她拱手大约经过了不到一分钟的时间，只有两个人的世界，一分钟是极其漫长的。小楼女人先开了口："出去了，老夏？"老夏说："是！"小楼女人没有坐老夏慌张地从屋里搬出来的椅子，两个人的谈话最终是站着进行的。"天天出去呀，老夏？"老夏说："是！"俩人的问话和回答都很短，像古诗词里的长短句。老夏说完又慌乱起来："你知道我天天出去？"小楼女人眼里透出一种笑，诡秘而且轻浅。小楼女人说："有一次我瞅见你走来走去的，像有心事，你没什么事儿吧？"老夏说："我没事儿呀，你看见我瞅什么、干什么了吗？"小楼女人说：

还来得及

"其实我就看见过你那么一次，老夏，我不在家的时候我这个院子你要帮忙多瞅瞅。""我……我一直都瞅着呢……瞅着呢。"小楼女人笑了笑。老夏这才发现自己上当了，说漏了嘴，她其实是在试探自己。这个女人，鬼着呢。小楼女人问："有什么事儿需要帮忙吗？"老夏说："没，没有。""你儿子今年高三了吧？"老夏说："是，关键时候了，胜败在此一举。"女人走了。老夏站在门口，瞧着女人丰满的臀在严光街上扭动，几步就跨到了路那边。椿树叶遮着淡薄的夕阳，将阳光一小片一小片地筛到街上，楼顶上的雾气散了，几只鸽子在楼顶上旋，旋了几圈又落在楼顶上。啪——铁门关上的声音。

2

在菜市场老夏被人喊住了。没有老婆后，他每天都要到菜市场里来，挑儿子喜欢吃的菜。"老夏，老夏。"老夏在人群中搜索，终于看见喊他的女人站在一溜的鱼摊前，脚下是一个大铁筐笼，筐笼里是几条金鳞的大鲤鱼，水被鲤鱼摇头摆尾地搅动出一股腥气。女人叫张小青，在工厂时和他在一个车间，是车间女人中比较有姿色的。张小青在车间时就爱和老夏说话，有一天下班，张小青推着自行车脸朝着车后。工友问："张小青，你咋不走？"张小青毫不隐瞒地说："等等老夏！"后来，下班时车间的工友就和老夏开玩笑："老夏，快走吧，人家小青又在等你呢！"那时候张小青已经离婚了。老夏是个腼腆的性格，工友们越是说这话，老夏越是躲着小青走。这都是离开厂子之前的事，已经有几年没见过小青了。老夏不知道张小青在菜市场上摆了摊儿，不知道张小青在市场卖鱼，他和儿子好长时间没吃鱼了。现在老夏看着筐箩里那些蹦跳的鱼，忽然有一种给儿子做鱼吃的欲望。在那一刻老夏的舌头打起皱来，久违的鱼以及工厂里那些活泼的日子蓦然间让他黯然。张小青说："老夏，你整天都在干什么呢？"老夏看着张小青，说："没……没干什么。"张小青说："你去我们那个厂里看过吗？"这一问，老夏心里的憋屈又被勾起来了，老夏说："荒了，荒了！"老夏说："到处都是野草和老鼠，树上倒有一群一群的鸟儿叫得很好听。小青，不提厂子了，不提了。"过了一会儿，小青又追着问："老夏，回厂里没有指望了，这样吧，我想找个帮手，你和我搭个手卖鱼吧？"

瞧着一群红翅的鲤鱼，短命鲤鱼正搅着盆里的水，老夏摇摇头，想起一直藏在心里的使命，一直默默寻找的机会，老夏心里很堵。小青进一步劝老夏："老夏，你不用和我在这儿站着，不用和客人讨价还价，只要你每天清早帮我去拉一趟鱼。"老夏还在瞧着筐箩。张小青说："老夏，在梨屯镇的苇湖，那儿有几个大鱼塘，厂子兴旺时咱们结伴去看过那片芦苇。"

差不多是十年前，他和张小青，还有老婆，还有林满凤、车间主任老柳。那一天他们领了奖金，说我们去郊游吧。就去看了大苇湖，听了苇塘的鸟叫，还在苇湖边唱了歌，坐在草地上喝了带去的啤酒饮料。张小青的话让他的心忽然腾起一种反差感。

"就这样吧，老夏！啊，说定了。"

什么叫说定了，这个女人。老夏想着得赶紧着去买菜，他扭过身，穿过人流，丢给张小青一个背。小青磕磕绊绊地撵过来，在人群里喊着："老夏，老夏，你丢个话嘛！"

再买菜，老夏故意绕过菜市场。有一次，他禁不住往张小青的鱼摊那儿伸脖子望了一眼，他听见了张小青的吆喝声。他匆匆地穿过人流，马上就被人流融化了。中午的时候，老夏打开街门，在他回头看对面的小楼时，门口已经站着张小青了。他吃了一惊。张小青说："老夏，我想找你谈谈，我知道你的情况，其实我去看老厂比你还早，老厂没指望了我才卖鱼的。老夏，人得找个活法，干耗着不行，我不逼你，我真的不逼你，我逼你有什么意思啊，苦兄苦妹的我是想让你帮我……"

老夏和张小青坐在一辆旧三轮车上，被颠得头昏脑涨的。走了近十里的土道才拐上一条油路，油路上出现了很多疤癞，三轮车呼噜呼噜震得屁股不断从座位上弹起来，颠得张小青的乳房像两只弹簧，要从衣服里蹦出来。他们搭了一个鱼贩子的车，出行时天还被一层晨雾包裹着，在三轮车里谁也看不清谁的脸。老夏想起张小青推着自行车等他的旧事，现在同船共渡坐在同一辆颠簸的车上。走了一段路，小青说："老夏，你跟着跑两趟，以后就由你替我拉鱼了。"老夏说："那哪儿行啊？"小青说："行！"伸出手在老夏的手上拍了拍。

太阳红彤彤地露出来，远远看见了映在湖水中的霞光，从湖边飞出的一群鸟像一张巨大的油画，鱼塘外边是一望无际的麦田，麦垄上的油菜花快要开了。老夏放眼望去，果然如小青所说，大小的鱼塘连在一起，鱼塘中泛着一团一团的水莲，鱼塘的边沿拉起了两米多高的铁网。开车的叫吕勇，吕勇抹了一下脸，张一张腰，嘴里迸出一个长哈欠连带着一个喷嚏。他捅捅张小青："拉谁的鱼？"小青没有搭他的腔，伸着脖子看鱼塘。起了风，树叶哗啦哗啦地响，湖中水荡起一圈一圈的涟漪。小青向一座小房子走去，房后有几棵长得很高的老白杨树，把小房子遮在一片树影中。小青没等走到房子跟前，就扯开嗓子喊："老秋，打鱼……"话音落地，房子里走出来一个瘦高的中年人，狐疑地瞅了老夏一眼，从一片空地上掂起一个网。哗啦——一群鱼被网兜上来。小青和吕勇看着脚下的鱼，捡大个的往旁边挑，把小鱼又扑扑通通地撂进水里。岸上的鱼挣扎着，扑腾着身子，尾巴和头部从两端向上翘，腮鼓动着，但吸进腮里的是岸上的风，不是已经习惯的水和水中的藻味。老夏忽然感到了生命的可怜，他想起星期天的动物市场，整笼整笼的鸽子被卖给饭店，成为老板诱惑客人的一道佳肴，心里隐隐地有些难受。

3

中午和傍晚老夏是一定在家的，儿子要按时吃饭，吃了饭要匆匆地往学校赶。进入高三星期天没了，天天都要这样紧张。去给张小青拉鱼后他已经给儿子吃了几次鱼。儿子说你不要破费，省着吧，我考上大学得花很多钱呢。他说："没事，这鱼是便宜的，我亲自看着从坑里捞上来的，绿色食品。"儿子说："爸，你受得了吗？"他说："我受得了，只是早饭给你做得不正常了。"

老夏越来越觉得失望，4月过去已经迫近5月了。他上街的脚步没有停过，即使很早起来去拉鱼，回来后他照样上街。他两只眼瞪得像一只鹰，不断听到哪里出了盗贼，或者谁在抢劫的时候被抓了，却一次也没让他撞上。他在电视上看到这样的消息，会狠狠地拍一声大腿，啪地就把电视关了。他妈的，怎么一个都没让自己撞上呢？怎么越找越找不到呢？已经是5月了啊，儿子马上就要考试了。晚上老夏掂着报纸在房间里踱步，报纸被晃荡得呼呼响。老夏说："真他妈的没运气。"

小楼女人来他家时手里掂了一把蔬菜，一个小食品袋里网着几个苹果。小楼女人说："老夏，这些东西我吃不了，我一个人放着也放坏了，你别嫌是剩的。"老夏不知说啥好，小楼女人顺势把东西搁在老夏的厨房里。小楼女人放完菜出来，在老夏的对面站住，没有要走的意思，说："老夏，怎么样，过得还顺吧？"老夏说："凑合！我和儿子挺顺的，我天天侍候儿子就指望他能考上个好学校。"小楼女人说："老夏，你真尽心！有啥难处吗？""没有！"老夏说，"还能过，日子

　　　　　　　　　　　　父亲的迷藏

能往前走就行。"小楼女人忽然对老夏说:"老夏,我老是做梦,做噩梦,一个人住在一座小楼里做噩梦让我有些恐惧。"

老夏说:"怕什么呢,那是你住惯了的院子,你别想那么多。"

小楼女人说:"做梦,就是做梦,天天做梦!"

"那你找个保姆吧,和你做个伴儿。"老夏本来想说你找个男人吧,一出口又把话拐了个弯儿。

女人离他很近,他闻见了女人身上的脂香味,像香椿树上的香气。小楼女人说:"我不在家的时候,你多留心一点我家的院子。"

老夏没接话,瞧着街边的椿树,椿树的叶子更浓了,椿枝儿沉重地往下坠。

张小青陪他去拉了几趟鱼后就不再去了。老夏每天坐在吕勇开的蹦蹦车上,扑扑通通地去鱼塘拉鱼。老夏和鱼塘的老板已经熟了,尤其是那个瘦高的老秋,老秋有时会额外送他两条草鱼,老秋对他说:"你儿子上不了大学就来跟我养鱼算了。"老夏说:"不能这么说的,我儿子一定行的!"老秋改了话题,说:"等你儿子上了大学,你来跟我养鱼。"老夏说:"你这话我还可以考虑。"

隔几天,小青拽老夏陪她去喝一场酒。和小青喝酒的都是那些鱼贩子和菜贩子,少不了吕勇和几个男人。喝酒都在晚上,脱掉了一身腥气,穿得干干净净,大口地喝酒,大口地吃菜。小青每次都是唯一的女性,大家伙都起哄地劝她喝酒，说一些荤话，有时喝了酒还要去包厢里唱歌。老夏不习惯，一次喝到半酣时，他独自去了大街，路灯冷冷清清地照着，街灯下是他孤零零的身影。小青跟了出来，老夏拽着小青往前走了几步，在一个阴影处，老夏问："小青，他们都是什么人，那个吕勇贼头贼脑的，会不会犯罪？"

小青摇摇头："什么贼头贼脑的？你不要想太多。"

两个人走着，走了很远，鬼使神差地走到了老厂外。整个厂区黑乎乎一片，他们摸了摸大门，锈蚀的铁皮呼呼啦啦掉下一片，他们听见了老鼠的叫声，看到鸟儿惊动了树枝，野蒿野草在夜风中摇晃。小青靠在老夏的身上，他们就那样站着，老夏紧紧攥着铁门的门框，抓得很紧。小青抓住他的手，喃喃着："老夏，你什么都不要想，过好自己的日子，啥事儿都不要问，只管好好地拉鱼，好吗？"小青仰着头，鼻尖抵住老夏的下颌。

老夏又望望老厂的深处，仿佛那里藏着什么东西，或者罪恶。

一天早晨，老夏按点儿在东风桥头等吕勇开车过来，薄雾像一层棉团裹过来又被晨风吹走。但车上跳下来的是小青，开车的是一个陌生人。老夏狐疑地瞧着小青。小青说："走吧，上车！"

"吕勇呢？"

"吕勇昨晚喝多摔伤了。"小青说。

半路上，小青干脆坐在车厢的底板上，头倚着车厢睡着了，歪着头偎在老夏的怀里。老夏不忍心推开她，因为倚着他要比倚着车厢舒服。老夏几次想问关于吕勇喝酒的事，他看了看半梦中的小青，又止住了。身后是三轮车颠簸起的尘雾。

下了车，老秋站在鱼塘拐弯的路上。老秋截住了小青："吕勇呢？"小青说："病了，不能来！"老秋说："他欠我二百三十块钱的鱼钱。"小青一愣，但随后说："老秋，老客户了，大气点。"老秋说："吕勇不是你！我看这小子不像好人。"小青说："老秋，弄鱼！弄鱼！二百块钱算什么事？他不还我还！我保证把你的口信捎回去，下次来就让他把钱还上。"

连在一起的几个大鱼塘水波涟涟，蓝色的水面溅着水泡，鱼游来游去。老夏站上一个高的地方，极目望去，满野的庄稼真是好看，像望不到边际的绿毯。老夏一阵冲动，他想做一个农民其实挺好的，拥有这么宽敞的田野，这么自然的风，还有这么大的鱼塘。

老夏再看到吕勇是在一周后。那些鱼贩子菜贩子又聚在酒场上，女的还是就张小青一个。一群人喝得很爽快，酒端到嘴边"吱"的一声倒进了肚里。老夏不想再参加这样的酒会，但小青邀请得很诚恳，执意要他过去。吕勇和老夏碰杯时，老夏摇头。吕勇跛着一条还没有完全好的腿，固执地非和老夏碰，而且还有第二杯，如果第二杯碰了，吕勇情愿独个儿再喝一杯。小青为吕勇说情，说："老夏，喝了吧，你又不是不沾酒。"吕勇的目光里藏着一种不可迂回的固执，老夏反感这种逼人的方式。张小青过来解围：她自己倒了个满杯酒，一仰脖先干了。又倒一杯，说："咱三人碰，我们搭伙这么长时间了，这杯酒得喝！"

后来都喝多了。

小青的腮上飞上红晕，头发散了。在酒桌的乱声中，小青向老夏走来，酒杯还在手里捏着。她拉住了老夏的手，叫了声老夏，身体在老夏的身前软下去。老夏脸一热去拉小青，叫着："小青，小青，你起来，你不能再喝了！小青，不能再喝了！"吕勇从背后抱起小青。小青推开吕勇，一杯酒洒在吕勇的脸上。吕勇又扑过来把小青抱住。老夏还是清醒的，他挡住了吕勇。小青在酒精的作用下轻轻地喊着："老夏，老夏！我们……我们去看老厂……去看老厂。"

老夏说："小青，我送你回去。"他扭过头对着吕勇："吕勇，你他妈不能耍酒疯！我们把小青送走。"吕勇嘟囔着："老夏，你他妈的去送！她让你送。"老夏瞪着吕勇，他一手拉起来小青，他想尽快送小青回家。吕勇在他转身时冲了过来，老夏的臀上沉沉地挨了一脚。老夏侧过身，掂起一个凳子。

小青的哭声制止了一场酒斗。

4

夏天的阳光更炽热，夕阳也走得慢了，老半天了，还在西山边吊着。老夏静静地坐在门口等儿子放学，看着严光街的椿树，在夕阳的树影里，小楼女人踏着碎步向他走来。

女人的头发湿漉漉的，披散的头发下是一张保养得很好的脸。"老夏，你每天早早地起来去干什么？"老夏欠起身支吾着，老夏没有想到这女人会问他这个问题。老夏说："我去拉鱼，帮人拉鱼。"

　　"拉鱼？拉什么鱼？"

　　"帮人拉的，原来和我一个厂的同事，她在市场上弄了个鱼摊。"

　　小楼女人说："你真不容易，比我还难！你看，我儿子已经在外地上学了，只要把钱寄过去就行。"

　　老夏说："我得对孩子负责，孩子就要考学了，我相信孩子能考个好学校！"

　　小楼女人说："会的！"

　　严光街的椿树显得很模糊，老夏想起这个夏天没有完成的使命，心里隐隐地有一种惭愧的感觉，难道这个夏天真要碌碌无为地过去呀。小楼女人说："老夏，别跟他们去拉鱼了，弄得满身水腥气。"老夏想发火，老夏一想发火眉头就会耸起一疙瘩肉。老夏想说，我为什么不能跟他们去拉鱼？我不拉鱼我干什么？我是什么人，我是你们那种做生意挣大钱的人吗？他又想起了这个夏天的使命，一个夏天快过去了，心里真急。小楼女人似乎看出了他的急，想安慰他。小楼女人说："你不要生气，我不是看不起贩鱼的，我是想求你跟我去办一件事儿。""你求我？我能办什么事儿？""老夏，我是想让你跟我出去一趟！这么多年了，我信任你，我不想求别人。"

还来得及

老夏有些疑惑，女人怎么会求起了自己？"跟你出去，跟你出去干什么？"小楼女人的话有些诚恳，说："外边有几笔账，都是他在时留下的，手续都有，我得出去讨回来。最少得出去讨，不能这样不了了之，我想求你陪我去。"

　　小楼女人说："老夏，我给你报酬的。""不！"老夏说。老夏其实是在惦念孩子，惦念他这个夏天的使命，老夏又无端地有些烦躁，他感觉严光街的椿树愈加模糊了。老夏说："我不合适，我还得照顾孩子，孩子丢家里不放心。"

　　女人说："可是，我想了好久，还是想让你跟我出去，我按比例给你报酬。"老夏说："不合适！真不合适！"小楼女人说："我们很快就会回来。"老夏仰着头说："我得想想，得和孩子商量。"

　　女人走后，老夏还是怔怔地瞧着严光街的椿树。椿树街正沉入越来越深的夜色里，老夏看着小楼墙根的两棵树，这两棵椿树离墙太近了。

　　没有想到小楼女人会做通儿子的思想工作，儿子竟然反过来做他的思想工作："爸，你跟阿姨去吧，小青阿姨让你帮忙拉鱼你能答应，帮阿姨去一趟外地为什么不能呢？爸，你应该去，你老在家待着太寂寞了，去外边的城市看看，去吧，爸！"

　　孩子真是……老夏在这天晚上又找出了那张报纸，反复地看。他攥着报纸看着房顶，这个夏天过得真快，真让人憋气。

　　那件事发生在他回来的第三天晚上。

　　　　　　　　　　　　　　　　　　父亲的迷藏

白天老夏又去见了小青，和小青卖了一会儿鱼。后来又和小青去了一家酒馆，小青说给他接风。老夏感到有些可笑："嘿，我是经理啊？我当官儿了啊？弄那么多的规矩？"小青说："你以为只有他们那些人才配得上接风？呸！我不理这个茬。我们平凡人有平凡人的方式，有平凡人的快乐！你以为我为啥给你接风啊？我们是工友，曾经同甘共苦的工友！你知道吗？"老夏说："别说了，我承你的情还不行吗？"说着呼噜一声一杯酒进去了。小青问小楼女人给了他多少报酬。老夏说："什么报酬？"小青说："就是钱啊，她一个大老板不至于让你空帮忙吧。"老夏说："没有。"小青说："是不是给你的多你不好意思对我说？"老夏说："真的！还没给。"小青说："唉，夜里的忙帮了几次？"老夏说："呸！再说可就跑题了，我跟你恼了，你把我当什么人、把人家当什么人了？"他们喝着酒，一递一搭地争着。端菜的女孩说："唉，你们两口儿吵得挺有意思的。"老夏一愣："小姑娘，你乱说什么？我们吵了吗？你……你不能乱说的。"小青的脸红了，有点发烧。

　　这天晚上老夏睡得很晚，他又看了那张报纸。睡不着的老夏想去街上走走。

　　老夏看见了椿树，夜色中发出低微风声的椿树。老夏往外走，盯着椿树，小楼外的两棵椿树。老夏忽然愣住了：老夏看见院墙上有一个人影，那人影攀着椿树，从椿树上闪进了院子。老夏感到不对，噌噌几下跑到椿树底下，竟然唰唰地也攀上了树,也扑通跳进了院子。老夏看见那个人影撬开了门,看见小楼客厅的灯微弱地亮着,老夏知道小楼客厅的灯天天夜里都这样亮着,这是小楼主人的习惯,主人走后,小楼女人也天天让客厅的灯亮着。穿过亮着灯光的客厅就是女人的卧室。

贼。老夏断定。

听见了女人的惊叫,老夏大喊一声:"我来了!"老夏看见了女人,穿一身睡衣,脸色苍白……就是这时候老夏冲了过去。

5

老夏身上挨了五刀,两天后才醒过来。睁开眼老夏看见了鲜花,红的、紫的、粉的、洁白的各种花儿。老夏似乎在梦中就看见了这些花,花丛里有儿子的笑脸。

小楼女人叫了一声大哥。老夏看小青挤过来,小青叫着:"醒了!醒了!"老夏问:"我没有死?"小青说:"活着呢!活得好好的!你怎么能死呢?"小青说着,眼眶已经湿了。老夏说:"我看见了吕勇的车,在椿树底下。"小青说:"吕勇已经投案了,他是被雇的……"小青抓住他的手,老夏挣开小青,找着儿子,摸着身上的钥匙,钥匙上沾了血。老夏对儿子说,去,去把报纸拿来!

泪从眼眶里滚出来,他喃喃地说着:"还来得及!还来得及！"

小楼女人和小青都有些迷糊，异口同声地问："你说什么？什么还来得及？"

午夜理发

一

起风了，理发店的招牌在灯光中摇晃，风把街道上的声音压住了。正是这时候，那个人像一片树叶一样飘进了理发店，牟敏哦了一声醒来了，那个人立刻把她喝住了。牟敏努力地镇定自己，她觉得自己是在做一个梦，便使劲地揉眼，却看到店里真的闯进一个人来。此人胡子拉碴，头发蓬乱，像刚从什么地方拱出来似的，身上带有一种草味。男人在打量她的理发店。正面是一个大镜子，镜子里有一个蓬头垢面的人。墙上贴着各种发型的头像，头顶上悬着一个大吊扇。另一面墙上挂着毛巾，毛巾里散发出头发的酸咸味。这个男人看见女店主年龄不大，额头亮亮的，小嘴唇儿有些鼓，正惊慌地看着他。这个男人拽了拽头发说，是……是理发店吧？给我……给我理发。牟敏还在愣怔着，她想说太晚了，不干了。但她没敢说，因为此时夜已经很深了，村街上没了一点动静。她身子颤抖着，无助地斜眼看着对方，并暗暗自责：我怎么睡着了？怎么打了这么长的盹？她哆嗦着站起来，下意识地去摸剪刀，却摸到一条毛巾。她试着拒绝：太晚了，明天吧。明天？那个人说：我这种人还有白天？给我理，就一会儿。他把发干发灰的手指又往头上插，头发里立刻落下一些细细的粉。牟敏下意识地挪了挪椅子，她看见了搁在桌面上的刀。她想如果有什么事，就用这把刀。给我理发！快点，我还要赶路。赶路？对！去哪儿？往前走！往前？牟敏想那就是往南了，瓦塘南街的人出去都是往南走的，即使去北京、东北也是先往南走再坐车往北，车子会再路过村庄。她和丈夫就这样坐过，眼睁着自己的村庄被掠过去，那些鸟儿在村庄上飞，狗汪汪叫着跟着火车跑，像是看见火车把自己村庄的人拉跑了一样。牟敏感觉这个人是从北边来的。快点！牟敏开始挪动自己的身子，炉子上的水壶冒着热气，这时候要是能来几个人该多好。她把头抬起来，有些无助地望着窗外，身子显得更小了，可窗外只有满天的繁星。

洗头时还一直听着街上，哪怕有一个人的脚步声都会让她的胆子大起来，或者有一条狗过来都行。男人头上的味道很难闻，手握住头发像握住一把乱柴。牟敏把洗头膏打上去后，水立刻就黑了。牟敏想，一个人的头怎么能脏成这样，这个人究竟是干什么的？是一个逃犯，或是一个精神有毛病忘了家的人？牟敏从镜子里看对方，发现此人眼里有些黯然，不像有精神病的样子，那就是逃犯了。牟敏紧张起来，手愣在了他杂乱的头上，对方不耐烦了，说，洗呀。洗完头，那个人一字一顿地说，快给我剪头，太难受了。想怎么理就怎么理。嚓嚓嚓，牟敏按寸头给他剪，理了几分钟，那个人举了举手让牟敏停下来。牟敏停了，那人把门狠狠地闩上，又抬头看看头顶的灯和转椅旁边的一个小灯说，把灯拉了！牟敏不动，那个人又说了一遍，把灯关了！牟敏说，不行，没有灯我理不好的。那人说，亮个小灯就行。牟敏还是没有动。那个人找到开关，关上了大灯，屋里的光线马上暗了下来，牟敏只能摸索着给这个人剪头了。这时，门外的大路上传来了一辆奔马车的声音，牟敏的心一下子跳了起来，她真想奔出去，这么想着，她的手停了一下，那人警觉起来，不要停！牟敏又开始剪头，奔马车就在她犹豫的瞬间嗵嗵嗵地开了过去，不一会儿，村子里又静下来了。过去的奔马车让牟敏非常失望。房东家里今天也没有一个人。要是有一个手机就好了，丈夫说要给自己买手机来着，春天走时还惦念着买手机的事，牟敏说不急，这时候就显出手机的重要了。牟敏的手不敢停，一停那个人就催，说你快点，你快点行不行！牟敏的手在头发上又动起来，嚓嚓的声音在夜里回响，头发茬儿像落地的细雪，剪过的头看上去精神多了。牟敏又习惯性地看了一下镜子，镜子里是一个模糊的头，那个人突然把头转了方向，转椅跟着转了九十度弯，他说就这样理，不要看镜子，我的头你又不是看不见。牟敏想说服他，想对他说这是理发人的习惯，可牟敏没这样说。在运剪中牟敏似乎忘记了恐惧，镇静下来后，她想找一个话题，想了想，牟敏说，大哥，你

　　　　　　　　　　　　　　　父亲的迷藏

长得又不丑，为什么不让对着镜子，我习惯对着镜子给客人理发。那个人低着头，张张口，但没有说话。牟敏又追一句，大哥，这么晚从哪儿过来，怎么也没听见你搁车的声儿，是步行来的？遇着了啥事儿吗？那个人在她的剪刀下有些疲惫，说，理吧，哪来的那么多话。又过了几秒钟，问牟敏，好了吗？牟敏说，没有。牟敏睁着大眼，弯着腰，乳房从高处垂下来，鼓鼓地耷在客人面前。牟敏听见了咽唾沫的声音，对方的喉咙里咕噜一阵。简单点吧，不用太细。这人说。牟敏说，不行，就快好了。牟敏完全进入了角色，放下剪刀又换了推子，电推子很快就发出一阵嗡嗡嗞嗞的响声。村外的大路上又传来了机动车声，这一次听着像是小面包车，牟敏的手抖了一下，她想着怎样跑出去。车灯的两柱光扫过窗户，窗户上一阵白。这时，那人把围裙撩开，站起来挡在门口，盯着窗户上的光，光在一瞬间又消逝了，车轮滑过瓦塘南街，渐行渐远。

总算把头发剪好了，这时，男人让牟敏给他找一条毛巾，在牟敏把水倒进脸盆时，他把灯全灭了。他说，你坐下，扭过身，对不起，我得把身子洗洗。男人的说话声突然变得柔和起来，显得颇有礼貌。

男人抱住牟敏是在他擦过身之后。黑暗里，水声停下来，牟敏听见细碎的脚步声，从窗外射来的月光在墙上映出一个高大的身影，身影在墙上挪动，慢慢地往她的身边来，牟敏躲着，站在转椅边，但终于还是被抱住了。在湿淋淋的头发拱过来时，牟敏听见，对不起，我以前就是这样，洗过了就抱自己的女人。牟敏使劲挣扎，忽然大喊起来，可我不是……嘴被捂住了，然后牟敏感到一股难以抗拒的蛮力……

二

她忘了自己是怎么从理发店回家的，过去的一幕如同噩梦。那个人洗完身忽然抱住了她，她感受到了一个男人硬硬的身体、硬硬的骨骼、硬硬的胡茬，还有在搂着她时背后紧贴着她身体的一种硬，像一根钢筋。自己的男人经常这样抱她，那种硬贴过来时让她有一种温存感，有激情的冲动。可是这个人让她害怕，让她畏惧，让她的身体打战。她颤抖着说：你别这样，你会遭报应的。那个人搂得更紧，说，我怕什么报应，我都成这样了，有什么让我再怕的，我迟早会被抓起来的。那男人这么说着开始解她的衣裳。她抖成一团，浑身的骨架都散了，大叫了一声。她的大叫引得路边的一只狗也跟着叫，她的嘴马上被捂住了，狗叫声也停了下来，她觉得非常孤独，窗户也被窗帘遮住，星光和月光被挡在了外边，那么伟大的东西竟然穿不过一层软布。她被男人放倒在床上，更大的畏惧攫住了她，她紧紧地护住了被角，在被窝里抖着，她知道接下来该有什么事情发生，男人就是这样对付女人的，不过自己的男人是在表示爱的冲动，而眼前的这个人是一个逃犯，他是在犯罪。她抖抖索索地说，你……你不要，你这是罪加一等。她看到他有一双饥饿的眼睛，眼睛里充满了不可

　　　　　　　　　　　　　　　　　　父亲的迷藏

阻挡的欲望，她尖叫一声把头捂住。然而，在几分钟后她忽然听见男人哭了，眼泪扑扑嗒嗒掉在地上。她愣住了，她的眼泪也在一刹那倾泻而出，有恐惧，有屈辱，也有希望，于是，她劝起了这个男人，放掉我吧，你这样是罪加一等，别欺负我一个可怜的女人，去自首吧，大哥，也许你可以早点出来，别再跑了，跑来跑去会跑不动的，别觉得窝囊，别觉得屈辱，去吧，争取早些出来，家庭也还有救，家里人还会等你，等你出来再洗你的耻辱吧，大哥，不要折磨自己，大哥！她的眼泪噼噼啪啪地落到地上。

男人摇了摇头，说，你不要说了，也不要怕，我不会把你怎么样的。我把别人打残废了，我回家的时候这个人竟然让我碰上了，我老婆这才告诉我，他欺负我老婆好久了。我咽不下这口气。对不起，大妹子，我让你害怕了，把你吓着了，我对不起你，我……我不是故意要吓你的，我躲了几个月了，玉米唰唰长的时候我就开始躲，现在玉米都收了，地里光秃秃的，我还在躲，我天天吃烧玉米都吃怕了，后半辈子我都不会再吃一口烧玉米了。我每天疲于奔命，惶惶不安，我就是想借你的水洗一洗，借你的手艺把头整整，其实我是挺讲究的一个人，现在舒服多了，我感谢你，将来我会来给你送理发钱的。那个人说着，眼泪掉在了牟敏的脸上。

牟敏松了一口气，说，不用了大哥，你听我的劝去自首吧，别拖延，别耽搁自己，别耽搁家庭，多少逃出去的人最后都进去了。男人好像太疲惫了，他从地上站起来，扒拉着刚理过的头说，大妹子，我……我想在床上睡一觉，我都好长时间没睡过床了，我都不知道躺在床上的滋味了。大妹子，行不行啊？

牟敏想了想说，你来吧。说着就起身往床下跳，却被那人一手拽住了：不行，你必须睡在床上，你不能离开我。牟敏说，我不会跑的，你就安心睡吧！男人四处打量着，最后把目光落在一根绳子上。他说，对不起，我想睡个安稳觉，只好委屈你了。牟敏忽然悟出了什么，说，你先别绑我，我给你泡碗面，我知道你饿，你肚子都响了。那人不听牟敏的，还是把牟敏绑了。

三

有一天，牟敏突然出走了。瓦塘南街的女人对牟敏的不辞而别有些微词：这个女人想男人想疯了，连声招呼都不打就走了，平时不声不响的，原来是最风骚的娘们儿，既然这么骚，为什么几年也没把自己的肚子骚大呢，她家的中药袋子都快装一麻袋了。其实这几个女人是想牟敏，是不想让牟敏走，理发店关门，来这里聚堆儿的人慢慢少了。女人中最抑郁的是麦子，她觉得生活一下子就少了许多的寄托。她要盘头、化妆，要穿着新衣裳来理发店让牟敏夸赞她。可是，现在没人看了。这个狐狸精，准是又到了排卵期，找男人种孩子去了，说不定这一次就能种上了，种上吧，有个孩子日子才会过得有着

　　　　　　　　　　　　父亲的迷藏

落。理发店里没有了温在火上的水壶，没有了等着理发的客人，没有了旋到理发店里的风，镜子里的小鸟也没有了往常的喧闹，她感到的是一阵阵的孤独。

四

牟敏去了一个叫槐树屯的村庄。她本来是要去找她男人朱马的，却突然改变了方向。槐树屯这三个字是那个臭男人不经意间说出来的，好像是说，我在槐屯……或是槐树屯……鬼使神差地她竟然找来了，竟然找到了，有时候一个人自己也说不清自己。远远地她看见了那棵大槐树，树的叶子已经微黄了。牟敏坐在大槐树下，仰着头，看着大槐树，像是在等待着什么。那天晚上之后的几天里她一直住在理发店，她的枕头下、衣兜里始终不忘放一把剃头刀。她不知道她在等待什么，等待一个人吗？那个人伤害你了吗？还是伤害了他自己？对了，他再来要不要报警？或者用这把刀子对付他，还是好好地劝劝他？她这样想着，虽然有时候又自己把自己否定了，那几夜她经常会倏然从床上坐起来，原来是飘荡在屋里晾绳上的毛巾、围裙，她虚惊一场。躺下后她又想，那个人去自首了吗？还有一个深夜，她去了村堤，她向很远很远的田野里走去，那时她不知道自己要寻找什么。

在漫长的等待里，她等到了一条狗。那条狗蹲在大槐树下，抬着头往村外的路上望。狗看了牟敏一眼也往大槐树上望，那天晚上，那个人好像说了，他的女人差一点吊死在大槐树上，槐树上的神把她救了。

这时，又来了一个老人，和狗一样地望着村外的路。狗往他的身边靠了靠，撒娇似的汪汪叫了几声，老人说：别等了，伙计，快回来吧，该受的罚躲不过。老人低头看看狗，狗支着耳朵在听……老人和狗又望着远处的路，狗的眼能看得很远，它站得比老人还直。牟敏走过去问：大爷，您等人？老人说，它等主人，我等儿子，家里还有人等。

牟敏摸了一下心口，有点疼，隐隐的。牟敏忍不住又往村里走，好像有人在催她一样。老人和狗都看着她，有些狐疑，当她在村里走了很远时，那条狗跑到了她的前头，它扭过头，冲她汪汪叫了几声，又往前跑了，像有些抵触又像是在给她带路……

某一天牟敏终于找到了朱马——她的丈夫。一见丈夫她就哭了，哭得很痛，可她最终也没有说出她哭的理由，她不知道该怎样说。丈夫把她领到一家小旅馆，两人守在一起，一天一夜也没有出门。那晚，牟敏不知道自己的欲望为什么那么强烈。她说，来吧，也许我们要有孩子了，来吧，她抬起身，一次次迎合着，来啊……

五

牟敏回到瓦塘南街是在一场雪后，已经融化的雪在脚下

　　　　　　　　　　　　　父亲的迷藏

蠕动，雪水在街上流淌，像是满地的蚯蚓。打开门，一股潮气扑来，窗台上有挤进来的雪，镜子上蒙满了灰尘，她开始打扫。听到麦子说话她吓了一跳，麦子的手里握着一封信。麦子说，牟敏，那个人已经自首了！她接过信，看见信封上写着：瓦塘南街理发店收。牟敏把麦子搂在怀里，搂得很紧。麦子贴着她的脸，喃喃地说，牟敏，快生火吧，牟敏，我早该做头了。

一个人的生日

　　她坐下来，娇小的身影淹没在巨大的超市里，身后是一个休息厅，屏幕上正在播放一个所谓巨星的演唱。有一刻，她的目光在人流里搜寻，试图找到一个熟悉的人，消磨掉她在超市里的等待。

　　超市的嘈杂让她心烦，她努力镇静着。蓦然间，她把目光定格在一件毛衣上，纯羊毛的本色毛衣，走近时看到上边的一个小图案是一只羊在草原上翘望，羊有些孤独，让她心疼。没想到转了几个地方，却在这个超市里和一件毛衣不期而遇了，像那一年遇到他一样。今天她一直在为挑一件礼品而纠结，她没有在西都买，她相信送一个人的礼品最好是在有他的气息的地方买，这个地方当然是霓城。第一次见他，好像他穿的就是这样一件毛衣。

　　她专程赶过来，先去了这个城市一家新开业的商场，远远看过去商场显得很高档。她先找到了图书部，几乎全是健身、养生、职场的书。她像一页页翻书一样把书柜翻过去，再找乐器部，她看到了一把琴，挂在高高的墙壁上，是一幅宣传画。没有二胡，没有钢琴，她知道在超市、在人声嘈杂的地方一般不会有琴、箫什么的，这些地方不适合试琴，试琴需要安静的环境。慢镜头似的脚步从柜台间走过，终于看到了一样乐器——触手可及的笛子。她在笛子前停下，眼前幻化的是一个房间，房间灯光幽暗，光影水一样斑驳，一组书架旁是一丛竹子的清影。她坐在那里，在整个屋子的幽暗里她感到了自己的多余。他已经找到了情绪，进入了情境，他要开始了。她终于找到了她觉得适合的位置，她最后选择了站着，在他侧后的一个位置，身边是一个小桌，桌上的一盆文竹在幽暗中晃动。如果弹琴人面对竹影，旁若无人，她可以是不存在的。那个摄人心魄的夜晚，她后来再没有体验过，却一直是她心里的一个仙境……要选一把笛子吗？她问着自己。服务生殷勤地跑过来，她挥挥手，服务生尴尬地站住了。笛子的质地让她怀疑，最后，她失望地走出了超市。

她还在想着笛子，坐上出租车后甚至自言自语起来。司机问，你说什么？她说，笛子！专卖笛子的地方！她把手搭在嘴上，小手指摆动着。司机摇摇头。没有吗？司机说，不知道。司机又加了一句，笛子？现在谁还吹笛子？做那种生意是要赔死的。琴行呢？司机说，琴行有啊，在樱花街，那儿有几家琴行，知音琴行、梁祝琴行、和鸣琴行、琴瑟琴行……不过，琴行现在都改成卡拉OK和酒吧了，夜里我常往那儿送人，也去拉人。司机说，都是小情人，一边K歌一边调情。

她说，不对，琴行是很高雅的。司机在专注地绕过人群，目光锐利，频繁地转动方向盘。司机说，哈，高雅？我也拉过高雅的人，司机在回忆，我还真遇到过一个人，我感觉他应该是高雅的，他告诉我他去找一家琴行，找一部好琴，他要疯狂地弹奏一个人的音乐，那天是什么莫扎特、贝多芬、巴赫还是谁的忌日，反正是一个外国的音乐家，他要弹的就是那个人的音乐。他去了哪家琴行？司机回忆了一下，说，想不起来了。绕过一个弯，司机说，那天，我还真又碰上他了，司机说，我真的想过能不能再碰上他，送他回去。车往前走，已经能看到樱花街了，司机说，他出来了，一脸轻松又满脸严肃，反正，我说不清他的神态，我提前把门打开，让他上车，我准备着不收他的费了，送他回家。可他摇摇头，一直步行着。我见夜深了，就在后边跟着他，如果他招手，我马上就过去，不能让别人把他拉走了，那个人在路上好像还哼着什么乐曲。她嫌司机开得太快，她不想马上到樱花街，她在想那个人是不是他？她问司机，那天你在哪儿拉的他，或者说，他回的哪儿？司机拍了一下方向盘，说，好像是一个比较偏僻的地方，是……是学府路还是滨湖路。

车又拐过了一个弯，司机说到了情人节。司机说，那年……前年吧，一对老人坐到了我车上，那时候还不是这辆车，当时我还在给一个老板开车。那天先上来的是一个女人，然后她让我开车去一个街口，远远地我看见路口站着一个穿大衣的男人，有一个词叫什么来着，哦，儒雅。那老人坐上车，

　　　　　　　　　　　父亲的迷藏

他们在车上讨论音乐，说到今天每个人要弹给对方的曲目。我看出他们是异性朋友或者情人，那一天出于好奇，我把他们送到后没再去载客，远远地看见他们去了一家琴房。我想象着，琴房里插着几枝玫瑰，是那个男人先订下的，在坐下前，女人和男人会有一个拥抱……

樱花街已经到了，一座座建筑从窗口掠过去，司机徐徐地停下车。他还在叙述，一个雪天，也是情人节，我在一个街道，哦，我有些迷惑了，好像也是学院路或湖滨路，那个男人，手里擎着一枝玫瑰，坐上我的车，而后在一个街道，不，是一个桥头，一个女孩儿坐上车。他们也是来一家琴行，一路上没多少话，那枝玫瑰传到了女孩儿的手里。对，女孩穿着一件旗袍式的大衣，系一个长围巾，像老电影里那样。他们坐后排，没有太过亲昵，但我看出他们的关系很近，两个人的手紧紧地握着，男人说，今天我弹什么给你？女孩儿说，我都喜欢。后来，我看见他们站在雪里，仰着头淋了会儿雪才慢慢地朝琴行走。

司机扭过头，看见车上的她已经是两行泪水了。

她茫然地站在樱花街上，一条小街，胡同的深处有几棵樱花树，花纹一样的树叶在胡同的风口里摆动。这条街其实她是来过的，顺着胡同往深处走，在中间的一处小院里她看见了那家音响店，音响店还在，两间房子，墙上涂上了五线谱，远远地她看见一个姑娘慵懒地坐在门口的一把藤椅上，正在放着的是日本作曲家宗次郎的《故乡的原风景》。她站着，姑娘没有过来招徕，后来姑娘告诉她，音乐从来都不是强求的，是一种心情，如果是一个来寻找音乐的人，不用向他推销。接着还是一个日本作曲家的作品，有一种田园的辽远和静谧感。她的目光落在一部老唱片机上，不，是一部留声机，一种已经被仿制出来的比原来豪华了许多的老唱机。而这部留声机有岁月的留痕，喇叭上已经掉了颜色，荷花状的唱笛边沿有明显的磨损。姑娘说这是收上来的，如果有人识货，价钱合适才会转让。她在唱机前踌躇，有些动心，她想问，有一个人来过吗？因为这地方他是来过的，她和他在这里挑过东西，有一次她一直等，等到失望，她有些恼怒地推开他的门，看见他倦卧在地上，屋子里弥漫的是《马太受难曲》……她还在唱片机前犹豫，姑娘给她搬过来一把椅子，椅子上是一团仿古的坐垫，姑娘倒了一杯咖啡说，那你先听听音乐吧。

她买过大约三百张的唱片，包括老唱片，如果列出来要打几页纸，其中当然有她的最爱。有几天，她把唱片一张张地都听了一遍，听得都有些累了，唱片和音响都有些发烧，她在想这才是真正的发烧友。她的窗子一天都没有打开，窗帘封闭着，电话关机。她选择不同的方式听，坐着，手抚着椅手，手里握着一杯冒着热气的茶，或一杯咖啡；在沙发上有些慵懒地靠着，甚至点燃一支烟在沙发上流泪，模仿他卧在地上，似睡非睡的状态。她靠在书架的角落里，蜷缩在床上——她不得不佩服音乐的魅力。

她想起那次在欢乐的湖边，在铜山湖和湖中的一个岛上，

　　　　　　　　　　　　　　父亲的迷藏

在一片岛屿的丛林里。那儿有大片的松树林，从来没见过那么挺拔的松树，比白杨树还要直。有纯天然的湖泊，湖泊又穿插出几条分叉，她看到了一处近在眼前的瓦尔登湖。不是他们两个人，但最后落在一片树林里的是他们两个。她听到了笛子声，他竟然神奇地从身上抽出了一根短笛。就是那次她从背后轻轻地揽住了他的腰，感受着他气息的颤动，她把脸贴上去，听着随着他的气息传递在林子里的笛声。在他的背后，她像一个孩子。

她挑了几张老唱片，说谢谢咖啡。姑娘微微一笑，优雅地拱手相送，音乐还在漫溢。她在心里说，如果再回霓城，这是不容错过的地方。她最后又瞥了一眼那个老唱片机，如果，如果明年唱片机还在，我一定……

在西都，她有一个固定的享受音乐的场所，那是一家咖啡店，一个收拾她心情的地方。也是在找过几家后才终于找到那个暗合她心绪的地方的，那天咖啡店正在放一曲巴赫的曲子。和咖啡店渐渐熟了之后，她会带几张唱片过去，放一下好吗？她对咖啡店的音响师说。有时会突然跑到音响师那儿，唐突地说，这张碟可以卖给我吗？她用这种唐突的方式至少得到过十张唱片。当然她每次都很大方。音响师后来盼着她来，为自己挑选的音乐找到知音而感到虚荣。她和音响师一起喝过咖啡，音响师坐过来，说，算我的。她不争辩，只是提前把单买了。音响师说，那我只好再送一张碟给你。可以。她很爽快。

更多的时候，她是静处。往往会在音乐里想起霓城，那个不算二线的城市，甚至勉强才算得上三线的城市，却是除省会外在省内大学最多的一个城市，每年都会离开和过来一大批的学生。她曾经也混在人群里，走在霓城的大街小巷，自己，有时也和他一起。她常常想起灯光氤氲中的琴，那场只有两个人的音乐盛宴；想起铜山湖和丛林里的笛声。她想起刘索拉，刘索拉的《你别无选择》、刘索拉的音乐生活，她曾狂热地追过刘索拉的小说和刘索拉的音乐，比如她的《蓝调在东方》。她本来也要出国的，也许在那里可以找到刘索拉，那个当年学音乐，在音乐系写着小说，在小说中写着音乐，一直在音乐中实现梦想的美丽女人。她没有，也许是因为他。

　　她手里攥着一张名片，是她临下车时出租车司机给她的。她回过头，如果跑一趟长途你去吗？又回过头，路上是要有音乐的。她在车上搜寻。司机没有回答，只是把一段音乐透过了车窗。

　　现在，她坐在超市里，眼前是挑中的那件毛衣。在选中毛衣时她下意识地往外看了看天，离窗口太远，看不到窗外的场景。已经有了寒意，每年因为他的生日她对天气有了强烈的意识，所以她选中一件毛衣的理由是俗气但要实惠。她盯着那件毛衣，刚才，在她挑选的过程中，服务员一直站在她的身边，对她说这种毛衣是目前商场里品质比较好的，但缺码，不知道你要的是不是这个码。她看了看，说，是，我基本定下了，不过我要等一会儿，等一会儿拿可以吗？服务员

　　　　　　　　　　　　　　　　　　父亲的迷藏

说，好的，随时可以。她坐的地方离毛衣很近，她想歇一会儿，她想着能不能见到他，她现在决定给他发一条短信，告诉他自己已经在霓城了，在等……然后她坐下来等着手机的颤动。她的心在感知着短信，目光不断地朝毛衣投过去，她摸摸提包，里边是她在胡同里带出来的那几张碟。这时她又想起了司机，出租车司机，想起了司机讲的故事。如果赶个长途你可以去吗？司机说，可以。在等待的间隙，她走向了三楼图书部旁边的音像店，她径直挑了几张汽车专用的 CD。可以了，足够在途中听了。还有，伴着音乐和司机的聊天，司机会有一肚子的故事，她还没有听够。她又去包里找出了司机的名片，看了一眼他的电话。现在，她又回到了坐过的地方，只是刚才她坐着的座位被另一个女人占了，她坐在了另一张椅子上。手机没有回复，她想再等一等。她的目光依然盯着毛衣，就在这时，在她刚刚坐下后，一个时尚女人走向了毛衣，高跟鞋的响声在毛衣旁停止了，耳环在光线里闪出一线光影，手已经触到毛衣了。一瞬间，她几乎是猴子一样地迅速跳起来，奔过去，对不起，毛衣我已经买过了，我在等男人过来。男人？她把自己吓了一跳。

明天，是他的生日。

这已经是第六次回到这个城市了……

也许，该给司机打电话了，回到西都，然后让司机把今年的礼物捎回来……

泪水也在这一刻流了下来。